LÖHNDORF

GESCHÜTTELT, ABER UNGERÜHRT

ZU KLAMPEN

Marion Löhndorf
schrieb mehr als zehn Jahre als freie Publizistin für das Feuilleton der »Frankfurter Allgemeinen Zeitung«. Von 2001 bis 2004 arbeitete sie als Kulturkorrespondentin der dpa in London und im Anschluss daran für ein deutsches DAX-Unternehmen. Im Jahr 2010 kehrte sie als Kulturkorrespondentin der »Neuen Zürcher Zeitung« zurück nach London, eine Tätigkeit, die sie bis heute innehat. Sie ist Autorin und Co-Autorin mehrerer Filmbücher und lebt in der Nähe von London.

MARION LÖHNDORF

Geschüttelt, aber ungerührt

Was England anders macht

zu Klampen

Inhalt

England und ich

Als ich 1981 zum ersten Mal nach England kam, an den trüben Küstenort Grimsby, verliebte ich mich gleich in die Menschen, die ich dort traf; nicht in einen einzelnen, das kam später, sondern in alle. In ihren Humor, ihre Großzügigkeit, ihre charmante Frechheit, in ihren Sinn für das Wirkliche und für das Mögliche – all das spürte ich schon bei meinem ersten Besuch auf der Insel, und später sollte es sich bestätigen. Als ich mich viele Jahre nach diesem Aufenthalt entschloss, in England zu leben, war das der Beginn einer neuen Liebesgeschichte.

Dieses Mal war es eine Stadt, die mich faszinierte. Mir gefiel alles an London, die ständige Anwesenheit gelebter, vergangener Zeit und die schnelle, fordernde Gegenwart. Ich liebte sogar seine Hässlichkeit und Unbequemlichkeit, die durchgesessenen Sitze auf den alten Routemaster-Bussen, die damals noch durch die Straßen keuchten, den Lärm, den Schmutz und den Regen, der durchs Dach meiner Wohnung ins Badezimmer tropfte. Alles kam mir verkommen und zugleich glanzvoll, reich und verheißungsvoll vor.

Das Beste waren wieder die Menschen, die mir gleich zu verstehen gaben, dass ich dazugehörte, obwohl ich damals weder einen Job noch einen festen Wohnsitz in der Stadt hatte. In London lernte ich, dass es kein Weltuntergang ist, eine Zeitlang ohne Arbeit zu sein, dass sich schwere Krankheiten und andere Lebenskatastrophen überleben lassen, mit etwas Glück. Ein Star des Nachtlebens, genannt Princess Julia, sagte einmal: »Falling over, getting back up again, we do that a lot in London and have a right good laugh about it.« Dieselbe robuste, pragmatische Energie ging von vielen Menschen aus, denen ich begegnete und mit denen ich mich im Laufe der Zeit anfreundete. Sie haben mich verändert, so, wie England mich verändert hat.

Dabei lief längst nicht immer alles glatt. Der britische Optimismus kommt derzeit oft an seine Grenzen. Die Pandemie traf das Land schwer. Es ist gut möglich, dass das Experiment Brexit ohne Happy End bleibt. Wie es mit England weitergehen wird, ist schwer zu sagen. Eines aber ist sicher: Langweilig wird es nie.

Ein Land setzt sich in Szene: Rituale, Idole, Mythen

England war ein Land, das man von Europa aus leicht lieben konnte. Bis der Brexit von einem Tag auf den anderen alles veränderte. Gelegenheitstouristen, Anglophile und selbst vermeintliche England-Kenner überraschte oder schockierte das Ergebnis der Volksabstimmung über die Zugehörigkeit zur Europäischen Union. Sie stellten plötzlich fest, dass England ganz anders war, als sie geglaubt hatten. Dass sie einem Irrtum aufgesessen waren. Um die Lücke zwischen unserem eigenen Verständnis und der Wirklichkeit der Volksabstimmung zu schließen, mussten wir uns das Land noch einmal anders, gründlicher vielleicht, ansehen. Wie ein Buch, das man von neuem liest, um zu prüfen, ob es wirklich keine Anzeichen für die überraschende Wendung gab. Die Wiederentdeckung gestaltet sich als Spurensuche.

Wer einmal beginnt, England von der Brexit-Entscheidung aus zu betrachten, entdeckt viele Hinweise, die in diese Richtung deuten – historische, geographische, gesellschaftliche, kulturelle. Doch die Frage ist: Führen tatsächlich alle Wege zum Brexit? Die gegenwärtigen Reaktionen auf den Volksentscheid spiegeln die Tendenz, das Gewebe der englischen Gegenwart und Aspekte seiner Vergangenheit in Zusammenhang mit dem Brexit zu sehen. Solange die europäischen Wunden, die dieses Ereignis geschlagen hat, noch frisch sind, wird die Neigung groß sein, das Land unter diesem Gesichtspunkt zu betrachten – und die Frage, wie es dazu kommen konnte.

Die vom Brexit enttäuschten Europäer sind kritischer mit dem Land jenseits des Ärmelkanals geworden, als sie es je waren. Andere sehen in der Loslösung von Europa ihre eigenen Vorbehalte bestätigt. Jedenfalls hat der Brexit die gefestigten Auffassungen von Großbritannien gründlich erschüttert. Mag sein, dass nach jahrhundertelanger Verklärung ein Rückschlag einsetzt oder Ernüchterung und von besonders Europa-affinen Seiten auch Hohn. Jedenfalls ist es ein guter Zeitpunkt, Übersehenes im vermeintlich Vertrauten zu entdecken.

Was ist typisch britisch? Damit fängt das Problem schon an. Wer von England spricht, meint manchmal Großbritannien (England, Schottland, Wales), manchmal aber auch das Vereinigte Königreich (England, Schottland, Wales und Nordirland) oder eben: England. Im folgenden wird im wesentlichen England gemeint sein, auch wenn manchmal von den Briten die Rede ist oder von Großbritannien. Denn die Schotten, Iren und Waliser möchten nicht mit den Engländern verwechselt werden. Im Deutschen hat man sich darauf geeignet, sie als Regionen oder Nationen zu bezeichnen. Bei aller Zusammengehörigkeit beharren die Schotten, Iren und Waliser auf dem Eigenen. Zumal die Engländer auf den Britischen Inseln den Ton angeben. Und was wäre nun typisch englisch zu nennen? Existiert so etwas wie eine nationale Identität überhaupt? Im Alltag wird das bejaht und je nach Gutdünken und Standpunkt mit Behauptungen oder Beispielen untermauert. Besonders genau Denkende aber lehnen schon die Frage ab und sehen sie als Anlass für unzulässige Pauschalisierungen. In der Wissenschaft ist die Idee eines Nationalcharakters verpönt: Unverrückbare nationale Eigenschaften werden als Konstrukte entlarvt, die Vorurteile, Ängste oder politische Absichten und ideologische Manipulationen spiegeln oder verdecken.

In einer einflussreichen Studie hatte der englische Politologe Ernest Barker 1927 erklärt, dass pathetische und polemische Zuspitzungen bei der Beschreibung des Nationalcharakters nach dem Ersten Weltkrieg ausgedient hätten. Er machte das

Zusammenwirken materieller und spiritueller Faktoren für das Entstehen eines nationalen Zusammengehörigkeitsgefühls verantwortlich und maß dessen Authentizität an der Ausweitung demokratischer Partizipation. Kultur und Politik hielt er für die prägenden Kräfte, die geographischen Gegebenheiten für eine wichtige, aber nicht entscheidende Komponente. Die Geschichte der Besiedlung und Eroberung mit der daraus folgenden Durchmischung habe in England eine Tradition der Toleranz und des Individualismus ermöglicht.

Diese liberale These fand breite positive Resonanz, blieb aber nicht unwidersprochen. Die Versuche, die Eigenheiten einer Nation zu dokumentieren – als etwas von außen an die Menschen Herangetragenes oder vielleicht gar als etwas, mit dem sie sich freiwillig identifizierten –, haben naturgemäß spekulativen Charakter, aufgrund der schwer zu greifenden und je nach Neigung zu interpretierenden Faktenlage. Und so liegt es in der Natur dieser gedanklichen Ansätze, dass sie sich widersprechen.

Ein Mann, auf dessen Expertise sich auch heute noch viele Spurensucher der »Englishness« einigen können, ist der sozialistische Autor George Orwell. Er gab bei seinen Betrachtungen über die »englische Zivilisation« nicht vor, mit wissenschaftlichem Maß zu messen. Doch fand er, jeder, der Augen im Kopf habe, sehe doch, dass es sie gebe, die englische Zivilisation: »It has a flavour of its own.« Sie habe ihren eigenen Geschmack. Orwells England-Betrachtungen waren von ihrer Entstehungszeit geprägt. Die Essays schrieb Orwell im Zweiten Weltkrieg, während feindliche Flugzeuge seine Heimat bombardierten. Unter dem Eindruck des Krieges war Orwell einem Patriotismus zugeneigt, der sich als Widerstand gegen Nationalsozialismus und Stalinismus begriff (und keinesfalls, wie er betonte, als Konservatismus). Er hielt an den Unterschieden zwischen den Nationen fest und daran, dass der Patriotismus eine starke Kraft sei. Und doch werden »England Your England«, »The English People« und »My Country Right or Left« immer wieder zitiert, wenn es um die Qualitäten und die Essenz dessen geht, was man für englisch hält. Diese Schriften wurden später von ihm selbst abschätzig als »Propaganda für den British Council« bezeichnet – die Kulturinstitution für wissenschaftliche und kulturelle Beziehungen. Der ehemalige Eton-Schüler, der später über seine Erfahrungen als Obdachloser berichten und mit »1984« den stalinistischen Terror beschreiben würde, spürte den verbindenden Wesensmerkmalen seiner Landsleute mit den Mitteln der Beobachtung, der Erfahrung und der dichterischen Intuition nach.

Seine Versuche, das Englische zu beschreiben, werden von links und rechts bis heute geschätzt, auch wenn die Zeit manche seiner Feststellungen eingeholt hat. Orwells Englandbild ist vielleicht deshalb so langlebig, weil es sich nicht ideologisch einordnen lässt, aber möglicherweise auch, weil es nach keiner Seite geglättet ist und Widersprüche zulässt. Er verurteilte die selbstgefälligen Erzkonservativen, die sogenannten Blimps, und die parasitären Reichen. Doch die linksgerichtete, realitätsferne Intelligenzija überzog er mit Hohn: Beide schienen ihm trotz ihrer gegenseitigen Dauerfehde geistig geradezu verbunden zu sein oder jedenfalls auf demselben Level zu operieren. Seine Liebe zur Nation hingegen gründete in dem, was er als klassenübergreifende gemeinsame Werte, Erinnerungen und Einstellungen betrachtete, und nicht in Institutionen und sichtbaren Emblemen des Englischen – oder auch der Landschaft.

Die politische Stärke, die Orwell bei seinen Landsleuten wahrnahm, war paradoxerweise gerade ihre Abneigung dagegen: Im Grunde zeichne die Engländer die Liebe zum Privaten, zur Kultivierung des Gartens, das Pflegen ihrer Hobbys vom Briefmarkensammeln bis zum Taubenzüchten und der Genuss einer Tasse Tee aus. Selbst gemeinschaftlich genossene Vergnügungen wie der Besuch eines Pubs oder eines Fußballspiels seien ja eher nur das Persönliche betreffende, nichtöffentliche Beschäftigungen. Diese ausgeprägt individualistische Neigung habe ihnen Abwehrkräfte gegen Massenbewegungen wie den Nationalsozialismus verliehen. Wie sich bei der Gelegenheit des Brexit-Votums dann zeigte, war der berühmte britische Eigensinn, der immer wieder gegen die herrschenden Lehren auf dem Kontinent opponiert hatte, kein harmloser Spleen und noch bestens intakt.

Die Freiheit im Privaten und die Freiheit, ein eigenes Haus zu haben, gingen seinen Landsleuten über alles, schrieb Orwell. Dagegen sei es ihnen ein Gräuel, etikettiert, koordiniert und gezählt zu werden – dass dies bis heute in mancher Hinsicht stimmt, ist etwa an der englischen Allergie gegen Personalausweise ablesbar. Da die *identity card* unter ebendiesem Verdacht steht, stemmt man sich seit Jahren gegen deren Einführung. Dass London heute mehr Überwachungskameras als jede andere europäische Stadt besitzt (in diesem Ranking liegt es laut »Die Welt« auf Platz drei weltweit.) und als Metropole der Späher gilt, gehört zu den unauflösbaren Widersprüchen der englischen Mentalität.

Einer ihrer besten, allgemein geschätzten Kenner ist Peter Ackroyd, der in vielen Büchern der Essenz des Englischseins nachspürte und dabei das Faktische und das Mythische stilvoll übereinanderlagerte, mit eindrücklichen Effekten und Resultaten. Seine unorthodoxe Methode erscheint manchen zwar suspekt und mehr auf Dichtung denn auf Wahrheit zu beruhen. Doch schuf er unbestreitbar faktenreiche und atmosphärisch dichte Beschreibungen dessen, was er als spezifisch englisch erkennt, in seinem großen Buch über London, das er als »Biographie« der Stadt bezeichnet, und in anderen kulturgeschichtlichen Werken wie »The Origins of English Imagination«.

Überhaupt lässt es sich leichter über England sprechen als über viele andere Nationen. Denn erstens tut England es gern selbst. Und zweitens sorgte es schon immer dafür, etwas Besonderes zu sein und diese Besonderheiten beizubehalten, im Guten und im weniger Günstigen. So schien vor Jahren dem Literaturwissenschaftler und damaligen Korrespondenten Karl Heinz Bohrer das Land gerade in seiner geschlossenen Form »hermetisch und nur die eigenen Muster variierend« als idealer Gegenstand einer gesonderten Betrachtung. Die Musterhaftigkeit des Landes würde von den natürlichen Bedingungen, dem Meer, dem Regen, den Bäumen suggeriert: »Seine Ferne schafft Stilisierung für den kontinentalen Blick.«[1] Diese Gegebenheiten macht England sich zunutze. Auf die Feier des Nationalen und auf dessen Stilisierung versteht es sich bestens und kann aus einem reichen Bestand nationaler Folklore schöpfen, der alle Lebens- und Kulturbereiche umfasst: die »Last Night of the Proms« mit ihrem »Land of Hope and Glory«, Royal Ascot, die Henley-Regatta, Wimbledon, das Bootsrennen zwischen Cambridge und Oxford, Gurkensandwiches und Pimm's. Rolls-Royce, Aston Martin und der Mini. Country-Idyll und Großstadtfeier.

Das ist alles so verbrieft qualitätvoll und Old School wie ein Cricket-Match im Sommer und Erdbeeren mit Schlagsahne. Und »very British«, ein Etikett, das England immer wieder mit neuen Lebensfarben und alten Inhalten zu füllen versteht. Die schwarzen Londoner Taxis, deren Fahrer alles wissen und zu allem eine Meinung haben. Die roten Doppeldeckerbusse, die in ihrer modernen Reinkarnation durch den Designer Thomas Heatherwick

[1] Karl Heinz Bohrer, Ein bisschen Lust am Untergang. München/Wien 1979, S. 179.

nicht viel von ihrem Charme einbüßen mussten. In der Nationalmannschaft zeigt sich der englische Fußball zwar seit langem nicht mehr von der Gewinnerseite, wird aber von seinen Fans so glühend verehrt wie in lang vergangenen Siegertagen. Nur die berühmten roten Telefonzellen konnten der Mobiltelefone wegen vorm Aussterben nicht bewahrt werden.

»Ikonisch« werden die Embleme der nationalen Identität gern genannt – eine in die Tradition hineinreichende Verlängerung des »Trendigen«. Die Medienschöpfung »Cool Britannia« kündigte in der Blair-Ära die Neubelebung des Nationalgefühls als eine angesagte Sache an.

Konventionen, Traditionen und Klassen-Stereotype verbinden sich mit einem Getränk, das wie kein anderes zu diesem Land gehört. Eine Tasse Tee, so glaubt man in England, bringe die Welt in jeder noch so schwierigen Lage wieder in Ordnung. Sie ist das Allheilmittel. Ein klassisches Getränk der Mäßigung. Es schraubt die Seelentemperatur auf einen komfortablen Mittelwert. Man werde sich nach seinem Genuss besser fühlen, heißt es, selbst bei schlimmstmöglichem Befinden: »Was du brauchst, ist eine Tasse Tee.« Gefolgt von einem der meist gesagten Sätze in britischen Haushalten: »I'll put the kettle on.« Dabei trinkt man selten edle Sorten, sondern Beuteltees von Allerweltsmarken wie Tetley, Yorkshire Tea oder Typhoo, dem der Maler David Hockney 1961 auf der Leinwand ein Denkmal setzte. Wenn von einer »netten Tasse Tee«, *a nice cup of tea*, kurz: *cuppa*, die Rede ist, geht es um ein einfaches Gebräu, im Volksmund der Mittelklasse auch *builder's tea* genannt, Bauarbeitertee. Dabei würden Bauarbeiter ihn niemals so nennen. Die Redewendung wird vielmehr von deren Kunden benutzt, um ihre bewundernswerte Solidarität mit dem Proletariat kundzutun. Wer von *builder's tea* spricht, befindet sich tatsächlich in größtmöglicher sozialer Ferne von wirklichen Bauarbeitern und möchte die Welt dies auch wissen lassen. Klassenbewusstsein durchdringt alles, vom Reden über den Tee bis zur Auswahl der Lebensmittel beim Besuch im Supermarkt. Auch das ist typisch englisch, auch darüber werden in England ganze Bücher geschrieben.[2]

Dass Inhalte und Personal der britischen Folklore ihrer sorgsam gepflegten Langlebigkeit wegen weltbekannt sind, ist von bedeutendem Vorteil im Prozess des nationalen Branding, das auf der Insel so gut gelingt wie nirgends sonst. Folglich gilt das so sorgfältig gepflegte Image Englands auch auswärts als erstrebens-, nachahmens- und erkundenswert. Im Land selbst wird es in einem erstaunlichen Maß gelebt und sentimental oder wenigstens ironisch mitgetragen, so dass sich Klischee und Wirklichkeit mischen; wie ja im Klischee immer auch Wahrheit enthalten ist.

Schon die britische Flagge signalisiert nicht mehr allein eine nationale Identität. Der sogenannte Union Jack kommt als Dessin in der Mode und allen angrenzenden Bereichen pausenlos und selbstverständlich zum Einsatz: vom Kissen bis zum Fußabtreter, vom Pullover bis zum Plattencover. Nur die Amerikaner besitzen eine ähnlich beliebte Flagge. Wie zugkräftig diese heftig vermarkteten Objekte nach dem Brexit und den wirtschaftlichen, kulturellen und damit auch touristischen Verheerungen der Corona-Epidemie noch sein werden, die in Großbritannien schlimmer gewütet hat als in anderen europäischen Ländern, bleibt abzuwarten.

Mit weniger Nachdruck übrigens pocht das Land auf sein schönes Wappen, das neben dem Löwen, den es sich mit anderen Ländern teilt, auch ein Einhorn zeigt, das England ganz allein gehört. »Gesehen hat es noch keiner«, schrieb Karl Heinz Bohrer über das Fabeltier. »Hier ist es jedoch zuweilen vorstellbar. Man

2 Pen Vogler, Scoff. A History of Food and Class in Britain. London 2020.

ist darauf gefasst, ihm wirklich zu begegnen.«[3] Auch das Mystische, Märchenhaft-Bizarre weht über die Insel.

Vergangenheitssehnsucht – Rituale der Selbstvergewisserung

Die Widerstandsfähigkeit ihrer nationalen Embleme gründet in der Vergangenheitsbesessenheit der Briten. Die Nostalgie ist eine englische Krankheit. Keine andere Nation leidet so gern daran und schwelgt so begeistert in Gestrigem, auch wenn es ein Schweizer war, der den Begriff im 17. Jahrhundert prägte. Und wenngleich das Heimweh nach einer besseren Welt noch weiter zurückreicht, das Wort manche Bedeutungsverschiebungen erlebte und in vielen Ländern Fuß fasste, haben sich die Briten doch als Experten der Vergangenheitssehnsucht etabliert. Die »follies« genannten künstlichen Ruinen englischer Landschaftsparks des 18. Jahrhunderts sind beispielhaft für die damals schon grassierende Nostalgie-Manie. Der Thronfolger, Prinz Charles, hängt mit seiner Liebe zur alten Architektur und seinem energischen Vorgehen gegen manch unliebsame Neubauten ähnlichen Idealen nach. Auch der Brexit hat in Teilen mit der Sehnsucht nach den echten oder erträumten Idealen einer vergangenen Welt zu tun.

Schon Shakespeare zog es vor, die Probleme seiner Zeit im Spiegel einer legendären Vergangenheit zu zeigen (allerdings auch aus Zensurgründen). Und der Viktorianer Alfred Tennyson erklärte, er habe schon als Kind eine Leidenschaft für die Vergangenheit besessen, die ihn nie verlassen habe.[4] Dass die Pop-

---

[3] Bohrer, 1979, S. 183.

[4] »It is what I have always felt even from a boy, and what as a boy I called ›the passion of the past‹. And it is so always with me now; it is the distance that charms me in the landscape, the picture and the past, and not the immediate to-day in which I move.«

musik auf der Insel vom Recycling-Business lebt, ist so bekannt wie die Proustschen Madeleine-Erlebnisse, von denen es in der englischen Literatur nur wimmelt – von Evelyn Waughs »Brideshead Revisited« bis hin zu L. P. Hartleys Roman »The Go-Between«, der mit den schönen, inzwischen geflügelten Worten beginnt: »The past is a foreign country: they do things differently there.«

Auch die Liebe zur Tradition hat Tradition in England. Schon im frühen Mittelalter gab es die Vergangenheitssehnsucht oder das, was der Literaturhistoriker G. T. Shepherd als »the fierce glory of the past« bezeichnete. Die englische Romantik trug den unterirdischen Strom der Vergangenheitsliebe in allen Kunstformen an die Oberfläche. Und das späte viktorianische Zeitalter, das die fortschreitende Industrialisierung und die Entstehung einer neuen urbanen Zivilisation erlebte, blickte bei allem Streben nach Innovationen leidenschaftlich gern zurück. Die Neuerer schöpften Trost aus der Nostalgie und der Erinnerung an ein mittelalterliches England – man denke an die Kunst und das Kunsthandwerk von William Morris und die Malerei der Präraffaeliten. Die Vorstellung von etwas Bleibendem, Dauerhaftem angesichts einer sich schnell drehenden, ständig verändernden Welt, in der Skeptizismus und Unglaube blühten, wirkte stabilisierend. Und Vergangenheit schmiedet Zusammenhalt.

Der schon zitierte George Orwell erklärte sich das Phänomen der Vergangenheitsfixierung 1941 in »England Your England« sarkastisch mit dem Überlebenswillen der herrschenden Klasse. Nur dank ihrer Unfähigkeit zu begreifen, dass es die Möglichkeit zur Verbesserung gebe, sei es ihr gelungen, die englische Gesellschaft in ihrer bestehenden Form zu erhalten. Dies wiederum habe sie durch einen starren Blick auf die Vergangenheit erreicht und die damit einhergehende Weigerung, Veränderungen wahrzunehmen: »They had to *feel* themselves true patriots, even while they plundered their countrymen. Clearly there was only one escape for them – into stupidity. They could keep society in its existing shape only by being *unable* to grasp that any improvement was possible. Difficult though this was, they achieved it, largely by fixing their eyes on the past and refusing to notice the changes that were going on round them.«

Doch nicht nur der englische Adel richtet seinen Blick gewohnheitsmäßig auf die Vergangenheit. Allen Klassen gemeinsam ist ein Beharrungsvermögen auf ihren Werten und eine Vielzahl von Ritualen, an denen jahrhundertelang festgehalten wird, eisern. Darin kann man auch einen der Gründe für die Fortdauer der englischen Monarchie, des Oberhauses oder der Privilegien der Londoner City sehen. Oder man denke an die Fuchsjagd, einen seit 1660 existierenden ländlichen Brauch, der vor allem den Landadel unterhielt, von Tierschützern aber als Blutsport angeprangert wurde. »Das Unaussprechliche in Verfolgung des Ungenießbaren«, nannte der Ire Oscar Wilde diese Betätigung, die schließlich per Sondergesetz des Unterhauses abgeschafft wurde und seit Februar 2005 verboten ist: Vorangegangen war ein sieben Jahre währender, zäher Streit zwischen dem Unterhaus und den konservativen Lords des Oberhauses, die immer wieder ihr Veto einlegten, bis der Sprecher des Unterhauses durch die Anwendung des bisher erst dreimal zum Einsatz gekommenen »Parliament Act« von 1949 die Umsetzung des Gesetzes erzwang. Die Fuchsjagd hatte die Nation gespalten, als ginge es um ihr Leben – oder wenigstens um ein identitätsstiftendes Heiligtum. Doch mit dem juristischen Beschluss fand die Saga um das rothaarige Tier noch längst kein Ende: Heute, so heißt es, würden mehr Füchse gejagt als je zuvor, da die Jäger sich eine Lücke des so heiß umkämpften Gesetzes zunutze machten. Und in ländlichen Gebieten zu früher Morgenstunde ist ohnehin schwer zu kontrollieren, wer da durch Nebel und Wind reitet.

Nur die Umweltschützer kommen den Gesetzesbrechern offenbar immer wieder auf die Schliche, und beide Seiten liefern sich handgreifliche Gefechte.

Die Gründe für die Liebe zum Ritual mögen in der Homogenität eines Landes liegen, das tausend Jahre lang keine Invasionen erleben musste und auf die Kontinuität einer langen Geschichte zurückblickt, eines Landes, das keine geschriebene Verfassung besitzt, aber auf einigende, gemeinsame Symbole zurückgreifen kann. Natürlich besteht eine Verbindung zwischen dem Drang, Vergangenes zu bewahren, und einem Konservativismus im Sinne der Konservierung. Diese geistige Strömung reicht tief. Sie lässt sich auch im Alltäglichen ablesen, wie etwa an der Uniformität englischer Reihenhäuser: Seit Jahrhunderten werden Häuser nach dem gleichen oder ähnlichen Mustern gebaut. Die Straßen folgen oft uralten Fahrbahnen, die auf römische Erbauer zurückgehen. Die City of London erhebt sich zwischen und über einer Vielfalt von Altem und Vergangenem, das nur teilweise noch sichtbar ist. Ihre Verwaltungsgebäude gehen auf angelsächsische Bauten, die denselben Zweck erfüllten, zurück. Und wer heute ein Haus kauft, der zahlt für ein windschiefes Cottage oder ein kleines, zugiges viktorianisches Reihenhaus einen weitaus höheren Preis als für ein moderneres, größeres Modell in derselben Gegend. Das Alte gilt als vornehmer und charaktervoller. Das Neue besitzt längst nicht so viel Prestige.

Zum englischen Festhalten an der Vergangenheit gehört auch eine Seite, die vorübergehenden Besuchern nicht so deutlich wird wie jedem, der einmal in diesem Land gelebt hat. Es ist die unablässige Beschäftigung mit der eigenen Kriegsgeschichte, insbesondere der vergangenen beiden Weltkriege. Keine Nation befasst sich so obsessiv damit wie Großbritannien. Fast täglich nimmt sich irgendein Fernsehprogramm vergangener Luftschlachten und anderer Aspekte der kriegerischen Historie an.

Archivbilder ergänzen die Erinnerungen von Veteranen, und Churchill schreitet durch alte Wochenschauen. Als während der Corona-Pandemie der 100-jährige Weltkriegskämpfer Thomas Moore mit seinem Rollator Runden drehte, um Spenden für das Gesundheitssystem zu sammeln, war sein Heldenstatus schnell etabliert. Unter dem Namen »Captain Tom« wurde der ehemalige Offizier zum Publikumsliebling, mit dessen Optimismus und pragmatischer Toughness sich die Nation identifizieren konnte – sein Einsatz im Weltkrieg stand für die Kontinuität, die man im Land so schätzt, und festigte den Ruhm dieses fragilen Helden.

In London gedenkt das erst vor ein paar Jahren aufwendig renovierte und immer gut besuchte Imperial War Museum der Kriege des Königreichs, und Churchills unterirdische Kommandozentrale aus dem letzten Weltkrieg ist in der Nähe der Parlamentsgebäude zu besichtigen. Der 11. November wird als Erinnerung an das Ende des Ersten Weltkriegs Jahr für Jahr als patriotischer Akt des kollektiven Gedenkens mit so viel Gefühl und Pathos wie möglich begangen. Viele stecken sich rote Mohnblumen aus Plastik oder Papier an, die an die blutgetränkten Schlachtfelder erinnern sollen, legen Kränze nieder. Zur Erinnerung an den hundert Jahre zurückliegenden Kriegsbeginn ergoss sich 2014 aus dem Tower of London ein Strom von 888 246 Keramik-Mohnblumen in den Burggraben, die in genauer Zahl an die Gefallenen erinnern sollten. Gesten wie diese fügen sich in eine britische Erinnerungskultur, die dem Great War von jeher einen hohen Stellenwert beimaß. Trotz der schweren Verluste, die Großbritannien in beiden Kriegen erlitt, ging das Land doch als Sieger aus ihnen hervor.

Das Festhalten am Althergebrachten gehört zur Ausstattung der Englishness. Die derzeitige Monarchin genießt als Teil des fortererzählten englischen Märchens schon zu Lebzeiten den Ruhm der Unantastbarkeit, der normalerweise nur verstorbenen Größen zuteilwird. Hilfreich ist die Beständigkeit ihrer Requisiten, die kein Drehbuchschreiber besser hätte erfinden können – Kopftuch, Corgis, Handtasche und das Tragen bonbonfarbener Kleider, die sie aus jeder Menschenmenge herausstechen lassen. Wie jeder echte Star besitzt die Queen hohen Wiedererkennungswert. Auch Winston Churchill ist längst über die Geschichtsbücher hinausgewachsen. Mitsamt Hut, Zigarre und Victory-Geste ging er in die kollektive Erinnerung ein.

Das Charisma der englischen Berühmtheiten gründet sich zumeist auf eine jahrhundertelange Haltbarkeit – auch dank sorgfältiger (Traditions-)Pflege. So verursachte 2012 der Fund eines Skeletts unter einem Parkplatz in Leicester einen wahren Medientaumel. Es wurde dem vermeintlich bösen König Richard III. zugeordnet. Mit allem Pomp wurde er schließlich, 530 Jahre nach seinem Tod 1485, standesgemäß zu Grabe getragen. Um Richards schlechten Ruf hatte sich bereits Shakespeare gekümmert, mit nachhaltiger Wirkung.

Persönlichkeiten, die England tief verehrt, werden zelebriert, in Büchern, Filmen, Zeitungen, auf dem Theater, im Netz. Egal ob sie tot, lebendig oder erfunden sind. Die Lieblingsdichter der Nation zum Beispiel, William Shakespeare und Charles Dickens. Die Beatles. David Bowie. Aber auch fiktionale Helden leben mit so unheimlicher Selbstverständlichkeit im Bewusstsein der Nation, als ob sie je geboren worden wären. Jane Austens Mr. Darcy und Emily Brontës Heathcliff, zwei große Liebende der Weltliteratur, wurden 2018 auf dem angesehenen englischen

Literaturfestival in Cheltenham verrissen, ausgebuht, moralisch vernichtet. Das war, als die MeToo-Debatte in eine besonders intensive Phase ging. Mr. Darcy wurde damals als »manipulativer heuchlerischer, selbstbezogener Depressiver« beschimpft. Noch schlechter kam Brontës Held weg. Die Frage: »Heathcliff versus Darcy: Who is the Bigger Shit?«, entschied der Anti-Held Heathcliff für sich. Was nach einer Niederlage für die bösen Buben der Literatur klang, bestätigte in Wirklichkeit, dass sie im Lauf der Jahrhunderte die Sphäre der Literatur längst verlassen haben. Sie werden wie echte Menschen behandelt, an deren Verfehlungen man hemmungslos herummaulen und die man an zeitgenössischen Standards messen kann. Zugleich liebt England seine Bad Boys, eine Neigung, die auch die Auswüchse der MeToo-Bewegung überleben wird. Siehe Richard III.

Auch Arthur Conan Doyles Sherlock Holmes ist einer von ihnen. Er sei »der größte Londoner, der nie gelebt hat und nie sterben wird«: Mit diesen Worten kündigte das Museum of London seine Schau über den berühmtesten aller literarischen Detektive an. Der kokainsüchtige Musikliebhaber, Freak und Gentleman aus 221 B Baker Street hatte längst den Weg aus der literarischen Vorlage in die Wirklichkeit gefunden. »Was ist es heute, Kokain oder Morphium?« fragt Watson seinen Freund im ersten Kapitel von »The Sign of Four« (1890). Die Nation und die Welt lieben den cleveren Exzentriker, den hoch intelligenten Soziopathen mit seiner Unfähigkeit, Gefühle zu zeigen – oder zu haben. In immer neuen Filmen und Serien wird die Figur aktualisiert. Es sind Beiträge zu Sherlocks Unsterblichkeit. Die übrigens daran erinnern, dass England den Kriminalroman und Kriminalfilm als Standardgattungen durchgesetzt hat.

In mancher Hinsicht ähnelt Sherlock Holmes dem 1953 von Ian Fleming erfundenen James Bond. Der Geheimagent Ihrer Majestät ist, wie Holmes, ein Außenseiter und ein Exzentriker, der mit unkonventionellen Methoden letztlich für nichts Geringeres als den Erhalt der englischen Gesellschaft kämpft. Zum Ausdrucksrepertoire dieser britischen Idole gehören die knappe Bosheit, der Sarkasmus und die leicht affektierte Ironie. Sie sind im Grunde ihres Herzens blasierte Melancholiker, legen Wert auf untadelige Haltung, kennen die Regeln und brechen sie, wenn nötig. Ihre Grausamkeit beruht auf einer realistischen Einschätzung der Dinge. Trotzdem oder gerade deswegen sind wir immer auf ihrer Seite.

Auch Bonds Unverwüstlichkeit erwächst aus seiner Fähigkeit, sich den Zeitläuften anzupassen. Im Film änderte sich sein Charakter mit jedem Darsteller, und in der Romanserie aktualisierte Ian Fleming sogar seine Herkunft: Die erste Verfilmung mit dem Schotten Sean Connery begeisterte Fleming so sehr, dass er den Bond seiner nächsten Bücher mit schottischer Verwandtschaft versah. Auf den sardonischen Connery folgte der sanft-ironische Roger Moore, um zwei der markantesten Darsteller zu nennen.

Daniel Craigs heutiger Bond ist schweigsamer und weltverdrossener als seine Vorgänger mit ihrer selbstbewussten, gutgelaunten Überheblichkeit. Und es war Craig, der darauf bestand, dass eine Frau das Drehbuch des letzten Films mitgestalten sollte: Die mit Witz und feministischem Gespür gesegnete Phoebe Waller-Bridge soll 007 in »No Time to Die« (2021) eine coole Landung im MeToo-Zeitalter ermöglichen. Denn den Agenten Ihrer Majestät kann nichts erschüttern. Seine Landsleute sehen sich gern in ihm. In »Casino Royale« (2006) strebt Craig zur Bar, bestellt den berühmtesten aller Bond-Drinks, einen Vodka Martini. Der Barmann fragt: »Geschüttelt oder gerührt?« Bond gibt sich tiefgekühlt: »Do I look like someone who gives a damn?« Geschüttelt, aber ungerührt.

Brexit, der lange Abschied: Argumente, Akteure, Reaktionen

Europa hatte nie richtig geglaubt, was sich am Morgen nach dem Referendum am 23. Juni 2016 bestätigte: dass England und seine Medien die EU schon immer für ein nationales Unglück hielten und allem aus Brüssel Kommenden mit tiefem Misstrauen begegneten. Man musste auch begreifen lernen, dass es mehr als nur einem harmlosen Spleen zu verdanken war, warum die Briten am Pfund Sterling, am Pint, der Unze, an der Meile und am Fahren auf der »richtigen« Straßenseite festgehalten hatten. Doch nicht nur Europa war im Schockzustand. Die halbe Welt rieb sich die Augen.

Einer der Gründe für die Überraschung war ein altes Klischee mit hohem Wahrheitsgehalt: Liebe macht blind. Europa verdrängte die Möglichkeit der Zurückweisung, des Bruchs. Man glaubte an die Gegenseitigkeit des Gefühls. Die verklärende Sicht auf Großbritannien hat Tradition. Sie steht im Zusammenhang mit der oft romantisierten – und häufig sehr einseitigen – Liebe zu allem Englischen: Weltweit werden die Anglophilie und ihre hysterische Schwester, die Anglomanie, von vielen Menschen geteilt. Die Englandliebe verbindet Thomas Mann mit Madonna und T. S. Eliot (eigentlich ein Europhiler), Quentin Tarantino und Bill Bryson. Schon Voltaire begeisterte sich in seinen »Lettres philosophiques« (1733/34) für das ihm vorbildlich erscheinende Inselreich, das er aus mehrjähriger eigener Anschauung von innen kannte. Das Buch verärgerte die französischen Landsleute, was prompt zu seinem Verbot im eigenen Land führte. Französische Aufklärer wie Voltaire vermittelten die Wertschätzung der britischen empirischen Philosophie des 18. Jahrhunderts auch nach Deutschland. Montesquieus »De l'esprit des loix« (1748)

galt als das wichtigste Werk und als Trendsetter der politischen Anglophilie seiner Zeit, und fortan gehörte es auch in Deutschland zum guten Ton, den liberalen Geist des Inselreichs zu rühmen. Heinrich Heine meldete 1827 in seinen »Englischen Fragmenten« zwar Zweifel am umfassenden Freiheitsbedürfnis des Landes an, stellte aber fest: »Der Engländer liebt die Freiheit wie sein rechtmäßiges Weib, er besitzt sie, und wenn er sie auch nicht mit absonderlicher Zärtlichkeit behandelt, so weiß er sie doch im Notfall wie ein Mann zu verteidigen, und wehe dem rotgeröckten Burschen, der sich in ihr heiliges Schlafgemach drängt – sei es als Galant oder als Scherge.«

Im Laufe der Zeit entstand in vielen Teilen der Welt eine tief wurzelnde Begeisterung für die englische Kultur, sowohl für die hohe wie auch für die populäre. Das Königshaus mit seinen markanten Ritualen bündelte Märchensehnsüchte demokratischer Europäer. Die deutsche Wochenzeitung »Die Zeit« nahm den Brexit zum Anlass für einen Aufruf, die Engländer über ihren – selbst herbeigeführten! – Verlust der EU-Mitgliedschaft durch einen »Candystorm« hinwegzutrösten. Als es zum Bruch kam, schrieben sich Tausende von Lesern ihre Liebe zu allem Britischen vom Herzen: Von Fish and Chips bis hin zum frittierten Schokoriegel kam verklärend jede Eigenheit und jeder Konsumartikel zur Sprache, der für das Königreich als typisch gilt. Geschmeichelt berichtete die BBC darüber. Hätte ein Austritt irgendeines anderen Landes aus der EU einen ähnlichen Effekt gehabt wie der britische Abschied?

Für die Briten war all das am Morgen nach dem Referendum nicht mehr wichtig – wenn es das je gewesen war. Doch auch in Großbritannien selbst reagierten viele überrascht. Zeichen hatte es viele gegeben, im Kleinen wie im Großen, in der Politik und im Alltag. Man hätte es kommen sehen müssen. Wie konnte das passieren?

Keineswegs ist es so, wie oft behauptet wird: dass die Nation anhaltend, lange und unter leidenschaftlicher Beteiligung der Bevölkerung im Vorfeld über diese Entscheidung diskutiert hätte. Im Gegenteil. Das öffentliche Gespräch darüber in den Jahren, die zwischen der Ankündigung des Referendums und dem Wahltag lagen, schleppte sich lustlos dahin, von den meisten eher aus den Augenwinkeln wahrgenommen. Es war das vage Desinteresse einer Zeit, die nicht an große Veränderungen im Königreich glaubte und annahm, dass alles beim Alten bleiben werde. Drei Jahre verstrichen, in denen Klärungen und Erklärungen versäumt wurden. Erst in den letzten Monaten vor der Wahl verfielen die Medien in aufgeregte Betriebsamkeit und die Pro- und Contra-Kampagnen liefen plötzlich auf Hochtouren. Auch eine vertiefte Diskussion über den Brexit setzte am Ende noch ein, endlos, betäubend, alles überdröhnend. Nachdem die Entscheidung gefallen war.

Am Morgen nach der Abstimmung erwachte das Land schlagartig aus seiner politischen Lethargie. Die »Leaver« konnten ihr Glück kaum fassen, während die »Remainer« aufgestachelt in verzweifelten Aktionismus verfielen, als ob es noch etwas umzukehren gäbe. Auf einmal fanden sie sich zu Demonstrationen zusammen, zu lautstarken Meinungsbekundungen, aber auch zur kritischen Selbstbetrachtung. Man habe so lange in seiner liberalen »Blase« gelebt, dass man einen Großteil der Bevölkerung offenbar gar nicht wahrgenommen habe. Stellvertretend für viele »Remainer« bezichtigten sich Künstler wie der Musiker Brian Eno und der Töpfer Grayson Perry der politischen Blindheit. Sie nahmen den Brexit reuig als Weckruf wahr.

Doch der Volksentscheid war nur der Anfang des langen Abschieds von Europa. Erst nach fast einem halben Jahrzehnt, zwei

Neuwahlen und einem zweimaligen Auswechseln des Regierungschefs trat Großbritannien Anfang 2020 aus der EU aus. Und am 1. Januar 2021 verließ es schließlich den Binnenmarkt und die Zollunion mit einem hauchdünnen Brexit-Deal. War es ein harter oder ein weicher Brexit? Am Ende ließ es sich kaum mehr sagen. Der Ressourcenverschleiß war enorm, der Prozess für das ganze Land zermürbend und lähmend.

Das Volk hatte sich mit einer extrem hohen Beteiligung bei der Abstimmung zu Wort gemeldet. Mit über 72 Prozent lag sie noch deutlich über den 66,1 Prozent, die sich für die Unterhauswahlen 2015 registriert hatten. Insgesamt 46,5 Millionen Menschen hatten an der Brexit-Wahl teilgenommen, bei einer Einwohnerzahl von damals 65,38 Millionen in Großbritannien.

Dabei ließen sich Schlüsse über die Wähler ziehen. Der EU-Austritt zeigte ein Gefälle zwischen Norden und Süden und einen Riss durch die Länder des Vereinigten Königreichs – England und Wales pro Brexit und Schottland und Nordirland dagegen. Wodurch der Brexit eigentlich, wie manche bemerkten, ein »Enxit« war: Denn vor allem die Engländer hatten ihn ja gewählt, und der Brexit war keine britische, sondern eine englische nationale Bewegung. Doch noch weitere soziale, demographische und geographische Tendenzen traten zutage. Die oft weniger wohlhabenden Landbewohner wollten den Bruch. Hingegen tendierten die Menschen in den großen Städten – wie Manchester, Liverpool, Leeds und Birmingham – zu Europa. Ganz besonders in London, der wohlhabenden, liberalen, internationalen und global denkenden und bevorzugten Metropole, die immer schon eine Ausnahme im Königreich bildete, und von der viele Besucher irrtümlich glaubten, sie repräsentiere den Rest des Landes.

Vor allem Ältere haben überwiegend für die Scheidung vom Kontinent gestimmt. Die Jüngeren sehen sich als Teil einer globalisierten Welt, die virtuell nur einen Mausklick und in der Wirklichkeit – bis zum Anbruch der Pandemie – eine kurze Flugreise mit Ryan-Air entfernt war. Die jungen Menschen beschwerten sich, dass die älteren und alten Wahlbürger ihnen für die Zukunft Steine in den Weg gelegt hätten.

Der Brexit erwies sich auch als Indikator für Status und Bildung. Je höher der Bildungsstand und je qualifizierter der Berufsabschluss und der soziale Status, desto stärker war auch die Bindung an die EU. Die gebildeten Briten waren besser darüber informiert. Ihre Kontakte zur EU waren häufiger, und sie nahmen die Globalisierung als Chance und nicht als Angstfaktor wahr. Während andere nicht einmal wussten, was EU überhaupt heißt. Arbeiter, die wenig mit dem Ausland und der EU zu tun haben, sahen darin vor allem eine Bedrohung der Souveränität ihres Landes.

Die Argumente

Was hatten die »Leaver« einerseits, die »Remainer« anderseits im Vorfeld in die Waagschale geworfen, beim Streiten um die Frage, ob England aus der EU austreten oder in der EU bleiben sollte? Während die Euro-Skeptiker in den Mainstream-Parteien, Labour und Tories, sich schwertaten, durch Betonung der wirtschaftlichen Vorzüge genug Unterstützung zu mobilisieren, klangen die Überzeugungen der »Brexiteers« attraktiver. Die Werbung für den Neuanfang ohne Europa war aufregender als die Akzentuierung der Vorzüge des schon Bekannten. Die Themen umfassten Finanzen, Arbeitsmarkt, Sicherheit, Einwanderung und Souveränität des Landes.

Ein Lieblingsargument fuhren die Brexiteers auf roten Wahl-Bussen spazieren. Da wurde in großen Buchstaben behauptet, dass der Brexit große Summen freisetzen würde, die bis dato als EU-Mitgliedsbeiträge eingezahlt worden seien. Immer wieder wurde angeführt, dass 350 Millionen Pfund pro Woche nach Brüssel flössen. Man könnte sie im eigenen Land viel besser verwenden! Zum Beispiel für das kränkelnde Gesundheitssystem. In Wirklichkeit wurden bei der Angabe weder der von Margaret Thatcher ausgehandelte Rabatt berücksichtigt, noch die Rückzahlungen aus Brüssel für kofinanzierte Projekte und Zuschüsse für den Agrarsektor im Königreich. Der Betrag war, wie sich erwies, weitaus geringer als behauptet.

Der Euro selbst wurde von vielen »Leavern« als Quelle für finanzielle Probleme in der EU gesehen. Nach der Wirtschaftskrise von 2008 waren viele Euro-Länder betroffen, und die Rettungsmaßnahmen, die teilweise aus EU-Mitteln finanziert wurden, kosteten auch Großbritannien als Nicht-Euro-Land Milliarden.

Nach dem Verlassen der EU werde der Handel einen Aufschwung erleben, versprachen die »Brexiteers«. Bisher halte die EU Großbritannien von den Märkten wie China oder Indien fern, weil die EU mit diesen Ländern keine Handelsabkommen habe. Nach der Lösung von Europa wollte Großbritannien Handelsabkommen mit anderen Ländern oder Regionen schließen. Aber was würde aus den 44 Prozent der britischen Exporte werden, die in die EU gehen? Mit ihr wäre ein Handelsabkommen nach dem Vorbild der Schweiz oder Kanadas denkbar, und High-Tech-Lösungen würden reibungslose Zollabfertigungen an den Grenzen ermöglichen. Doch schon im März 2018 musste Theresa May zugeben, dass es so einfach nicht gehen würde. Unmittelbar nach der Vertragsunterzeichnung im Dezember 2020 waren britische Firmen schlecht vorbereitet. Man hatte ihnen kaum Richtlinien gegeben, und sie waren mit der Corona-Pandemie ausgelastet, so dass kaum Kapazitäten frei waren, sich um die Gegebenheiten des Brexit zu kümmern.

Auch innenpolitisch versprachen sich die »Brexiteers« Vorteile. Sie waren es leid, als EU-Mitglied Gesetze umzusetzen, die auf EU-Ebene beschlossen wurden, und sahen darin eine Einschränkung ihrer Unabhängigkeit. Dass der Brüsseler Kommissionsapparat defizitär war, räumten zwar auch die »Remainer« ein. Doch war Großbritannien immer beteiligt, wenn neue Regeln für den größten Binnenmarkt der Welt aufgestellt wurden. Nach dem Brexit hätten sie keine Gestaltungsmöglichkeit mehr.

Im Zusammenhang damit stand eines der größten Reizthemen der gesamten Brexit-Debatte, die nationale Souveränität. Wie alle EU-Staaten hatte auch Großbritannien durch seine EU-Mitgliedschaft etwas von seiner Souveränität eingebüßt und fürchtete, noch mehr zu verlieren. Doch ein gemeinsamer Markt braucht gemeinsame Regeln und eine übergeordnete Instanz, die darüber wacht. Wenn das Land weiter mit der EU handeln will, wird es sich weiterhin den meisten davon unterwerfen müssen.

Als ebenso stark aufgeladenes Thema kristallisierte sich die Zuwanderung heraus, deren Beschränkung zu den Kernforderungen der Brexiteers gehörte. Bisher konnten EU-Bürger ohne Aufenthaltsgenehmigung in Großbritannien arbeiten, studieren und leben. Nach dem Brexit müssen sie dafür nun Anträge stellen. Die Kontrolle bei der Einwanderung werde mehr Sicherheit der Außengrenzen garantieren und auch die Arbeitnehmer aus EU-Ländern begrenzen, so das Argument. Doch zum einen verließen viele Menschen aus EU-Ländern schon nach dem Referendum 2016 Großbritannien. Überdies besteht die Gefahr, dass europäische Firmen ihren Standort dort aufgeben. Außerdem profitierten auch die in der EU lebenden Briten von der Freizügigkeit. Nach einem Austritt werden sie in Europa als Nicht-EU-Ausländer behandelt werden.

Doch in Wirklichkeit sind die wirtschaftlichen und politischen Argumente nicht deckungsgleich mit den Gründen für den Brexit. Sie sind unbestimmter, sie liegen tiefer und weiter zurück.

Sie hängen mit dem Selbstbild der Nation zusammen, die immer noch erfüllt ist von ihrer globalen Bedeutung und großen Vergangenheit. Sie haben mit dem Mythos des Englischseins zu tun, der ebenjene Vergangenheit auf die Gegenwart projiziert und mit Zukunftsgewissheit erfüllt. Die englische Identität wird stark von den Institutionen des Landes geprägt, der Gesetzgebung, der Monarchie, der Hoheit des Parlaments, und nicht, wie Deutschland etwa, von wirtschaftlichem Erfolg. Dann ist da die Idee von der Sonderrolle, dem insularen Dasein. Nationalstolz und Eigensinn. Und die Lust am Widerspruch, die eine besondere englische Spezialität ist.

Die Wählerschaft

Die EU war seit Jahren innerhalb der konservativen Partei stark umstritten. In der Öffentlichkeit hingegen stieß sie lange Zeit auf gemäßigtes Interesse. Gewohnheitsmäßig wurde über die EU geflucht, aber ohne große Leidenschaft. Als Cameron das Referendum durchsetzte, war ihm vor allem daran gelegen, den Machtkampf in seiner Partei beizulegen, im Glauben, dass die Entscheidung für Europa ausfallen werde. Dieser Trugschluss löste die weiteren Ereignisse aus.

Vor der Volksabstimmung gab es in der öffentlichen Auseinandersetzung widersprüchliche, falsche und mangelhafte Informationen. In der Politik verlief die Kampagne zum Referendum so chaotisch wie ihre Folgen. Ein Tiefpunkt im Vorfeld des Referendums war der Mord an der jungen Pro-EU-Aktivistin und Labour-Abgeordneten Jo Cox auf offener Straße. Der Täter rief während der Tat: »Britain first.« Die gleichnamige rechtsextreme Partei wies jeden Zusammenhang mit der Tat und dem Attentäter zurück. »I want my country back!« Dieser Satz wurde zum Motto und Schlachtruf jener, die plötzlich eine Lösung von

Europa ersehnten, als hätten sie ihr Leben lang auf nichts anderes gewartet. Es werde keine Nachteile, nur bedeutende Vorteile beim Brexit geben, sagte David Davis, der als Minister für den EU-Ausstieg zuständig war. Der Freihandelsvertrag mit der EU, versprach Handelsminister Liam Fox, werde einer der einfachsten in der Geschichte der Menschheit sein.

Tatsächlich aber gestaltet sich die Ablösung von der EU und damit von einer sehr engen Beziehung, die in viele Lebensbereiche hineinragt, als kompliziert und kostspielig. Die Mehrheit für den Brexit war dünn, die Gesellschaft bleibt gespalten. In den Parlamentsdebatten zwischen 2017 und 2019 spiegelte sich diese Situation wider. »Es gab keine Mehrheit für irgendwas«, bilanzierte der Londoner Politologe Anand Menon Ende 2020 in einem Interview in »Die Zeit«.

Auch bei den Wählern trat nach dem Referendum nicht die gewünschte Ruhe ein. Im März 2019 plädierten zwischen einer halben und einer Million Protestierende in London für ein zweites Referendum in der Hoffnung auf den Verbleib in der EU. Die Kundgebung war eine der größten Demonstrationen in der Geschichte des Landes. Im Oktober desselben Jahres gab es eine weitere Massendemonstration.

Darüber, welche Art von Brexit die Wähler favorisierten, war nicht abgestimmt worden. Vor dem Referendum hatten auch die »Brexiteers« weder für einen »harten« Brexit geworben, noch hatten sie sich grundsätzlich gegen eine Fortsetzung von Zollunion und Binnenmarkt gerichtet. Wie ja überhaupt die »Brexiteers« nicht damit gerechnet hatten, die Abstimmung zu gewinnen, und klare Pläne für den EU-Austritt fehlten. Zunächst waren die Befürworter des harten Brexit auch bei den Tories in der Minderheit. Erst in den Jahren nach dem Volksentscheid zeichnete sich die Neigung der Tories zu einem Brexit unter allen Umständen ab, mit oder ohne Deal. Diese Entwicklung war allerdings mehr einer Folge von Ereignissen und den Entscheidungen – und Fehlentscheidungen – der wichtigsten Akteure zu verdanken als eine von vornherein festgelegte Richtung.

Die Akteure auf der politischen Bühne

Nigel Farage. Er gilt als der »Godfather« oder »Guv'na of Brexit«. Seine UKIP-Partei predigte monothematisch den Ausstieg aus der EU, auch wenn sie sich in ihrem Programm bemühte, weitere politische Aspekte zu präsentieren. UKIP war eine der treibenden Kräfte des Brexit, die Partei, deren Erfolg auch die Konservativen in Angst versetzte. Das Resultat des Referendums, ja sogar das Referendum selbst, hätte es ohne Farage wohl nicht gegeben. Denn David Cameron hatte die Volksbefragung auch veranlasst, um der UKIP den Wind aus den Segeln zu nehmen.

Nigel Farage war das Gesicht der gefürchteten rechtslastigen Partei, die mit ihm identifiziert wurde. Der Millionär und Sohn eines Börsenmaklers hatte eine Eliteschule besucht und zählte auf einmal die Ärmsten des Landes zu seiner Wählerschaft. Ursprünglich war er Mitglied der Tories gewesen. Doch nach dem Vertrag von Maastricht, der 1992 die Beziehung zur EU intensivierte, hatte er die konservative Partei aus Protest verlassen und die UKIP gegründet. Inhaltlich setzte die UKIP auf die Angst vor der Globalisierung, vor dem Neuen und vor den Fremden. Sie verband Nostalgie mit Nationalismus und Zukunftsangst und schürte die Sehnsucht nach einem bestimmten Bild des »echten« England, als dessen Idealbesetzung sich Farage selbst inszenierte. Er wirkte jovial, ungefährlich. Im Tweedjacket im Pub sitzend, scherzend, eine Zigarette in der Hand, obwohl das Rauchen seit Jahren in Pubs nicht mehr erlaubt war. Er war notorisch gut gelaunt, augenscheinlich unbekümmert, politisch unkorrekt. Er sagte mit selbstbewusster Frechheit, was andere sich nicht zu sagen trauten. Dafür liebten ihn seine Wähler und Wählerinnen. David Cameron bezeichnete die Anhänger von Farages Partei als »fruitcakes, loonies and closet racists« – »Verrückte, Bekloppte und versteckte Rassisten«. Ungerührt erklärte Farage seine Mission als »Krieg zwischen UKIP und dem gesamten politischen Establishment«. »Change Politics for good« – die Politik für immer zu verändern, mit diesem Slogan warb und gewann er. Er war zutiefst überzeugt von seiner Mission und sorgte dafür, sie Wirklichkeit werden zu lassen.

Dominic Cummings. Der clevere Strategie-Direktor der »Leave-Kampagne« Dominic Cummings erfand den Gewinner-Slogan »Take Back Control«, den schon kurz vor dem Referendum jeder herunterbeten konnte und der heute noch am Brexit klebt wie Kaugummi. Er sprach das Rückschau-Bedürfnis der Engländer an – man wollte sich etwas Verlorenes *zurück*holen. (Was übrigens nicht nur für England gilt. Auch Trump warb ja mit »Make America Great *Again*«. Für Russland gilt die rückwirkende Verklärung, wenn nicht sogar Erstellung, nationaler Mythen ebenfalls.) War damit nur die an Brüssel verlorene Macht gemeint und die Idee, dass die EU Geld verschwendete, das sich ebenfalls zurückholen ließ? Der raffinierte Spruch schien zu implizieren, dass man auch eine der Gegenwart überlegene, glorreiche Vergangenheit wiederbeleben könne. Er kam dem Bedürfnis entgegen, Macht und Kontrolle zu haben in einer unübersichtlichen Welt, in der sich vieles der eigenen Kontrolle zu entziehen schien. Von allen Slogans, die den Brexit begleiteten, war Cummings' Schlachtruf der erfolgreichste. Er sprach etwas an, für das die Wählerschaft besonders empfänglich war. Seine Organisation, »Vote Leave«, für die er den Slogan erfand, agierte parteiübergreifend.

Cummings selbst, ein unscheinbarer Typ, war weder telegen noch charismatisch – wenn auch höchst intelligent und an Eliteschulen ausgebildet. Der Brexit war noch nicht in Kraft getreten, da gab es schon einen prominent besetzten Fernsehfilm über ihn und seine Kampagne, »The Uncivil War«. Das Drehbuch schrieb James Graham, der als Verfasser von Gegenwartsstücken für das Theater berühmt geworden war. Er verglich Cummings mit Heath Ledgers Joker in »Batman«: »Ich denke, er sah den Brexit als Gelegenheit, vielleicht aus eigennützigen Motiven, vielleicht auch nicht. Manche Leute wollen einfach die Welt brennen sehen. Vermutlich glaubte er, aus dem Chaos könnte etwas Besseres entstehen.« Ex-Premierminister David Cameron bezeichnete Cummings als »Karriere-Soziopathen«.

Boris Johnson, Camerons ewiger Konkurrent und Nachfolger im Anschluss an die kurzlebige Theresa May, focht das nicht an. Er erkor den Außenseiter mit den extremen Plänen und dem respektlosen Auftreten zu seiner grauen Eminenz, die die Verhandlungen des EU-Austritts begleiten sollte. Mit seinem aggressiven Stil machte sich Johnsons Chefberater schnell Feinde in der Partei und in der Öffentlichkeit. Als er während des ersten Corona-Lockdowns unter Missachtung der Regierungsrichtlinien eine weite Autofahrt unternahm, waren seine Tage als Regierungsberater gezählt. Humorlos und ungeschickt – nicht zu verzeihende Eigenschaften im öffentlichen Leben seiner Nation –, gewann er nie die Sympathie der Engländer. In der Satiresendung »Spitting Image« wurde er als Mischung aus Vampir und Richard III. dargestellt, der sich anschickte, das Baby des Premierministers zu fressen. Angeblich war es kurz vor dem Ende der Brexit-Verhandlungen im Dezember 2020 die eigene Lebensgefährtin gewesen, die dem Premier Boris Johnson dazu riet, Cummings loszuwerden – nachdem dieser sie »Johnsons durchgedrehte Prinzessin« genannt hatte.

David Cameron und Theresa May. Cameron hat den Brexit, den er nicht wollte und für unwahrscheinlich hielt, mit dem Referendum überhaupt erst politisch ermöglicht. Am Morgen nach der Wahl erklärte er seinen Rücktritt mit den Worten, er sei nicht der Richtige, um das Schiff zu seinen neuen Ufern zu steuern. An seine Stelle rückte, wie sich bald zeigte, interimsmäßig Theresa May. Mit ihr betrat eine nüchterne Politikerin die Arena der Brexit-Verhandlungen. Schillernd an ihr waren nur ihre bunten, oft kommentierten Schuhe. Ursprünglich hatte sie, wie Cameron, für »Remain« geworben. Als Premierministerin der »Leave«-Entscheidung wollte sie ihre einstige Überzeugung durch eine starr vorgetragene neue Haltung wettmachen und durch übergroße Strenge kompensieren. Einmal im Amt, wiederholte sie fortgesetzt ihr Mantra »Brexit means Brexit«, das sich als Stillstandsmotto erwies. 2017 löste sie den Austrittsartikel 50 aus, ohne sich der Unterstützung der eigenen Fraktion zu versichern. Sie erwies sich als unflexibel und undiplomatisch. Mehrfach erbettelte sie Aufschübe des Austrittsdatums für den Brexit bei der EU. Am Ende gab sie sich geschlagen, geschwächt durch eine von ihr selbst unklugerweise einberufene Neuwahl und mehrere verlorene Abstimmungen über mit der EU ausgehandelte Brexit-Deals im Parlament. Einen Tag nach der Europawahl, bei der die rechtspopulistische Partei von Nigel Farage ihren größten Erfolg verbuchen konnte, verkündete May unter Tränen ihren Rücktritt. Sie machte Platz für den Mann, der noch ein Jahr zuvor seinen Posten als Außenminister niederlegen musste, aber seit Jahren vom Amt des Premierministers träumte, auch wenn er es nicht zugab: Boris Johnson. Durch seinen klaren Sieg der Tories bei den Parlamentswahlen Ende 2019 schien einem schnellen Ende der zähen Brexit-Verhandlungen nichts mehr im Weg zu stehen. Johnsons Erfolg half, dass der desaströs geschlagene Labour-Kandidat Jeremy Corbyn viele Fehler gemacht hatte. Unter anderem war er dem Brexit-Streit »neutral« begegnet, was die Wähler zu Recht als Unentschiedenheit interpretierten. Damit war Corbyns Partei von Anfang an als zuverlässige Alternative für die Remainer ausgeschieden. Mit zunächst noch charakteristisch guter Laune führte Boris Johnson die Scheidungskämpfe mit der EU fort. Sein Slogan »Get Brexit done!« versprach mehr Aktionismus als Mays Lieblingssatz, der darauf beharrt hatte, dass am Brexit nichts zu rütteln sei.

Boris Johnson. Lange Zeit war nicht recht klar gewesen, wohin der ehemalige Bürgermeister Londons seine Sympathien lenken würde. Erst im Februar 2016 entschied sich Boris Johnson, auf Brexit zu setzen. Er holte das Thema, das zuvor von politischen Randfiguren wie Nigel Farage propagiert worden war, in den Mainstream und verlieh der Kampagne damit Schubkraft. Der neue Cheerleader des Brexit war ein Politstar mit Charisma, bei den Wählern ausgesprochen beliebt. Er spürte die Neigung der Volksmeinung zum Brexit, erkannte die Gunst der Stunde und machte ihn zum Instrument, um an die Macht zu gelangen. Sein ureigenes Verhältnis zum Bruch mit Europa kennt der opportunistische Politiker wahrscheinlich nur selbst. Dabei entfernte er sich klug von Nigel Farages Extremismus und Rassismus, um eine breitere Wählerbasis anzusprechen. Johnson machte den Brexit gesellschaftsfähig. Dem Selbstvermarkter war jahrelang nachgesagt worden, Premierminister werden zu wollen. Johnson stritt das so lange ab, bis es über den Umweg des Außenminister-Postens Wirklichkeit wurde.

Die strohblonde Strubbelfrisur gehört zum persönlichen Branding, auf das Bojo, wie er im Volksmund genannt wird, sich vorzüglich versteht. Er ergänzt es durch sein pseudo-zerstreutes Stottern, Selbstironie, eine Vorliebe für Klassiker-Zitate und selten gebrauchtes Vokabular, undiplomatische Pointen und Frechheiten. Mit der Wahrheit geht er großzügig um, was lange als unterhaltsam galt. Dank seiner Herkunft aus der gehobenen Mittelklasse erinnerte er viele an eine Romanfigur von P. G. Wodehouse, der eine Welt exzentrischer, aber liebenswürdiger Oberschicht-Trottel erschuf. Sie gehören fürs englische Publikum zur vertrauten Folklore und entsprachen seinem Hang, unterhaltsame Figuren seriösen, aber langweiligen vorzuziehen. Johnson entschärfte seine Zugehörigkeit zum Establishment, indem er sich subtil darüber mokierte und sein Publikum in den Scherz einbezog. Politische Widersacher und Zweifler, auch aus dem eigenen politischen Lager, unterschätzten seine Chancen in der Öffentlichkeit, bis es zu spät war.

Boris Johnson sorgte oft und gern für Überraschungen und für unerwartete Wendungen zu seinen eigenen Gunsten. Die Öffentlichkeit neigte dazu, ihm Patzer zu verzeihen. Er war von Haus aus Journalist und bekannt dafür, Zitate und Fakten zu erfinden, was teils mit Entlassungen von Seiten seiner Arbeitgeber und teils mit amüsierter Bewunderung quittiert worden war. Als Premierminister schrieb er eine Biographie über sein Idol Churchill und schon im Jahr 2004 hatte er einen komischen Roman unter dem Titel »72 Jungfrauen« ersonnen. Er enthält eine Selbstparodie. Sie beschreibt eine ihm eng verwandte Figur in einer politischen Welt, in der nichts funktioniert, und wenn doch, dann nur aus reinem Zufall. Für die Zukunft des Landes stellte man sich die Manifestation dieser Philosophie nur ungern vor. Sie wurde dann aber tatsächlich Wirklichkeit.

Einmal im Amt des Premierministers, stellte Boris Johnson seine Brexit-Ideologie über alles, obwohl er eigentlich zu ideologischer Flexibilität neigte. Sogleich kündigte er an, einen Brexit-Plan erzwingen zu wollen: Im September 2019 bat er die Queen, das Parlament in eine fünfwöchige Zwangspause zu schicken. Die Opposition warf ihm vor, das Unterhaus ausschalten zu wollen, um die eigenen Pläne für einen Brexit ohne »Deal« durchziehen zu können. Das oberste Gericht des Landes erklärte den Vorgang für unzulässig und hob die Suspendierung mit sofortiger Wirkung wieder auf. Weitere Kämpfe, Ultimaten, Drohungen, Verschiebungen und Verhandlungen folgten. Im September 2020 wollte Johnson mit dem sogenannten Binnenmarktgesetz Teil des bereits unterschriebenen Brexit-Deals aushebeln, wissentlich in Kauf nehmend, dabei internationales Recht zu verletzen. Es ging um Vertragsklauseln zu Nordirland, die in ihrer Konsequenz eine feste Grenze zwischen dem britischen Landesteil Nordirland und dem EU-Staat Irland verhindern sollten. Im letzten Moment der Verhandlungen entfernte die britische Regierung die umstrittenen Paragraphen.

Als er den Vertrag Ende 2020 durchgeboxt hatte, feierte Johnson die neue Freiheit für das Vereinigte Königreich triumphal, ob sie es nun war oder nicht. Doch damals waren die Brexit-Schlagzeilen schon denen über ein neues alles beherrschendes Thema gewichen. Die Corona-Epidemie ließ keinen Spielraum mehr für Johnsons bewährte Manöver – Überraschungen, Drohungen, Täuschungen, Lügen. Die Zahl der Toten in Großbritannien, die immer wieder Spitzenwerte in Europa und in der ganzen Welt einnahm, ließ sich nicht wegretuschieren.

England auf der Intensivstation: Corona und der National Health Service

Das Covid-19-Virus hat das Vereinigte Königreich besonders hart getroffen. Deshalb geriet das Land vom Beginn der Pandemie 2020 an immer wieder in die Schlagzeilen. Die britischen Todeszahlen erreichten wiederholt Höchstwerte nicht nur im europäischen, sondern auch im weltweiten Vergleich. Dafür gab es verschiedene Gründe. Die Regierung verordnete den ersten nationalen Lockdown später als andere europäische Länder: Was als Ausdruck libertärer Gesinnung gelten sollte, kostete am Ende viele Menschen das Leben. Statt Maßnahmen zu ergreifen, setzte Premierminister Boris Johnson in einer Mischung aus Optimismus und Fatalismus seine Hoffnung auf »Herdenimmunität«, die sich ganz von allein einstellen werde. Auch wenn dabei Opfer in Kauf zu nehmen seien, wie er jovial einräumte. Über den Gebrauch von Masken wurde lange diskutiert. Quarantäneregelungen, anderswo längst installiert, wurden erst im Juni 2020 eingeführt. Dabei schnellten die Zahlen der Covid-Opfer in die Höhe. Der zu spät veranlasste erste Lockdown, der im März begann, war erfolgreich. So atmete die Nation im Sommer kurz auf. Später gab es ein undurchdringliches Hin und Her von ständig wechselnden Regularien und Änderungen, die jene auf dem Kontinent übertrafen.

Covid habe die Krankheit im Herzen Britanniens ans Tageslicht gebracht, titelte die »Sunday Times« im August des ersten Pandemiejahres. Feinde und Freunde des Premierministers sprachen von seinem Versagen in der Krise. Die Fehlentscheidungen trafen auf ein vollkommen unvorbereitetes und dann überfordertes Gesundheitssystem, das sich sehr bald einem Zusammenbruch näherte. Es gab keine wirksamen Methoden, Covid-Daten zu teilen. Es mangelte an Testkapazitäten, an Ausstattung für das medizinische Personal und an medizinischen Gerätschaften. Eine Track-und-Trace-App ließ auf sich warten. Downing Street schwankte von einer gesundheitspolitischen Krise zur nächsten. Im April erkrankte der Premier selbst schwer an Covid. Auch während der zweiten Corona-Welle im Winter schnellten die Zahlen vor allem der Todesopfer im europäischen Vergleich in einsame Höhen. Ende des Jahres 2020 wurde in der Grafschaft Kent eine Mutation des Virus entdeckt, die sich besonders rapide verbreitete. Nach Weihnachten verbarrikadierte sich das ganze Land wieder im strikten Lockdown. Auch im internationalen Kontext sahen Großbritanniens Covid-Statistiken erschreckend aus. »Ich war immer schon skeptisch, was den britischen Exzeptionalismus betraf«, schrieb der »Times«-Kolumnist Matthew Parris. »Jetzt nicht mehr. Unser Umgang mit der Krise war exzeptionell schlecht.«

Schon vor der Corona-Krise hatten die Fernsehsender regelmäßig über schwerwiegende Missstände in örtlichen Krankenhäusern berichtet, die einem den Atem stocken ließen. Trotzdem applaudierten während der ersten Corona-Welle die Briten im Lockdown jeden Donnerstagabend um acht ihrem National Health Service (NHS) inbrünstig. Tausende von Kindern malten den Kämpfern an der Covid-Front Regenbogen und hängten sie zum Zeichen der Solidarität und Unterstützung in die Fenster. Auf den Satz »Thank you, NHS«, der sogar auf Fahnen über der Shopping-Meile Oxford Street prangte, konnte sich die vom Brexit zerrissene und durch die Pandemie gebeutelte Nation einigen wie sonst nur auf die Queen. In Ländern wie Deutschland, die in der Pandemie weniger Opfer zu beklagen hatten, wurde das Personal der jeweiligen Gesundheitssysteme nicht im selben Maße bejubelt.

Die leidenschaftliche Verbundenheit der Engländer mit ihrem NHS lässt sich genau datieren, auf seine Gründung in der Nachkriegszeit durch die Labour-Partei unter Clemens Attlee im Jahr 1948. Damals wurden alle Briten darüber informiert, dass sie von nun an freien Zugang zu Ärzten und Hospitälern haben würden, abhängig von ihren jeweiligen Bedürfnissen, doch unabhängig vom Einkommen. Und so ist es, im Großen und Ganzen, bis heute geblieben.

England ist vom Bewusstsein erfüllt, weltweit die erste Nation gewesen zu sein, die ein direkt aus Steuergeldern finanziertes Gesundheitswesen besaß. So wie ja auch die spezielle Liebe zum Fußball auf der Insel zum Teil auch darauf fußt, dass sich das Land als Erfinder des Spiels begreift. So ähnlich verhält es sich auch mit dem NHS, der in den Augen der Briten besser aussieht, als er in Wirklichkeit ist: Bei seiner Entstehung stand er ohne Vergleich da und vermittelte ein Hochgefühl der Einzigartigkeit, an dem man immer noch festhält. Zwar gibt es auch gewohnheitsmäßig Kritik daran. Doch wer in Großbritannien aufgewachsen ist, hält die Schwächen des NHS – wie die langen Wartezeiten auf Operationen oder einfache Arzttermine – für das Selbstverständlichste der Welt. Unterdessen ächzt das finanziell geschwächte Gesundheitssystem, dessen Mängel an allen Ecken und Enden schon seit Jahren spürbar waren, in Zeiten der Pandemie aber für die ganze Welt sichtbar wurden.

Den NHS zu verehren, ist so etwas wie patriotische Ehrensache. Die Liebe zur Tradition ist tief ins britische Bewusstsein eingeschrieben. Anders als beim Fußball wäre ein internationaler Vergleich der Gesundheitssysteme auch weniger präzise herzustellen. Außerdem ignoriert das Land die Tatsache, dass die Gesundheitsversorgung auf dem Kontinent ebenso breit zugänglich ist und oft besser funktioniert als auf der Insel. Denn Europa war noch nie sein favorisierter Bezugspunkt. Viel lieber schauen die Briten auf die Gesundheitspolitik der Vereinigten Staaten und schätzen sich bei diesem Abgleich glücklich.

Sogar in den Bücher-Bestenlisten liegen Berichte aus dem Innern des Gesundheitssystems oft ganz weit vorn. In »Dear NHS: 100 Stories to Say Thank You« (2020 erschienen) erzählen englische Stars aus allen Sparten der Kreativindustrie von ihren Erfahrungen mit dem NHS. Musiker wie der Ex-Beatle Paul McCartney, die Schauspielerin Emma Thompson und Erfolgsautoren wie Nick Hornby und Lee Child schrieben ihre Krankenhausgeschichten auf. Zum Millionenbestseller und Buch des Jahres 2018 wurde das Tagebuch eines Arztes, Adam Kay, »This is Going to Hurt«, wobei die Unterfinanzierung des NHS zum bedrohlichen Hintergrundrauschen wird: so viele Patienten, so wenige Ärzte. Ein unerträgliches Maß an Belastung und Stress. Ähnliche Töne schlug die Ärztin Rachel Clarke in »Your Life in My Hands« an, die während der Corona-Epidemie ihren Arbeitsplatz in einem Hospitz an die »Frontlinie« im Einsatz gegen die Epidemie eintauschte. Der Beifall für das unterdessen tief erschöpfte medizinische Personal, der die NHS-Mitarbeiter beim ersten Aufkommen der Pandemie begleitet hatte, war Zynismus und Wut in der Öffentlichkeit gewichen. Angst mache die Menschen aggressiv, erklärte Rachel Clarke.

Die Folgen der Pandemie werden Großbritannien noch lange begleiten. Der Gesundheitsnotstand war noch nicht vorbei, da kündigte der Wirtschaftsminister den zu erwartenden Beginn des Wirtschaftsnotstands an. Die britische Wirtschaftsleistung dürfte im Jahr 2021 um insgesamt 11,3 % einbrechen, kündigte das Office for Budget Responsibility (OBR) Ende 2020 an, ein von der Bank of England in Auftrag gegebener Währungsbericht prognostizierte sogar einen Rückgang um 14 Prozent. Das wäre das größte Minus seit dem sogenannten Jahrtausendwinter von 1709, dessen Bild in Zeitungen wie der »Washington Post« und der »Neuen Zürcher Zeitung« beschworen wurde. In jenem Winter vor dreihundert Jahren waren die Temperaturen so niedrig, dass das Getreide verkümmerte, Weinfässer barsten, die Menschen in ihren Häusern, die Fische im Wasser erfroren und die Vögel tot vom Himmel fielen. Dermaßen apokalyptische Ausmaße würde die Wirtschaftskrise wohl nicht annehmen. Ende des folgenden Jahres könnte das Land wieder das wirtschaftliche Leistungsniveau der Zeit vor der Pandemie erreichen, prognostizieren die Experten. Aber die Voraussagen suggerierten, dass Großbritannien wirtschaftlich das Schlusslicht in Europa bilden würde. Die Länge und die Härte des ersten Lockdowns und die hohe Abhängigkeit von Dienstleistungsbranchen, die besonders unter den Einschränkungen leiden, zählten zu den Gründen.

Erfolgreiche Impfkampagne

Doch am 8. Dezember meldete sich inmitten des Corona-Desasters die dem Land schon fast abhanden gekommene Zuversicht zurück. An diesem Tag wurde in Großbritannien die erste Impfung gegen den Virus verabreicht. Die zweite Impfung erhielt ein Rentner, der zufällig William Shakespeare hieß, eine verheißungsvolle Koinzidenz, die mit Beifall zur Kenntnis genommen wurde. Krankenhäuser begannen mit der Immunisierung von Risikogruppen. Schon ab Januar 2021 war die Impfung breiteren Bevölkerungsschichten zugänglich, und auf einmal gehörte das Land zu den Nationen, die ihre Impfkampagne am zügigsten umsetzten. Der in Oxford entwickelte Impfstoff AstraZeneca wurde in England von Anfang an für alle Bevölkerungsgruppen zugelassen und entwickelte sich nach Anlaufschwierigkeiten zum Exportschlager. Im Laufe der ersten Monate des zweiten Corona-Jahres setzte sich Großbritannien an einen Spitzenplatz der Länder mit den größten Impferfolgen, was vor allem in unglücklicher agierenden EU-Ländern mit Reaktionen quittiert wurde, die sich nur als Neid interpretieren lassen. Endlich einmal erwies sich der Zentralismus des NHS mit seiner normalerweise schwerfälligen Bürokratie als Vorteil. Zudem hatte Großbritannien als erstes westliches Land dem Mainzer Pharmaunternehmen Biontech und seinem US-Partner Pfizer eine Notfallzulassung für deren Corona-Impfstoff erteilt – schneller als die EU und die Vereinigten Staaten.

Die frohe Botschaft der erfolggekrönten Impfkampagne wurde politisch gleich umgemünzt, natürlich auf das britische Lieblingskampfthema, Brexit. Stolz rechneten seine Befürworter den Erfolg einer Gesetzesänderung zu, die nur durch die Trennung von Europa ermöglicht wurde. In Wirklichkeit war schon 2012 im Rahmen des EU-Rechts festgelegt worden, dass medizinische Produkte nicht mit der EU abgestimmt werden mussten, wenn es um den Kampf gegen die Verbreitung von Krankheitserregern ging.

Nur hatten sich die EU-Mitgliedstaaten darauf geeinigt, gemeinsam zu handeln, wobei die Standpunkte aller Staaten berücksichtigt werden müssten. Auch dauerte der Prüfungsprozess der europäischen Zulassungsbehörde länger als der der britischen Kollegen. Ob dies auf lange Sicht – zum Beispiel bei der Beschaffung der Impfstoffe – vorteilhaft war oder nicht, ließ sich in der Mitte der Pandemie noch nicht sagen. Doch die Tatsache blieb, dass die Briten rasch, unkompliziert und pragmatisch handelten und die verletzlichsten Menschen ihrer Gesellschaft einen Monat vor den Europäern schützen konnten. Auf ihrem bis dato steinigen Sonderweg bei der Bekämpfung des Virus waren sie endlich einmal schneller und besser organisiert als alle anderen.

Das Eigene und die Fremden: vom Zusammenleben der Kulturen

Die Briten spielen eine wichtige Rolle in Europa und der Welt – nicht zuletzt, weil ihre weltoffene, liberale Demokratie Vorbildcharakter besitzt. Sie streben das tolerante Nebeneinander verschiedener Kulturen an, ohne Assimilationszwang der Einwanderer. Anders als etwa Frankreich und Deutschland verzichtete das Land lange Zeit weitgehend auf den Anspruch einer kulturellen Integration; aber es entstand auch keine Gettoisierung wie in den Pariser Banlieues, in denen die staatliche Rechtskraft keine Macht mehr hat. Schulen und Verwaltungen respektieren die eigenen Kulturen der Zugewanderten. Großbritannien, bis heute ein attraktives Einwanderungsland, steht im Ruf, in Europa die toleranteste Politik gegenüber Minderheiten zu führen.

Trotzdem war der Umgang mit Zuwanderern nach 1945 alles andere als geradlinig: Sie wurden eingeladen und doch als unliebsame Gäste betrachtet. Sie wurden als Arbeitskräfte gebraucht, aber auch als Bedrohung des Eigenen empfunden. Man begegnete ihnen mit Gleichgültigkeit und dann wieder mit erhöhter Aufmerksamkeit. Die Aufmerksamkeit schwankte zwischen dem Bemühen, Kulturen in vollem Umfang zu akzeptieren – was zur Entstehung von in kleineren Enklaven abgeschotteten Parallelgesellschaften führte –, bis hin zu Versuchen der Integration. Ablehnung und Fremdenhass zeigten sich am entgegengesetzten Ende des Spektrums. Diese Strömungen existierten parallel, aber wechselnde gesellschaftliche Übereinkünfte erlaubten ihre Durchsetzung oder Äußerung in jeweils unterschiedlicher Weise.

Das Brexit-Votum rückte den Umgang mit Fremden noch einmal in den Mittelpunkt. In seiner Folge wurde 2020 ein neues

Einwanderungsgesetz verabschiedet, das nach einem Punktsystem Fachkräften einen privilegierten Zugang zum Arbeitsmarkt gewährt, im Vergleich zu Ungelernten, Hilfskräften und allen, die wenig Englisch sprechen. Die Plätze billiger Arbeitskräfte aus Europa sollen vermehrt von Einheimischen eingenommen werden, so der Plan der Regierung. Um Unternehmen vor einem drohenden Arbeitskräftemangel zu bewahren, sieht das Gesetz begrenzte Kontingente von saisonalen Arbeitsvisa vor, beispielsweise für osteuropäische Gemüsepflücker. Für den NHS und Branchen mit knappen Arbeitskräften gibt es Ausnahmeregelungen. Fremdarbeiter aus der EU werden mit solchen aus nicht-europäischen Ländern gleichgesetzt, was deren Anteil an der ausländischen Arbeitsbevölkerung mittel- und längerfristig ansteigen lassen dürfte. Beispielsweise erwartet London die Ansiedlung von einer größeren Zahl von Hongkong-Chinesen in den nächsten Jahren. Schon jetzt steigt in der Einwanderungsstatistik die Zahl der Immigranten aus nicht-europäischen Ländern, während die derer aus der EU sinkt. Der während der Einwanderungswelle aus Osteuropa sprichwörtlich gewordene polnische Klempner (der so gut war, dass er die einheimische Konkurrenz verdrängte) wird Vergangenheit.

Nach dem Entscheid des Referendums berichteten die Zeitungen von zunehmendem Rassismus gegenüber Mitbürgern aus anderen Ländern. Immer gab es starke Gegenbewegungen. Oft entzündeten sie sich an einzelnen Ereignissen. Im Sommer 2020 wurde die Vergangenheit plötzlich gegenwärtig. Die aus Amerika herübergeschwappte »Black Lives Matter«-Bewegung erinnerte Großbritannien nachdrücklich an seine eigene koloniale Vergangenheit. Lange Zeit kaum im Bewusstsein der breiten Öffentlichkeit vorhanden, wurde sie durch die Aktionen von »Black Lives Matter« in die Schlagzeilen gerückt. Eine längst überfällige Auseinandersetzung vor allem mit dem Thema Sklavenhandel begann. Die ehemalige Kolonialmacht hatte sich früher als viele andere europäische Länder daran gewöhnt, Menschen aus fremden Ländern aufzunehmen. 1948 trafen die ersten Immigranten aus Jamaika auf einem Schiff namens »MV Empire Windrush« an der Themse ein, um den Arbeitskräftemangel im vom Krieg schwer geschlagenen England zu beheben und sich am Wiederaufbau zu beteiligen. Sie waren auf Einladung der Regierung in London gekommen. Die rund fünfhundert Passagiere aus Übersee wurden vom damaligen Arbeitsminister noch als eine »beträchtliche Zahl von Menschen« bezeichnet. Zehn Jahre später war sie bereits auf eine Viertelmillion angewachsen. Angehörigen des Commonwealth wurde die Einwanderung leichtgemacht, zumindest, was die Gesetze betraf.

Denn die Reaktion auf die Zuwanderer war nicht anhaltend freundlich gewesen. Verbotsschilder mit Aufschriften wie »No Blacks. No Dogs. No Irish« gaben Hinweise auf die Stimmung eines Teils der Bevölkerung, die der Tory-Politiker Enoch Powell 1968 in einer berüchtigten Rede bündelte. Sie wurde unter dem Titel »Rivers of Blood« bekannt. Damals nahm Powell das gerade erlassene Gesetz zum Verbot der Rassendiskriminierung im Arbeits- und Wohnungsmarkt zum Anlass, die Einwanderungspolitik massiv zu kritisieren. Zwar traf die Rede einen Nerv bei der Bevölkerung, auch wenn Zeitungen wie die »Times« und die »Sunday Times« entsetzt dagegen anschrieben und sie »bösartig« und »rassistisch« nannten. Am Ende trug die Rede Enoch Powell den Ausschluss aus der konservativen Partei ein. Die Folge war eine weitgehende Tabuisierung des Problems – das erst in späteren Jahren wieder ganz oben auf die Interessenliste öffentlicher politischer Diskussionen rückte.

Unterdessen war das Land den zunehmenden Immigrantenströmen mit unsystematischem Pragmatismus begegnet, einem Handeln aus der jeweiligen Situation heraus. Bis sich der Mangel an Systematik und die Taktik des Ignorierens zusammen mit einer verschärften Einwanderungspolitik Jahrzehnte später zu einer Tragödie zusammenbrauten.

Die Windrush-Generation: eingeladen, ausgeladen

Die meisten Einwanderer der »Windrush-Generation« waren zwischen 1948 und 1971 aus den karibischen Besitzungen des Königreichs und aus afrikanischen Kolonien wie Ghana und Uganda des britischen Commonwealth nach England gekommen. Sie wurden benannt nach dem schon erwähnten Passagierdampfer, der die ersten von ihnen nach England brachte, ein Ereignis, das bei der Eröffnungszeremonie der Olympischen Spiele in London 2012 noch gefeiert wurde. Obwohl sie Bürger mit allen Rechten und Pflichten britischer Staatsangehöriger waren und sind, sahen sich viele Angehörige und Nachkommen der »Windrush-Generation« später immensen Schwierigkeiten ausgesetzt, ihr Aufenthaltsrecht nachzuweisen.

Denn sie hatten bei ihrer Einreise nie Dokumente darüber erhalten. Außerdem gab und gibt es keine Personalausweise, nur Reisepässe, die bei Bedarf beantragt werden können. Hinzu kam, dass die Einwanderungsbehörde 2010 bei einem Büro-Umzug Tausende von Registerkarten aus den fünfziger und sechziger Jahren vernichtete, mit denen die Ansprüche nachträglich hätten bewiesen werden können.

Von 2013 an sahen sich viele Angehörige der »Windrush-Generation« aufgrund schärfer werdender Kontrollen bei der Einwanderungspolitik plötzlich als angeblich illegale Einwanderer mit der Drohung konfrontiert, abgeschoben zu werden. Sozialleistungen und medizinische Behandlungen wurden verweigert, viele verloren ihre Arbeit, ihre Rente, ihre Wohnung. 2018 wurden diese Vorgänge öffentlich bekannt. Wie viele Einwanderer davon wirklich bis heute keine Dokumente haben, ist unklar. Man schätzt die Zahl der potentiell Betroffenen – die aus dem Commonwealth kamen und nicht als UK-Bürger gemeldet waren – auf rund 57.000. Wenn man die Kinder und Enkel einrechnet, sind weit mehr Menschen davon betroffen – wobei die Zahl schwer festzumachen ist. Insgesamt leben laut der Beobachtungsstelle für Migration der Universität Oxford rund eine halbe Million Bürger in Großbritannien, die vor 1971 aus einem Commonwealth-Land immigrierten, als die privilegierte Behandlung von Commonwealth-Bürgern endete. Die damalige Premierministerin Theresa May war in ihrer vorherigen Rolle als Innenministerin die Urheberin der sich seit 2013 verschärfenden Migrationspolitik, die zu den fehlgeleiteten, brutalen Maßnahmen gegen die »Windrush-Generation« führte. Mays Nachfolgerin im Innenministerium stürzte über den Skandal. Ihr Amtsnachfolger veranlasste eine immer noch laufende Untersuchung. In deren erstem, bereits veröffentlichtem Teil hieß es, dass die Geschehnisse »vorhersehbar und vermeidbar« gewesen seien. Der Report kritisierte eine Kultur des »Unglaubens und der Nachlässigkeit« im Innenministerium. Im April 2019 wurde ein Kompensationsprogramm aufgesetzt, das bis 2023 laufen soll.

Kultur des Wegsehens

Seit den sechziger Jahren hatte sich das gesellschaftliche Ideal des multikulturellen Miteinanders durchgesetzt. In der Praxis zeigte es sich in einer Toleranz, die sich vor allem durch Wegsehen äußerte. Als Musterbeispiel dieser Haltung galt lange Zeit Bradford. Die nordenglische Stadt mit der zweithöchsten Zahl an Muslimen in Großbritannien formulierte 1981 parteiübergreifend Multikulturalismus als Leitziel der Kommunalpolitik und ernannte

1985 den ersten pakistanischstämmigen Bürgermeister des Landes. Um der guten Nachbarschaft willen wurde dort zu Beginn der achtziger Jahre auf Initiative des Stadtrats ein immer einflussreicher werdender Zusammenschluss von rund dreißig örtlichen Moscheen gebildet – der sich dann aber als *nicht* integrationswillig erwies und gegen den Widerstand der christlichen Bevölkerung vor allem an Schulen muslimische Sonderregelungen bis hin zur Einführung von Halal-Fleisch in Schulkantinen durchsetzte. Die Situation spitzte sich zu.

1989 geriet Bradford in die Schlagzeilen, nachdem der Moscheenrat Salman Rushdies »Satanische Verse« öffentlich verbrannt hatte. Sechs Jahre später brannten ganze Stadtviertel. Dabei waren die schweren Rassenunruhen, die mehrere englische Städte in den achtziger Jahren erschüttert hatten, noch nicht in Vergessenheit geraten. In Bradford war die Polizei gegen »wildes« Fußballspielen pakistanischstämmiger Jugendlicher eingeschritten. Die Einwanderer zweiter und dritter Generation reagierten darauf mit massiver Gewalt, Plünderungen und Brandstiftungen gegen nichtpakistanische Personen. Man dürfe von diesem Einzelbeispiel nicht aufs Allgemeine schließen, wiegelten liberale Stimmen ab und warnten vor globalen Absagen an die Integrationsbemühungen – die Ausgangsbedingungen in Bradford seien schlecht: Es herrsche extrem hohe Arbeitslosigkeit, und die eingewanderte Bevölkerung komme aus fundamentalistisch geprägten Regionen Pakistans. Doch begann man, die Unruhen als Ergebnis einer Kultur des Wegsehens und der Vernachlässigung sozialer Fehlentwicklungen im Zusammenhang mit sich selbst überlassener Einwanderung zu diskutieren. Man fragte sich, ob Toleranz als Bindemittel einer Gesellschaft ausreiche. Das Argument, dass gerade der Multikulturalismus die Fragmentierung einer ihrer Werte und Identitäten ungewissen Gesellschaft beschleunige, fand verstärkt Gehör.

Immer wieder aktualisieren Ereignisse diese zunehmend dringlicher gestellten Fragen. Zweifel am Konzept des Multikulturalismus wurden erneut laut, als es 2001 zu schweren Rassenkrawallen in englischen Städten – darunter in Oldham im Nordwesten des Landes und wieder in Bradford – kam. In Oldham waren beträchtliche Spannungen zwischen den südasiatischen und den englischen Einwohnern über Jahre hinweg gewachsen. Und dort, wie auch andernorts in England, konzentrierten sich die Minderheiten in eigenen Vierteln mit wenig Kontakt zur einheimischen Bevölkerung. In der Mehrzahl kamen sie aus dem pakistanischen Teil von Kaschmir sowie aus Bangladesh. Zumeist in den sechziger Jahren von der Textilindustrie Nordenglands angeworben, wuchsen ihre Probleme mit dem Verschwinden dieser Branche.

»Diese ungeplante Segregation, von der insbesondere auch die Schulen erfasst sind, fördert die ethnische Auslegung und rassistische Ausschlachtung sozialer Probleme«, schrieb die NZZ damals, als Oldham brannte. Denn soziologisch betrachtet, seien die weißen und asiatischen Jugendlichen und ihre Gangs, die in dem Gebiet für Unruhe sorgten und auch ungeachtet der Hautfarbe miteinander rivalisierten, mit den gleichen Problemen belastet: Auch hier wieder gab es hohe Arbeitslosigkeit und Diskriminierung, und die Wohnverhältnisse in den Zuwanderervierteln waren schlecht. Polizeimaßnahmen führten in vielen Fällen zur Eskalation. Kleine Funken konnten buchstäblich Großbrände auslösen.

Das Scheitern der Integration

In London kamen 2005 bei Anschlägen auf U-Bahnen und einen Bus 56 Menschen ums Leben. Die islamistisch motivierten Selbstmordattentäter waren gebürtige Engländer. Die Terroranschläge traumatisierten das Land. Sie verschärften die öffentliche Debatte um Zuwanderer, ebenso wie die Krawalle in Birmingham im selben Jahr. Ein von Labour 2005 als Reaktion auf die Attentate ins Leben gerufenes, umstrittenes Vorsorgeprogramm gegen Radikalisierung wurde 2010 von der Tory-Regierung wieder abgeschafft, die zuletzt stärkere, repressive Maßnahnmen ankündigte. Die Vorbildhaftigkeit des britischen Umgangs mit Einwanderern schien sich auch in der Außenwahrnehmung in ihr Gegenteil zu kehren. »Dort, wo soziale Marginalisierung und ethnisch-kulturelles Selbstbewusstsein im Aufnahmeland zusammenkommen, werden das Konfliktpotenzial moderner Gesellschaften sowie Tendenzen zur ethnisch-sozialen Abschottung durch den Multikulturalismus verschärft – Großbritannien und die Niederlande sind Beispiele«, schrieb der Politikwissenschaftler Stefan Luft 2008 im Berliner »Tagesspiegel«. Auch wenn das multiethnische, -religiöse und -kulturelle alltägliche Zusammen- oder Nebeneinanderherleben im Alltag meist funktioniert, wuchs die Übereinkunft, dass die Idee von der Regenbogengesellschaft in der bisherigen Praxis nicht mehr tragfähig war.

Seit dem 11. September 2001 hatte sich der Fokus der Diskussion um den Multikulturalismus verschoben: Es ging nicht mehr nur um ethnische, kulturelle Unterschiede und soziale Probleme, die in verarmten Städten und Stadtteilen zu spontanen Krawallen führten. Die möglichen ideologischen und religiösen Motivationen ganz anders gearteter Gewalttäter rückten in den Vordergrund. Plötzliche, unvorhersehbare Ausbrüche von Gewalt waren, so schien es, durch im Untergrund geplante und langfristig angebahnte Prozesse ersetzt worden. Die Gemeinsamkeit vieler Jihadisten mit den Muslimen, die in die in Abständen seit den achtziger Jahren hochkochenden Krawalle verwickelt wurden, lag bestenfalls in ihrer ethnischen und religiösen Zugehörigkeit: Viele der IS-Rekruten sind, der britisch-muslimischen

Gemeinschaft entsprechend, südasiatischer Abkunft, wie Henry Tuck, Berater für Extremismusbekämpfung und Sicherheit vom britischen Institute for Strategic Dialogue, aus der Demographie[1] erklärte. Zwar handelte es sich, anders als bei den Rassenkrawallen der vorhergehenden Jahre, bei den IS-Rekrutierungen nicht mehr um ein spezifisch britisches, sondern um ein fast weltweites Problem, bei dem das Internet eine wichtige Rolle spielte und Kräfte außerhalb des eigenen Landes wirksam wurden. Doch das Umdenken in England war nicht mehr aufzuhalten.

Ein weiteres prägendes Ereignis auf dem Weg zum Abschied von den in den sechziger Jahren geformten gesellschaftlichen Übereinkünften im Land war die Enthauptung des amerikanischen Journalisten James Foley durch ein Mitglied der IS-Terrormiliz im August 2014. Der Henker war in Großbritannien aufgewachsen. »Dies ist ein absoluter Verrat an unserem Land, unseren Werten und allem, für das wir als Briten einstehen«, schrieb Außenminister Philip Hammond nach dem Mord an Foley in der »Sunday Times«.[2] Mit Erschrecken nahm die Öffentlichkeit zur Kenntnis, dass im eigenen Land radikale Terroristen herangewachsen waren, die sich bis zu einem bestimmten Zeitpunkt wie unauffällige Bürger benommen hatten, und von denen manche aus mittelständischen Familien stammten. Über die möglichen Ursachen, kulturelle Entwurzelung etwa, wurde und wird bis heute diskutiert. Foleys Hinrichtung machte das Ausmaß der Beteiligung junger britischer Männer und Frauen am IS-Feldzug deutlich: Damals ging man von 500 Kämpfern aus; in Frankreich sollten es im selben Jahr, 2014, 700 gewesen sein. Sie kamen aus allen Gegenden des Landes, aus unterschiedlichen sozialen Ver-

---

1 Henry Tuck in »Neue Zürcher Zeitung« vom 09.09.2014.

2 Philip Hammond in »Sunday Times« vom 24.08.2014.

hältnissen; einige radikalisierten sich in Großbritannien, andere waren mit dem Koran kaum vertraut. Von den nach Syrien und in den Irak ausgereisten IS-Kämpfern sollen inzwischen 250 wieder zurückgekehrt sein. Man fürchtete, dass sie ihre neu erworbenen Fähigkeiten auch in England anwenden könnten.

Heute ist der Islam die zweitgrößte Religion im Vereinigten Königreich. Doch nimmt das Land nicht, wie es gelegentlich scheint, den Spitzenplatz als »Brutstätte des Islamismus« ein. Dass der Eindruck entsteht, mag damit zusammenhängen, dass Großbritannien generell stärker im Fokus des öffentlichen Interesses steht als beispielsweise Finnland, Dänemark und Norwegen – Staaten mit einem im Verhältnis zur jeweiligen Bevölkerungszahl überproportional hohen Anteil an IS-Rekruten. Die englische Sprache, die weltweit verstanden wird, spielt eine weitere wichtige Rolle für die Medien-Prominenz britischer Islamisten. Auch zieht Großbritannien Einwanderer aus Ländern an, in denen sich islamischer Fundamentalismus und Hass auf den Westen besonders breitgemacht haben.

Indifferenz und politische Korrektheit

Schon im Februar 2011 hatte der konservative englische Premierminister David Cameron in einer Rede in München bilanziert, die »Doktrin des staatlichen Multikulturalismus« sei gescheitert. Staat und Gesellschaft müssten aufhören, fundamentalistische Minderheiten zu pflegen, die den westlichen Wertekanon nur eingeschränkt guthießen. Cameron rief nach einer Förderung der so lange verpönten »gemeinsamen nationalen« Identität. Damit folgte er in ungewöhnlichem Gleichschritt Feststellungen des ehemaligen französischen Präsidenten Sarkozy und der deutschen Bundeskanzlerin Merkel über das »Scheitern von Multikulti«. Die Rede erregte Aufsehen, auch wenn die Argumente nicht neu waren. Sie trug Cameron Beifall, auch von seiten liberaler Muslime ein, ebenso wie die Kritik linksliberaler Kommentatoren etwa in der Tageszeitung »The Guardian«, die ihm und seinen europäischen Kollegen einen Rechtsruck vorwarfen. Lord Sacks, zu jener Zeit Großrabbiner der jüdischen Gemeinschaft, pflichtete Cameron bei und schrieb im Februar 2011 in einem Artikel in der »Times«, dass der Multikulturalismus »ein Teil des europäischen Phänomens moralischer Relativierung« sei. Sacks wünschte sich, wie Cameron und in Kriegszeiten einst George Orwell, ein Erstarken nationaler Gemeinschaftsgefühle, denn die Auflösung nationaler Identitäten mache es Minderheiten unmöglich, sich zu integrieren. Dann gebe es nichts mehr, in das man sich integrieren könne. Die Unbestimmtheit des Multikulturalismus geriet in die Kritik. Statt dessen war Nationalgefühl wieder gefragt.

Lange Zeit war das Verhältnis zu zugewanderten Menschen aus anderen Ländern und Kulturen von Indifferenz bestimmt. Im Namen der Vielfalt wurden die Unterschiede zwischen den verschiedenen ethnischen Minderheiten gefeiert. Schulbehörden sahen darüber hinweg, wenn Kinder in ausländische Koranschulen geschickt wurden, statt am regulären Unterricht teilzunehmen. Rücksicht auf kulturelle Eigenheiten wurde auch beim Verzicht ins Feld geführt, bei der Unterdrückung muslimischer oder afrikanischer Frauen einzuschreiten, ganz gleich ob es sich um Zwangsehen oder Genitalverstümmelung handelte. Im Sommer 2014 kam es zum Skandal, als einige Schulen in Großbritanniens zweitgrößter Stadt, Birmingham, sich dem Vorwurf ausgesetzt sahen, islamistisch unterwandert worden zu sein: nicht zu Unrecht, wie anschließende Untersuchungen zeigten. Ihnen zufolge gab es in Birmingham »koordinierte, absichtliche und nachhaltige Bemühungen, an manchen Schulen ein intolerantes und aggressives islamistisches Ethos einzuführen«. Dass die

Multikultistrategien begannen, ihre Schattenseiten zu zeigen, war längst deutlich geworden.

In der nordenglischen Stadt Rotherham wurden jahrelang Hunderte von Kindern Opfer von sexueller Gewalt. Das war den Behörden bekannt, doch sie handelten nicht. Als Grund gaben sie Angst vor Rassismusvorwürfen an, da die Täter pakistanischer Herkunft gewesen seien. Das Rotherham-Desaster mitsamt diesem Erklärungsversuch öffnete Abgründe. Doch die anschließende Deutungsdebatte machte Probleme deutlich, die nicht nur für Rotherham typisch sind.

Sollte die Angst, als Rassist zu gelten, wirklich schwerer gewogen haben als die Sorge – und Pflicht –, die Missbrauchten und Bedrohten zu schützen? Labour habe, so schrieb damals die linksliberale Tageszeitung »The Independent«, eine große Zahl asiatischer Gemeindeleiter in ihren Reihen willkommen geheißen, die oft selbst Opfer von Rassismus waren. Doch nach ihrer Einstellung zu Frauen, Schwulenrechten und Gleichberechtigung habe man sie nicht gefragt: Im Kampf gegen den Rassismus habe man vor anderen Arten von Diskriminierung die Augen verschlossen.

Manche Kritiker hielten dagegen, dass die Angst vor Rassismusvorwürfen nur ein Scheinargument gewesen sei. In Wirklichkeit habe es sich um ein typisches Klassenproblem gehandelt – wobei der Reflex des Klassendenkens, ganz gleich wie irregeleitet, für die Diskussion der Zeit symptomatisch war. Jedenfalls spülte Rotherham eine wilde Gemengelage an die Oberfläche: Vorwürfe des Klassendenkens, den echten oder nur als Argument angeführten Druck eines sozial erwünschten politischen Denkens und Diskriminierungsprobleme, die in diesem Fall von ethnischen Minderheiten ausgingen. Die politische Korrektheit, die den Multikulturalismus gewissermaßen als erstes Gebot der Gleichstellung umschließt, wurde auf eine harte Probe gestellt.

Dennoch setzte sich die Hypermoral der Political Correctness in vielen Bereichen des öffentlichen Lebens in den vergangenen Jahren immer stärker durch. Gastredner, die in Universitäten Ansichten vertreten, die die Gefühle der Zuhörer und Zuhörerinnen verletzen könnten, erhalten Absagen. Und zwar so regelmäßig, dass sich eine »Cancel Culture« entwickeln konnte. Werke auch klassischer Autoren werden mit »Trigger Warnings« versehen, Warnhinweisen vor Szenen, die moralisch an heutigen Ansprüchen geschulten Studierenden angeblich nicht zugemutet werden könnten. Diskussionen von Genderfragen geraten oft zu besonders erbittert ausgetragenen Konflikten.

Diese Debatten können als Ausdruck eines Generationenkonflikts gelesen werden. Im Kampf um Wertverschiebungen ändern sich Terminologien in hohem Tempo. Menschen, die gestern und vorgestern noch als offen und liberal galten, können sich heute unversehens der Beschuldigung ausgesetzt sehen, das Gegenteil zu verkörpern. Auch im Zuge der »Black Lives Matter«-Bewegung wurden bisher innig geliebte Bücher auf die Kippe geschmissen und weiteres, plötzlich unliebsam gewordenes Kulturgut beseitigt. Der Klassiker »Vom Winde verweht« und andere Filme und Serien (darunter »Little Britain« und »Fawlty Towers«) wurden von Fernsehsendern auf rassistische Inhalte überprüft, mit kritischen Kommentaren versehen oder aus dem Programm genommen. Die Twitter- und Blog-Dispute im Zeichen der Political Correctness, die sich vor allem um *gender* und *race* drehen, um Geschlecht und Rasse, sind beispielhaft für den Kulturkampf einer zum Bildersturm und Denkmalsturz bereiten Jugend, die sich in Großbritannien mit schlechten Zukunftschancen konfrontiert sieht. Viele treten nach dem Studium das Berufsleben mit einer hohen Schuldenlast an, so dass die Hoffnung, ein Haus zu erwerben – das Statussymbol des Erfolgs in diesem Land –, in weite Ferne rückt. Dennoch: Wer die Protestierenden von »Black Lives Matter« als Tugendprahler abtue, schrieb die »Times«, übersehe eine historische Wahrheit: »Dies ist eine Generation des Wandels, wie es sie seit den sechziger Jahren nicht mehr gegeben hat.« Der Widerspruch dieser Generation ist ihr Verlangen nach einem Wandel hin zu übergreifender Toleranz, Inklusion und Offenheit – Werte, die sie selber gegenüber anderen nicht hochhält.

Rechtspopulisten gegen den Rest der Welt

Toleranz, Offenheit und Inklusion fehlten auch einer sich in die Gegenrichtung stemmenden Bewegung, die inzwischen wieder vom Mainstream aufgenommen wurde. Extrem rechtsgerichtete Wähler wehrten sich lautstark gegen die Tabu-Übereinkünfte der liberalen Gesellschaft und wurden gehört. Vor der Europawahl im Frühjahr 2014 hatte die ausländerfeindliche UKIP-Partei mit einem Plakat geworben, auf dem ein britischer Arbeiter als Bettler auf dem Bürgersteig sitzt – während ihm, so wurde impliziert, billige Arbeitskräfte aus süd- oder osteuropäischen Ländern seine Chancen auf einen Arbeitsplatz wegschnappten: »EU Policy at work. British workers are hit hard by unlimited cheap labour.« Damit sprach die UKIP gleich zwei Reizthemen an: die euroskeptische Tendenz, verbunden mit der Angst vorm Arbeitsplatzverlust. Nach dem Referendum mit dem Brexit-Entscheid verschwand die Partei in der Bedeutungslosigkeit, nachdem sie es geschafft hatte, die Tory-Partei zu einer Kursänderung zu veranlassen und ihr wichtigstes Ziel zu erreichen, den Austritt aus der EU.

Gewählt hatten sie nicht nur die Fanatiker und die Zornigen, sondern die Verdrossenen und die Verzagten von rechts und links, die sich bei den traditionellen Parteien – den Konservativen, bei Labour, den Liberaldemokraten und Grünen – nicht mehr aufgehoben und angesprochen fühlten. Fast wäre es ihnen gelungen, die Fremdenfeindlichkeit in England gesellschaftsfähig zu machen, wenigstens für eine kurze Zeit. Doch das Nachspiel des Windrush-Skandals und die Themen, die von der »Black Lives Matter«-Bewegung auf die Agenda gesetzt wurden, haben dafür gesorgt, dass die Nation mit sich selbst ins Gericht ging und die Opfer und ihre Nachfahren wieder gehört wurden.

London: ein Haus mit fünftausend Zimmern

Die berühmten Touristenattraktionen, Museen und Institutionen – Tower Bridge und Tower, Buckingham Palace und das Riesenrad London Eye, St Paul's Cathedral: Sie prägen das Bild der Neun-Millionen-Stadt, und sie wirken auf Londons Mythos als Macht- und Kulturzentrum, nach außen und nach innen. Das Vorhandensein seiner baulichen und institutionellen Größe, Macht und Strahlkraft, sind jedem, der dort lebt und arbeitet, zwar bewusst. Doch das Alltagsleben bestimmen diese Wahrnehmungen nur am Rande – im Stolz auf die Stadt oder im Abscheu gegen ihre Widrigkeiten, im angezogenen Tempo, das sich auf den eigenen Arbeits- und Lebensrhythmus überträgt, und in dem, was man vielleicht Großstadt-Arroganz nennen mag. Eines aber spürt und erfährt jeder, der hier lebt. Es ist ein Gefühl der Möglichkeiten. Unvorhergesehenes kann passieren, jeden Monat, jeden Tag, jede Minute.

Kosmopolitisch und großzügig toleriert London vieles, wie die extreme Durchmischung unterschiedlicher Gesellschaftsklassen und Nationalitäten auf engstem Raum – und dies nicht nur in den einzelnen Vierteln, sondern innerhalb kleinster geographischer Einheiten. Das hat mit dem Selbstbewusstsein der Stadt zu tun, die in ihrer langen Geschichte ruht, mit ihrer Toleranz und ihrem Freiheitsbewusstsein, aber auch mit ihrer Gleichgültigkeit. London war immer auch ein liberaler Hort der Zukunft und der Einwanderung. Von den Hugenotten bis zu den Menschen, die vor den Nationalsozialisten flohen – und die zu einem nicht unbeträchtlichen Anteil an dem Aufbau wichtiger kultureller Institutionen nach dem Zweiten Weltkrieg beteiligt waren –, bis zu den Einwanderern heutiger Tage.

Das Nebeneinander von repräsentativen Prunkgebäuden, prahlerischen Neubauten und schäbigen Wohnhäusern, die man andernorts längst abgerissen hätte, nimmt London mit derselben entspannten Selbstverständlichkeit in sich auf. Seine vielen im Krieg unzerstört gebliebenen Gebäude machen Geschichte sichtbar und verschaffen ihr Dauerpräsenz. Die Stadt ist sich ihrer selbst so sicher, dass sie nicht um jeden Preis schön sein will wie etwa Paris mit seinen Denkmalschutzauflagen, die es im Vergleich wie ein Freilichtmuseum wirken lassen. London kann sich neben seinen Vorzeigeplätzen und Monumenten auch Hässlichkeit leisten, weil es charismatisch ist und seine Anziehungskraft kennt.

Es ruht in der Macht der großen Institutionen, die sich in ihm bündeln, und dem Bewusstsein, dass alle Wege dort zusammenlaufen: London ist nicht nur im übertragenen, sondern auch im buchstäblichen Sinne ein Verkehrsknotenpunkt mit fünf Flughäfen und 369 Bahnstationen. Die Metropole ist gelassen, weil sie weiß, dass sie überleben wird. Selbst in Zeiten der Corona-Pandemie, von der sie hart getroffen wurde.

Noch ist nicht zu sagen, wie sich das im großen und ganzen friedliche multikulturelle Miteinander verschieben wird, wenn die Folgen der Covid-Pandemie deutlich zutage treten. Unvorhersehbar ist auch das Schicksal Londons als globaler Finanzplatz und Mittelpunkt des nationalen Kulturlebens, wenn die Auswirkungen von Brexit und Corona eines Tages klar erkennbar sein werden. Londons Bautätigkeit, die ausgehend von der mittelalterlichen City im Laufe der Jahrhunderte immer weiter ins Land und damit in die Breite wuchs und umliegende Gemeinden verschluckte, hat in den letzten Jahren, so ungezügelt wie seit eh und je, eine neue Richtung eingeschlagen: nach oben. Was das Höhenwachstum der Kapitale mit ihrer noch relativ jungen Liebe zu Wolkenkratzern betrifft, so wird die Pandemie die Entwicklung nicht anhalten. Aber sie hat sie jetzt schon verlangsamt. Die Stadt ist im Begriff, sich neu zu verorten.

Keine fließenden Übergänge

»London kam mir vor wie ein Haus mit fünftausend verschiedenen Zimmern; der ganze Reiz lag darin, zu entdecken, wie die Zimmer untereinander verbunden waren, und sie allmählich alle zu durchlaufen«, schrieb Hanif Kureishi 1990 in seinem Erfolgsroman »Der Buddha aus der Vorstadt«. Tatsächlich beherbergt London unzählige Welten, Communitys, Nischen. In diesen Nischen bewegen sich die meisten ihrer Bewohner, selten zwischen mehr als zwei oder drei Welten hin- und herpendelnd, wenn überhaupt. Sie alle zu erfassen, ist ein unmögliches Unterfangen, denn die Stadt verändert sich dauernd und schnell.

Nord- und Südlondon sind nach Ansicht vieler Bewohner zwei verschiedene Erdteile. Der Norden, so das Image, an das die Londoner selbst glauben, beherbergt von Hampstead bis Stoke Newington, von Highbury und Islington bis nach Hoxton Künstler und die linke Intelligenzija. Im Süden siedeln sich die Luxusimmigranten aus Russland und den arabischen Ländern an. Dort ist das große Geld zu Hause. Aber nicht nur. In Lambeth, Brixton, im ganzen Südwesten gibt es auch jede Menge Sozialwohnungen. In North und West Kensington herrscht teilweise starke Verwahrlosung. Die Gegenden sind also weniger sozial steril als durchaus heftig durchmischt. In beiden Teilen der Stadt aber gibt es bürgerliche, mittelständische Gegenden und andere, die von hoher Arbeitslosigkeit und Verwahrlosung geprägt sind. Übrigens ist das Nord-Süd-Gefälle eine Erscheinung der Nachkriegszeit. Zuvor bestand eher ein Ost-West-Gefälle. Die *working class* lebte zumeist im Osten der Stadt, das *posh business* im Westen. Londons Kosmen und Mikrokosmen koexistieren oft in nächster Nähe zueinander, ohne je miteinander in Berührung zu kommen. Zum Beispiel in Hackney im Norden, einem von 32 Bezirken der Stadt. Es gehört zu denen mit der höchsten Anzahl von Verbrechen in der ganzen Stadt, und im Nachbar-Borough kam es im Sommer 2011 zu schweren Krawallen, die sich auf Hackney und andere Stadtteile ausweiteten. Die Armut gibt Straßen und Häusern eine raue Oberfläche, ein hartes Gesicht. Hinter den bröckelnden Fassaden und Mauern ohne Anstrich, in den Wohnungen, Geschäften und Büros wird improvisiert, ganz gleich, ob es sich um die Verlegung von elektrischen Leitungen oder um Einrichtungsgegenstände handelt.

Die fünftausend Zimmer der Stadt, von denen Hanif Kureishi in seinem Roman spricht, sind in vielen Fällen nur geographisch verbunden. Die orthodox-jüdische Gemeinde von Stamford Hill und ihre Nachbarn aus aller Welt haben nur wenige Berührungspunkte und kein Bedürfnis, das zu ändern. Ähnliches gilt für die vielen Mitglieder der türkischen und vieler anderer Communitys, deren Englischkenntnisse manchmal nicht einmal für ein einfaches Gespräch ausreichen. Monica Ali erzählt davon am Beispiel der Pakistaner in ihrem Roman »Brick Lane«, eine Straße in unmittelbarer Nachbarschaft zum Bahnhof Liverpool Street und dem Szene-Reservat Dalston.

Im Jahr 2009 kürte der »Guardian« den im Bezirk Hackney gelegenen Stadtteil Dalston – übrigens seit mehr als hundert Jahren schon ein Einwandererviertel – zur »coolsten« Gegend in ganz Großbritannien. Künstler und Kreative ziehen seit Jahren der einigermaßen erträglichen Mieten wegen dorthin. Alle möglichen Klassen und Kulturen koexistieren dort und kommen sich nur gelegentlich in die Quere. Ein übergreifender sozialer Konsens ist nicht erkennbar. Von fließenden Übergängen kann nicht die Rede sein. Man lebt an einem Ort, doch kaum gemeinsam.

Schätzungen zufolge werden dreihundert verschiedene Sprachen in der ganzen Stadt gesprochen.

Obwohl das arme Nordostlondon, von dem hier die Rede ist, lange ein Biotop für sich war, treten inzwischen auch immer mehr junge Menschen, die in überwiegend – aber nicht ausschließlich – wohlhabenden Bezirken wie Chelsea, Hammersmith und Fulham zu Hause sind, die Reise quer durch die Stadt an: Das gehört zu den Widersprüchen, die ein sozialer Brennpunkt wie Hackney in sich vereint. An manchen Orten ist die Stadt nicht nur ein Gemisch der Kulturen, sondern auch der Klassen.

Gerade an den mehr oder weniger sichtbaren Trennlinien zwischen armen und reichen Gegenden entstehen Brennpunkte für soziale Konflikte. Wie beim Brand eines Hochhauses in einem armen Teil des wohlhabenden Stadtbezirks Kensington und Chelsea. Das Feuer im Grenfell Tower wurde zum Symbol der Ungleichheiten Londons und zum Trauma, das die Stadt immer noch beschäftigt. Das Hochhaus entstand 1974 als soziales Wohnbauprojekt und ging in der Nacht auf den 14. Juni 2017 in Flammen auf – landesweit einer der größten Brände der vergangenen hundert Jahre. Von 294 Menschen, die sich damals im Hochhaus aufhielten, konnten 159 Personen fliehen, 65 wurden von Feuerwehrleuten gerettet, 70 erstickten.

Die Verkleidung der Außenfassade hatte das Feuer, das sich jäh ausbreitete, beschleunigt. Die Hersteller der Verkleidung und Baufirmen des gerade sanierten Gebäudes hatten gepfuscht, die Feuerwehr kopflos und unvorbereitet reagiert. Die Tragödie wurde sofort politisiert, und es hieß: Arme Leute starben in einem billig renovierten Haus im reichsten Viertel der Stadt, weil die Stadt sich nicht um Benachteiligte schere oder weil sie den Sozialbau sogar absichtlich vernachlässigt habe, um einen Vorwand für die Privatisierung von Wohnraum zu schaffen. Das Desinteresse der Reichen habe die Armen getötet. Andere waren überzeugt, dass banales menschliches Versagen der Auslöser der Tragödie war. Sie habe bestimmte Deutungsreflexe ausgelöst, die typisch für die englischen Klassenvorurteile seien, fanden sie. Sicher ist, dass eine Diskussion wie die über die Ursachen und Folgen des Grenfell-Tower-Brands in der inzwischen jahrelang anhaltenden Heftigkeit nur an einem Ort geführt werden kann, an dem Arm und Reich so unmittelbar miteinander konfrontiert werden wie an diesem. Sicher ist auch, dass das Armutsgefälle zu den drängendsten Problemen der Stadt gehört. Mit ihm wird sie sich in Zukunft weiterhin beschäftigen müssen. Immer größer werden die Unterschiede zwischen der boomenden City und Bezirken, in denen die Superreichen unter sich sind, und anderen Teilen der Metropole, die unter Verarmung und Funktionsverlust leiden. Die Kluft zwischen Armut und Reichtum vertieft sich seit Jahren im ganzen Land. Aber in London, der im Grunde »unbritischsten« aller Städte des Landes mit ihrem hohen Ausländeranteil, sind die Gegensätze am deutlichsten sichtbar.

Vor Corona zeichnete sich auch in London die globale Tendenz eines immer stärker wirkenden Sogs vom Land in die Großstädte ab. In den neunziger Jahren stiegen nach zwei mageren Jahrzehnten Londons Einwohnerzahlen wieder an. Noch sechs Jahre vor der Pandemie rechnete man mit einem rasanten Anwachsen der Stadtbevölkerung im kommenden Jahrzehnt auf rund zehn Millionen Einwohner, und lange sah es so aus, als ob es genauso kommen würde. Die Seuche veränderte alle Prognosen dramatisch. Londons Bevölkerungszahl werde zum ersten Mal seit den späten achtziger Jahren wieder abnehmen, titelte die Tageszeitung »The Guardian« Anfang 2021. Von neun Millionen werde die Einwohnerzahl auf 8,7 Millionen sinken, prognostizierte die Wirtschaftsprüfungs- und Beratungsgesellschaft PricewaterhouseCoopers. Das heißt, dass vermutlich 300.000 Menschen die Stadt verlassen werden.

Pendler könnten ihre Optionen neu überdenken, ebenso wie Studierende, die normalerweise für kürzere Zeit in die Stadt ziehen. Die Fortsetzung der Heimarbeit wird in bestimmten Maßen auch nach der Epidemie erwartet, was den Wegfall weiterer Arbeitsplätze, wie etwa in der Gastronomie, nach sich ziehen wird. Mit der Arbeit vom heimischen Schreibtisch haben Scharen von Angestellten die Chance, in die Vororte oder aufs umliegende Land auszuweichen. Dort sind die Miet- und Häuserpreise niedriger, und die Sicherheit vor Corona – und vor den Seuchen der Zukunft – steigt. Als Folge der Pandemie, aber auch des Brexit, wird ein geringerer Zuzug internationaler Bewohner erwartet. Hinzu kommt die durch die Pandemie ausgelöste Arbeitslosigkeit in der Stadt, vor allem in den von ihr besonders hart getroffenen Sektoren der Unterhaltungs- und Serviceindustrie, Einzelhandel und Reise. Ein Einwohnerschwund wird wiederum einschneidende Konsequenzen für die gesamte Wirtschaftslage Londons haben, für die Immobilienpreise und die öffentlichen Verkehrsmittel. Vieles wird davon abhängen, ob und wie sehr sich das Modell der Heimarbeit als Zukunftsmodell etablieren wird – und wie schnell sich die Reiseindustrie erholen wird.

Das Machtzentrum

»Ich habe das Merkwürdigste gesehen, was die Welt dem staunenden Geiste zeigen kann, ich habe gesehen und staune noch immer – noch immer starrt in meinem Gedächtnisse dieser steinerne Wald von Häusern und dazwischen der drängende Strom lebendiger Menschengesichter mit all' ihren bunten Leidenschaften, mit all ihrer grauenhaften Hast der Liebe, des Hungers und des Hasses – ich spreche von London«, schrieb Heinrich Heine 1824 in seinen »Englischen Fragmenten«. Das alles, der ganze große Überwältigungseffekt, kann immer noch erlebt werden.

Doch London ist nicht nur ein Chaos von Menschen, Häusern und Maschinen, sondern auch ein Ort der Konzentration und Bündelung. Alles läuft in der Hauptstadt zusammen. Es ist der Sitz der politischen und ökonomischen Macht, Mittelpunkt des Kulturlebens und Standort aller wichtigen Medienunternehmen. Rund zwanzig Prozent der gesamten Wirtschaftsleistung und mehr als fünfzig Prozent der Wertschöpfung Großbritanniens werden an diesem einen Ort erbracht.

In keiner anderen britischen Stadt wird so viel Geld für Kultur ausgegeben. Neben der Finanzbranche mit ihrem inzwischen angeschlagenen Ruf war die Kreativindustrie bisher Großbritanniens Großverdienerin. Schon zu Beginn der Pandemie zeichneten sich die katastrophalen wirtschaftlichen Konsequenzen für den gesamten Kulturbetrieb ab. Die Künstler und Kulturmanager sorgen sich seit dem Referendum zusätzlich um die Probleme, die der Brexit verursachen wird, von Zöllen bis zu Visa für reisende Orchester.

In der Zeit vor der Pandemie und der Trennung von Europa galt London als die Vorzeigestadt des britischen Kulturlebens und war keineswegs repräsentativ für das Ganze. Während andernorts die Zuschüsse für Theater, Museen und Orchester drastisch gekappt oder, wie in Newcastle 2012 geschehen, komplett gestrichen wurden, prosperierte die Kapitale, mit der man glänzen wollte. Das Bestehende wurde sogar noch erweitert, ausgebaut oder aufwendig renoviert. Die Vielfalt der Bevölkerung sorgte für kreative Reibungen, Energie und Inspiration. Um etwas zu erleben, aus dem Kunst entstehen würde, brauchte man gar nicht viel zu unternehmen. Ausgehen und Hinsehen reichte oft schon.

Der Lockdown traf Orte wie London, an denen Gäste aus dem Um- und Ausland eine so bedeutende Rolle spielten, besonders hart. Die 16 Millionen ausländischen Besucher pro Jahr, die vorher einfach dazugehörten, blieben plötzlich weg. Der Tourismus wird nicht so schnell zurückkehren. Während die Stadt von einem Lockdown in den nächsten taumelte, begannen die Kulturinstitutionen, sich auf das Publikum vor der eigenen Haustür zu besinnen. Bis zum Anbruch der Pandemie war der Trend zur fortschreitenden Urbanisierung kaum je in Frage gestellt worden. Nun aber dachten die Kulturmanager darüber nach, ob sich städtische Ballungszentren auch weiterhin als ideale Wirtschafts- und Kulturstandorte erweisen werden. Vielleicht gewinnen kleinere Städte künftig an Zugkraft, weil sie agiler, sicherer und leichter zu navigieren sind. Doch verschwinden werden die großen urbanen Zentren sicher nicht.

Immer schon haben pragmatische Bedürfnisse und einzelne Projekte – und nicht etwa umfassende ästhetische Entwürfe – die Londoner Stadtentwicklung bestimmt. Und immer wieder erfand die Metropole sich neu, das zeichnete sie aus. Wachstumsschmerzen kennt London seit nahezu 2000 Jahren. Die große, alte Stadt lebt von ihrer Dynamik. Stagnation ist ein Fremdwort für sie. Im Umgang mit dem Chaos hat sie Übung. Und bisher gelang es ihr, den Charme der Vergangenheit bei gleichzeitigem Zukunftsstreben zu erhalten – oder ihn doch immer wieder zu regenerieren. Denn bei ständigem Wachstum und permanenter Veränderung ist die Beibehaltung bestimmter tradierter Fixpunkte wichtig. Nur so behält die Stadt ihren ausgeprägten Sinn für die eigene Identität und damit ihre Zugkraft. Ihre Stärke ist ihre Einzigartigkeit. Sie zieht Neues an, aber weiß auch, wo sie herkommt, und beharrt auf ihren Eigenheiten.

Wo aber neue urbane Bereiche ohne eine Vorstellung davon entstehen, wie sie sich in ihre Umgebung einfügen und diese verändern werden, kann nicht von intelligenter Verdichtung und funktionalem Bauen gesprochen werden. Eine solche Entwicklung bedroht auch das historische Künstler- und Rotlichtviertel

Soho, seit Jahrhunderten berühmt, berüchtigt und immer noch ein bisschen heruntergekommen. Die kolossale, glasüberdachte U-Bahnstation Tottenham Court Road Station erhebt sich seit einigen Jahren am Rande des Viertels. Ganze Häuserzeilen wurden in ihrer unmittelbaren Umgebung abgerissen, um Platz für Luxusapartmentblöcke zu schaffen, wie derzeit überall in London. Nicht nur die Ästhetik der kleinen, schmuddeligen Straßen von Soho und seiner engen, oft phantasievoll gestalteten Läden veränderte sich. Auch die gesamte Sozialstruktur dieses heruntergekommenen kleinen Königreichs der billigen Vergnügungen mit seinen Restaurants, Bars und Bühnen ist vom Untergang durch eine gnadenlose Sterilisierung bedroht.

Angestrebt sind, neben den ubiquitären Luxuswohnungen, exklusive Vergnügungsstätten für eine zahlkräftige Kundschaft. Der neue Zugang zur Tottenham Court Road Station entstand im Zuge der Schnellbahnlinie »Crossrail« durch London und einige der Außenbezirke, deren teure Baugeschichte sich seit Jahren in die Länge zieht. Die »Crossrail«-Strecke, ein gigantisches Bauprojekt, will seine Bedeutung nicht durch diskrete Eingänge, sondern durch auffällige U-Bahnhöfe dokumentieren. Da behauptet sich eine Architektur der Größe, ohne Rücksicht auf historisch gewachsene Stadtwege und intelligente Straßenplanung. Sie ist symptomatisch für die Art der Bebauung, die Londons Stadtplanung in den Jahren vor Covid bevorzugt hatte. Vielleicht wird man sich nun, zwangsläufig, etwas bescheiden müssen.

Sicher aber wird sich die Stadt – deren Planung in der Verantwortung der einzelnen Bezirke liegt und nicht von einer übergreifenden Instanz gesteuert wird – weithin ungehemmt entwickeln, so wie schon seit hunderten von Jahren. Neue Gebäude werden entstehen, alte abgerissen, sanierungsbedürftige Innenstadtbezirke sehen ihrer Gentrifizierung entgegen, manchmal unter dem Protest der Bewohner, wie es in Soho der Fall ist. Die Preise schießen in den Himmel oder stagnieren, die Bewohner werden an die Stadtränder und ins Umland gedrängt oder verlassen das Zentrum – und das alles gesteuert von der unsichtbaren Hand der Märkte. Das Kapital gibt Tempo und Richtung der Bautätigkeit vor. Die Vielzahl der Baukräne und die entstehenden neuen Gebäude dokumentieren dies stumm und autoritär, als wären sie vom Himmel gefallen und als gäbe es kein Ausweichen vor ihnen. Die Mehrzahl der Politiker steht kopfnickend oder achselzuckend in ihrem immer größer werdenden Schatten. Das eigentlich Unschöne an der Sache ist nicht nur ein mögliches ästhetisches Problem, sondern, auch wenn es keiner so sagt, das Gefühl der Fremdbestimmung.

In den vergangenen zwei Jahrzehnten hat die Kapitale ihre Dominanz stolz in einer sich rasant verändernden Silhouette zur Schau getragen. Der weltweite Trend der gesteigerten Bautätigkeit in den Metropolen mit ihrem rasanten Höhenwachstum hatte auch London erfasst. 2019 wurde eine Rekordzahl von Hochhäusern errichtet, und das in einer Stadt, in der Hochbauten historisch nicht dominierten. Unterdessen – Anfang 2021 – befinden sich 550 Wolkenkratzer entweder im Bau, oder die Baugenehmigung wurde bereits bewilligt oder beantragt. Sie schießen 20 bis 60 Stockwerke hoch empor und häufen sich im Zentrum und vor allem im Osten der Stadt in wildem Stilgemisch. Die neuen Hochbauten sollen zu achtzig Prozent Wohnraum schaffen. Doch es fragt sich, für wen. Viele der Projekte werden von ausländischen Investoren aus dem Nahen Osten, Russland und von anderswo finanziert, die eine sichere Anlagemöglichkeit für ihr Geld suchen. Schon vor Corona ging man davon aus, dass die meisten Luxuswohnungen wohl oft – oder immer – leer stehen würden. Boris Johnson, der zu Beginn des Hochhausbooms Londons Bürgermeister war und nebenbei auch als Journalist arbeitete, behauptete in seinen polemischen Kolumnen das Gegenteil. Womit er, wie mit so vielem, unrecht behalten sollte.

Dass die Stadt in die Höhe wächst, kann jeder sehen. Doch unterhalb ihrer Straßen führt sie ein anderes, unsichtbares, geheimes Leben. Ein Netz von Tunneln, unterirdischen Räumen und Kanälen verschiedenartigen Ursprungs und unterschiedlicher Funktionen liegt verborgen unter unseren Füßen. Da sind zum Beispiel die vielen Flüsse, die niemand mehr sieht. Schon im mittelalterlichen London hatte man begonnen, die von Unrat verseuchten Wasserläufe unter die Erde zu verlegen. Im neunzehnten Jahrhundert behob dann das von Joseph Bazalgette geplante, riesige Abwassersystem das Problem der gegen Ende des achtzehnten Jahrhunderts legendär gewordenen Verschmutzung der Flüsse durch Abfälle von Metzgereien, Dung und Blut. Viele Wasserstraßen wurden in die Kanalisation umgeleitet, wo sie bis heute fließen. Wer genau hinsieht und weiß, wo er schauen muss, kann sie an manchen Stellen noch sehen, einige unter Abdeckgittern, in trauriger Gefangenschaft. Die Themse ist der einzige von rund 15 Bächen und Flüssen, der sich heute noch in voller Pracht blicken lässt. Selbst der Buckingham Palace wird in der Tiefe von einem Gewässer, dem Tyburn, in Richtung Victoria Station unterquert. Die Schiffahrtskanäle wie der Regent's Canal blieben erhalten. Sie werden vor allem von einem der verschwundenen Flüsse gespeist, dem River Lee.

Mit dem Bewusstsein ihrer ins Unterirdische ragenden Existenz erhält die Stadt eine andere Dimension. Wenn wir uns die Zukunft unserer Städte vorstellen, denken wir in der Regel an ihr Höhenwachstum, an ein Emporschießen von Glas und Stahlträgern. Ihre Vergangenheit hingegen liegt zwar unter der Erde, aber keineswegs für immer begraben. Denn der Bau jedes neuen, emporstrebenden Gebäudes fördert sie noch einmal zutage und zwingt die Bauherren, sie in ihre Überlegungen einzubeziehen.

Wer hinter die Kulissen – oder gewissermaßen unter den Bühnenboden – Londons schaut, der sieht auch ein Gewirr von Kabeln, Rohren, Tunneln, Gewölben und Schienen. Manche von ihnen sind für den Betrieb der Stadt notwendig, andere sind obsolete Überbleibsel einer vormals nützlichen Existenz: angesiedelt irgendwo zwischen Ruine und Baustelle. Sie erinnern an die Vergänglichkeit der Stadt, aber vor allem daran, dass sie ein Ort ständiger Veränderung und Erneuerung ist, die für ihren Fortbestand so lebenswichtig wie riskant sind.

Zu den bekanntesten pulsierenden Bestandteilen des Londoner Untergrunds gehört die *Tube,* die älteste U-Bahn der Welt. Ihr rund 400 Kilometer umspannendes Netz ist bis heute eines der ausgedehntesten der Welt und eine der Schlagadern der Stadt. Ihr Bau begann 1860 mit der Metropolitan Line und ist über mehr als 150 Jahre – bis heute – fortgesetzt worden. »Wir alle nutzen den Untergrund in derselben Weise, wie wir in den Blocks, in denen wir leben und arbeiten, die Aufzüge nach oben nehmen«, schrieb der Schriftsteller Will Self. »Ein Großstadtbewohner zu sein, heißt, die Extreme des von Menschenhand Gemachten anzunehmen, sein Ying und sein Yang, seine Gruben und seine Pendel.«

Erfolgreiche Wiederbelebung

Über der Erde zerschießen unterdessen nicht nur Hochbauten und Luxuswohnungen (und oft das eine im anderen) die architektonische Balance. Gezielt geplante Bauprojekte lassen Inspirierendes entstehen, das die gesamte Stadtkultur beeinflusst. Richtungsweisend war die Entstehung der Tate Modern aus einem alten Industriegebäude an der Themse. Das Areal war jahrzehntelang Ödland gewesen, eine unsichere Gegend, die man nachts nur auf eigene Gefahr betreten konnte. Aber seit das einstige Kraftwerk, vom Basler Architektenbüro Herzog & de Meuron neu erdacht, im Jahr 2000 als Kunstmuseum eröffnet wurde, entpuppte es sich nicht nur als Magnet für Architektur- und Kunstliebhaber. Dank der klugen Politik des Hauses war die Tate Geburtshelferin bei der Transformation Londons zur internationalen Kunstmetropole. Zugleich revitalisierte der Bau einen ganzen Stadtteil, so dass 2016 ein großartiger Erweiterungsbau desselben Büros folgte. Die Erfolgsgeschichte der Tate Modern hat nachhaltig gezeigt, wie städtebauliche Programme in der Lage sind, desolate Gegenden zu beleben.

Ein ähnlicher Energieschub veränderte die verwahrloste Gegend um die Bahnhöfe King's Cross – ein noch umfassenderes Beispiel gelungener urbaner Regeneration. Klugerweise verpflanzten seine Entwickler eine der bedeutendsten Modeakademien der Welt, das Central Saint Martins College, vom West End dorthin und damit gleich auch die junge, dynamische Studentenszene. In Neubauten und renovierten Industrieruinen etablierten sich ungewöhnliche Geschäfte und Restaurants. Stararchitekt David Chipperfield steuerte ein Gebäude bei. Die unmittelbare Nähe zweier Bahnhöfe, von denen einer London direkt mit Paris verbindet, schafft eine ideale Infrastruktur. Bedeutende Firmen haben sich mittlerweile dort angesiedelt. Der europäische Hauptsitz von Google folgte mit einem aufregenden, von den Büros Bjarke Ingles und Thomas Heatherwick entworfenen Gebäude – wegen seiner Länge von 330 Metern als »Landscraper« bezeichnet. Der Bau am Google-Haus verlief während der Corona-Lockdowns im Stop-and-Go-Rhythmus, wurde aber zuversichtlich fortgeführt.

Als Großbaustelle lärmt seit Jahren das ehemalige Olympische Gelände. Es liegt in einem sozial schwachen Teil Londons, der mit Hackney, Newham und Tower Hamlets drei der ärmsten Bezirke des Landes umschließt. Die Gegend zog nie Touristen an – bis die britische Metropole 2005 den Zuschlag für die Olympischen Sommerspiele 2012 erhielt. Er war verknüpft mit der Verpflichtung zu einem auf Städtebau, Architektur und Nachhaltigkeit ausgerichteten Projekt. Architekten wie Zaha Hadid und Künstler wie Anish Kapoor hinterließen ihre weithin sichtbaren Spuren. Früh schon konzentrierten sich die Planer auf die Zeit nach dem olympischen Ereignis, um die angrenzenden Viertel zu erneuern und besser zu verknüpfen. Doch ob das Erbe des olympischen Sommers den darbenden Gemeinden langfristig auf die Beine helfen wird, bleibt abzuwarten.

Denn es heißt, die Sportlerwohnungen würden inzwischen zu Preisen vermietet, die sich die Menschen in Hackney, Newham und Tower Hamlets kaum leisten könnten. Neben Wohnungen entstehen auf dem Gelände eine Reihe hochrangiger Kulturinstitutionen, wie etwa Ableger des Victoria & Albert Museums und des University College London: Sie werden eher Touristen – und Studierende – anziehen, wenn sie denn eines Tages wiederkehren. Es ist zu hoffen, dass künftig auch die Menschen in den umliegenden Vierteln vom Aufschwung der Gegend profitieren. Die Politiker der Stadt, immer auf der Suche nach großen Worten, nennen das Gelände nun »Olympicopolis« oder »Albertopolis« des Ostens – in Anlehnung an die von Queen Victorias Prinzgemahl geförderte Museumsmeile in South Kensington.

Ein gefräßiger Koloss: Metropole contra Provinz

Unterdessen entfremdet sich das reiche London mit seinem Völkergemisch immer mehr vom Rest Großbritanniens – auch das ist nichts Neues. Die dominierende Stellung der Metropole hat sich seit der Rezession von 2008 noch vertieft, und die Stadtregierung tut alles für die Fortsetzung dieser Entwicklung. Vielleicht bremst die Covid-Pandemie auch diese Tendenz aus. In der Vergangenheit pendelte London zwischen Boom- und Rezessionsphasen: Den Muff der fünfziger Jahre trieben die Swinging Sixties aus, als die Londoner Popkultur weltweit an Strahlkraft gewann. In den siebziger Jahren erlebte die Stadt einen Niedergang, in den Achtzigern begann sie sich wieder zu erholen. Nach einer tiefen Rezession in den neunziger Jahren folgte die Ära, die unter dem Etikett »Cool Britannia« hochgeschrieben wurde.

Bis zum Frühjahr 2020 war die Hauptstadt wie ein gefräßiger Koloss, an dem die Härten der Wirtschaftskrisen abprallten – eine Welt für sich. Während in den Einkaufsstraßen in der Provinz die Geschäfte reihenweise schlossen, funkelten immer neue Luxusläden in der Hauptstadt. Dann kam das Aus. Schon während der aufeinanderfolgenden Lockdowns im ersten Pandemiejahr erlebten die Shoppingmeilen der Stadt einen deprimierenden, jähen Absturz. An der Oxford Street, einer der touristisch belebtesten Einkaufszeilen, schlossen namhafte Kaufhäuser wie Debenhams und trendige Modeläden wie Topshop. Andere, wie John Lewis, wurden verkleinert. Die Menschenmassen, die sich zu normalen Zeiten über die Bürgersteige schoben, lichteten sich. Auf der Regent Street wurden die Fensterfronten einstiger Luxusläden mit bunter Folie abgeklebt, um den Zustand ihrer Verlassenheit zu verschleiern. In den Traditionshäusern Selfridges, Harvey Nichols und Fortnum & Masons herrschte auch zwischen den Lockdowns eine Leere, die einen um ihre Zukunft fürchten ließ. Der Einzelhandel lag am Boden. Die von Besuchern abhängige Metropole zeigt die Spuren der Verheerung deutlicher als kleine Städte mit ihrem unverändert lokalen Kundenstamm.

Bis dato hatten in keiner anderen Stadt der Welt so viele Milliardäre wie in London gelebt. In Relation zur Bevölkerungszahl waren es mehr als in jedem anderen Land gewesen. Sie kamen aus dem Mittleren Osten, aus Osteuropa und aus Asien: deutliche Zeichen einer Entwicklung Londons zum Mittelpunkt der globalen Geldelite, die sich in der Stadt sicher fühlte und von den Regierungen der vergangenen zwanzig Jahre mit offenen Armen – mittels vereinfachter Visabestimmungen und Aufenthaltserlaubnisse – aufgenommen wurde. Reiche und Superreiche zogen scharenweise in Stadtteile wie Kensington, ließen den Immobilienmarkt im sogenannten Super-Prime-Bereich florieren und investierten in die Zukunft, indem sie ihre Kinder auf die berühmten britischen Schulen und Internate schickten.

Die Hauptstadt glich trotz ihrer »Problemzonen« immer mehr einem gigantischen Potemkinschen Dorf, einer Kulisse, die von den Nöten der anderen Regionen ablenkte. Doch nicht nur die Provinz blieb inzwischen weit hinter den Errungenschaften, dem Glanz und der Anziehungskraft der Metropole zurück. Auch andere britische Großstädte wie Liverpool, Manchester und Bristol hatten Mühe, auch annähernd den Anschluss an den Standard der Kapitale zu halten. Es ist schwer vorstellbar, dass sie ihre Vorrangstellung je einbüßen wird, trotz der Schwere, mit der die Pandemie sie getroffen hat. Im Vergleich zu London ist der Rest des Landes: langweilig. Der Amerikaner Henry James sagte einmal, es sei unmöglich, sich adäquat oder gerecht über die Metropole zu äußern. Sie sei kein freundlicher Ort, und weder angenehm noch fröhlich oder leicht – nur großartig: »It is only magnificent.«

Gewalt auf der Straße

Auch die Kehrseite der Energie, Gewalt und Kriminalität, gehört zu einer Stadt von Londons Dimensionen. Das war immer schon so, wie der Schriftsteller Peter Ackroyd in seinem großen Buch »London – The Biography« schreibt. Die allgemeine, zum Teil groteske Gewalt auf der Straße sei einer der Fäden, aus denen diese Stadt gewebt wurde: »London ist so groß und wild, dass es alles in sich enthält.«

Dass gutnachbarliches Miteinander ein sensibles Gebilde ist, zeigten die Krawalle in Tottenham im August 2011. Geschäfte wurden geplündert, Autos und Gebäude angezündet. Die Gewalt griff auf andere Teile der Stadt und schließlich auf andere Städte über. Die Politiker und Medien sprachen dabei zunächst von »purer« Kriminalität« und »urbanem Machismo« und wollten im ersten Moment keine politische Motivation erkennen, sondern eine sinnlose Zerstörungsorgie, inszeniert von Jugendlichen als Unterhaltung an langweiligen Sommerabenden. Das Überraschende aber lag letzlich nicht darin, dass es zu den Krawallen kam, sondern darin, dass das extreme multikulturelle Zusammenleben überhaupt so lange – und bis dahin in Teilen sogar gut – funktionierte.

Viele Jugendliche in sozial schwachen Gegenden der Stadt fühlen sich weder in die nachbarliche Umgebung eingebunden noch ins gesamtgesellschaftliche Gefüge. Dazu kommen Arbeitslosigkeit und schlechte Schulbedingungen, oft über Generationen hinweg. Drogen und Waffen und besonders Messerstechereien gehören zum Alltag der sich seit Jahren bekämpfenden Jugend-Gangs in London. Unter Teenagern, meist Migrantenkindern, breitet sich seit Jahren Waffenkriminalität aus. Vor allem junge Einwanderer in London bekämpfen sich in Bandenkriegen.

Heute haben Messerstechereien einen hohen Anteil an der täglichen Gewalt auf den Straßen der Hauptstadt. Bei den Tätern handelt es sich dabei zum überwiegenden Teil um Jugendliche, die in zerbrochenen Familien aufwachsen, nicht zur Schule gehen und ihre soziale Stellung in Banden etablieren. Der Rest der Gesellschaft (und auch der vor Ort lebenden mittelständischen Bürger) betrachtet das als isoliertes Problem – bis es anstelle der vielen kleinen Implosionen im Bandenmilieu schließlich im

Sommer 2011 in Nordlondon zur Explosion kam. Wer Gegenden wie Tottenham und das oben beschriebene Hackney kennt, wo die Krawalle begannen und wo eine der höchsten Arbeitslosenquoten in London herrscht, weiß, dass dort keine homogene und bürgerliche Welt zum Einsturz gelangte.

Unmittelbar an Hackney angrenzend schlägt das wirtschaftliche und historische Herz der Stadt. Die Architektur – jahrhundertealte Ruinen, barocke Kirchen und steile Neubauten – macht sich dort noch wildere Konkurrenz als anderswo in London: In der City befinden sich die Banken, dort wird das Geld des Landes gemacht, und an Werktagen sind die Straßen in normalen Zeiten voll von Menschen in gediegenen dunklen Anzügen und Kostümen. Die Londoner City, zugleich der älteste Kern der Stadt, ist ein Kapitel für sich.

Wo das Geld verdient wird: die Stadt in der Stadt

Mit der Bezeichnung City of London ist nicht die gesamte Stadt gemeint und schon gar nicht das innerstädtische Shopping-Mekka um die Oxford Street. Die City of London ist vieles zugleich: das historische Zentrum und integraler Bestandteil der Metropole, von dem ihr Wachstum um 50 n. Chr. ausging. Sie ist der Ort, an dem die Geschichte der Stadt – und des Landes – konzentriert erfahrbar wird. In der City kristallisiert sich die ökonomische Macht des Landes, und in ihr wird über ihre eigene und die Zukunft des Landes entschieden – in wirtschaftlicher, und, wie manche behaupten, auch in politischer Hinsicht. Und zugleich ist die City ein anachronistischer Fremdkörper im Herzen Londons, dessen Traditionen und Gepflogenheiten vielen unbekannt sind und die Eingeweihten faszinieren. Anderen ist ihr Sonderstatus ein Ärgernis.

Auch lässt sich behaupten, dass die City of London die älteste demokratische Gemeinde der Welt ist. Seit zweitausend Jahren praktiziert sie Selbstbestimmung. Sie ist der Sitz zahlreicher mächtiger und einflussreicher Anwaltskanzleien aus dem Vereinigten Königreich und den Vereinigten Staaten, die hier Niederlassungen haben, inklusive des sogenannten Magic Circle – der führenden Kanzleien im Vereinigten Königreich. Bis heute tut sie das, wie fast alles, was in ihr vorgeht, auf sehr diskrete Weise. »Unsichtbare Geldeinnahmen, unsichtbare Macht« – so fasste es die »Financial Times« einmal zusammen.

Geographisch umfasst die »Square Mile« etwa 1,2 Quadratmeilen: ein kleines Gebiet, das sich vom Ufer der Themse nach Norden erstreckt und einen der größten Finanzhandelsplätze der

Welt eingrenzt. Die City of London besitzt uralte Sonderrechte und ein eigenes Verwaltungswesen und sogar ihre eigene Polizei. Wer in der Square Mile nur flaniert und nicht dazugehört, spürt von alldem nichts. Für den ist sie ein Teil der Stadt, der sich naht- und grenzenlos in die umgebende Architektur einfügt. Doch für die, die dort arbeiten, sind ihre Besonderheiten entscheidend.

Der historische Kern Londons bot gute Voraussetzungen für den Handel: Genau dort, am Nordufer der Themse, lag die geeignetste Stelle, um eine Brücke zu errichten und einen verkehrsgünstigen Hafen anzulegen. Schon in der Römerzeit entstand eine lebendige Hafenstadt. Später gewann London Bedeutung als Knotenpunkt eines Handelsnetzes, das nach Skandinavien, Flandern, Frankreich und bis zum Rheinland reichte. Der normannische König Wilhelm der Eroberer erkannte die Privilegien der City – die weit in die Vergangenheit zurückreichten – im Jahr 1067 an, und auch in der Magna Carta im Jahr 1215 blieben sie unangetastet. Zu Beginn des zwölften Jahrhunderts wurde die City unabhängig von der Krone, und während des gesamten Mittelalters war sie eine Stadt der Kaufleute und Handwerker.

An die mächtigen, im frühen Mittelalter entstandenen Zünfte erinnern heute noch Straßennamen wie Milk Street, Bread Street, Ironmonger Lane, Poultry, Cloth Fair und Mason's Avenue. Von den sogenannten Livery Companies, die aus den im Mittelalter mächtigen Gilden hervorgehen, leben 110 ungewöhnlicherweise noch fort. Auch einige wenige neue sind entstanden, wie 2014 die »Worshipful Company of Arts and Scholars«, deren aus der Zeit gefallene Namensgebung der alten Tradition der City entspricht.

Jede der geheimnisvollen »Livery Companies« hat ihre eigenen Regeln und pflegt noch ihre alten Rituale – ein Liveryman der »Leathersellers' Company« etwa wird bei seiner Einweihungszeremonie im Gewand der alten Zunft eingekleidet. Auch Frauen dürfen inzwischen Mitglieder der Innungen werden und sich »Liveryman« nennen. Bei aller Liebe zur Tradition haben aber doch nur noch wenige der historischen Pflichten der »Livery Companies« überlebt. So überprüft die »Gunmakers' Company« bis heute die Sicherheit von Schusswaffen, und die »Goldsmiths' Company« wacht über die Stempel bei Edelmetallen. Viel eher sehen die alten Zünfte, die diskret hinter den Kulissen der City wirken, ihre heutige Rolle in der Philantropie. Sie verwalten ihren über die Jahrhunderte akkumulierten Reichtum aus Immobilien, Grund und Boden und Erbschaften, um ihn für wohltätige, oft bildungsbezogene Zwecke einzusetzen. Viele der teils prachtvoll gestalteten Zunfthallen versanken beim Großen Brand von London 1666 in Schutt und Asche, andere im Zweiten Weltkrieg, doch 39 von ihnen existieren noch. Die Küche und die Krypta der »Merchant Taylors' Hall« – der Schneiderzunft – überlebten Feuer und Krieg und sind seit sechshundert Jahren ununterbrochen in Gebrauch.

Die Mitglieder der noch existierenden »Livery Companies« wählen bis heute unter anderem den Bürgermeister der City, den »Lord Mayor of the City of London«, für jeweils ein Jahr. Der seit Ende des zwölften Jahrhunderts installierte »Lord Mayor« ist nur für die City zuständig und nicht zu verwechseln mit dem Mayor of London, dem Bürgermeister der gesamten Stadt. Heute sind die Aufgaben des Lord Mayor eher zeremonieller Natur. Seine wichtigste Funktion besteht darin, die City weltweit als das Finanzzentrum schlechthin zu bewerben. Er ist gewissermaßen der Botschafter der Finanzindustrie – der Mann, der diese Rolle 2021 ausfüllt, ist passenderweise ein Investmentbanker. In der Person des Lord Mayor verbindet sich das mittelalterliche London mit dem modernen Zentrum der Hochfinanz.

Seit tausend Jahren ist die City die wichtigste Quelle für Darlehen der Könige. Wenn die Königin die City besucht, besitzt das den Charakter einer Staatsvisite und wird von jahrhundertealten Ritualen begleitet. Verwaltet wird die City of London von der mächtigen »City of London Corporation«, deren Vorsitz bis heute der »Lord Mayor of the City of London« innehat und deren Vorläuferin bis ins Mittelalter zurückreicht. Der offizielle Lobbyist der City im Parlament wird Remembrancer genannt. Ihn gibt es seit den Tagen Elizabeths I., und seine Aufgabe besteht im wesentlichen darin, darüber zu wachen, dass der Status und die Rechte der City bewahrt werden, und politischem Dissens gegen die City vorzubeugen oder ihn abzuwehren.

Historische Katastrophen und triumphale Aufbrüche

Die City of London bewies im Laufe ihrer Geschichte immer wieder eine erstaunliche Widerstandskraft. Am 6. September 1666 begann der Große Brand von London in der Pudding Lane, der die ganze gerade von der Pest tief geschwächte Stadt in Schutt und Asche legte. Der *Great Plague of London* im Jahr vor der Feuersbrunst seien rund 100.000 Menschen zum Opfer gefallen, heißt es, wobei die Zahl der Opfer schwer zu eruieren ist. Doch nach nur wenigen Jahren stieg die Einwohnerzahl auf das Niveau der Zeit vor den Verheerungen. Pest und Feuer hatten zwar fast die gesamte Bausubstanz zerstört und Tausende von Menschen getötet, nicht aber Londons Funktion als Zentrum der Wirtschaftsmacht des Landes. Die Gründung der Bank of England 1694 war ein Katalysator für die Entwicklung zur Finanzhochburg.

Von ihr ging im frühen siebzehnten Jahrhundert der Aufbruch zur Eroberung fremder Gebiete aus, als mit der Erschließung der Kontinente und dem Beginn der Kolonialisierung neue Märkte entstanden. Im 18. und 19. Jahrhundert erlebte der Finanzplatz eine Blütezeit: Große Handelsgesellschaften sicherten sich exklusive Handelsrechte mit bestimmten Teilen der Welt, die berühmteste von ihnen die in der Leadenhall Street gegründete

East India Company, deren Macht bis ins 19. Jahrhundert andauerte und für den Ausbau des britischen Weltreichs entscheidend war. Finanziert wurde der Ausbau des Empire von den Geldhäusern der City. Seine Geschichte ist mit der Geschichte des Finanzkapitals und der City of London unauflöslich verknüpft. »Weder Volk noch Parlament, weder Adel noch Geistlichkeit beherrschen England, sondern die Herren in Liverpool und in der City von London«, schrieb Theodor Fontane 1854 in »Ein Sommer in London«, und mit Liverpool meinte er die Hafenstadt, die neben Bristol zu den wichtigsten Handelsstädten des Landes gehörte. Liverpool und Bristol haben im Lauf der Jahrhunderte Macht, Geld und Bedeutung verloren. Die City blieb.

Sie überstand auch die krisenhaften Jahre des Ersten Weltkriegs, die Weltwirtschaftskrise, den Zweiten Weltkrieg und danach den Zerfall des Empire. Dabei waren die alten Kolonialbeziehungen von großem Nutzen. In den fünfziger Jahren umschifften erste US-Banken mit ihren Auslagerungen nach London die amerikanischen Devisenkontrollen, und sie wurden in ihrer Zinsgestaltung im Interbankengeschäft unabhängig von den Weisungen des Federal Reserve System. In den Folgejahren wuchs in London dieser kaum regulierte sogenannte Eurodollarmarkt, der durch die Aufhebung der Devisenbewirtschaftung in Europa im Jahr 1958 – Handel mit Fremdwährungen war damals offiziell nicht erlaubt – einen kräftigen Aufschwung erfuhr. 1969 schrieb »Der Spiegel«, der Eurodollarmarkt sei »der wichtigste, schnellste und immer noch mysteriöseste Geldumschlagplatz der Welt«. Ende der neunziger Jahre wurden fast neunzig Prozent aller internationalen Kredite über ihn vergeben. Der lukrative Offshore-Markt markierte den Aufstieg der City zum modernen Finanzzentrum.

Den Löwenanteil des Geschäftes haben dabei die englischen Banken in Übersee, Kreditinstitute mit großen Filialnetzen im

Commonwealth. Die meisten von ihnen, Überreste des ehemaligen Weltreichs, sind heute klassische Steueroasen: darunter die Cayman-Inseln, die Bahamas, die Turks- und Caicos-Inseln und die Britischen Jungferninseln. Weitere Hauptakteure sind die vorzugsweise in London ansässigen Niederlassungen amerikanischer Großbanken.

Die Macht der City blieb nicht immer unangefochten. Wiederholt kam es im Lauf der Geschichte zu Konflikten mit der Krone und dem Parlament. Doch die City erwies sich als uneinnehmbare, unreformierbare Festung. 1632 wurde die City of London Corporation von der Krone gebeten, ihre Privilegien auf andere Stadtgebiete – Westminster, Clerkenwell, Whitechapel und Southwark – auszuweiten, doch die Corporation weigerte sich in einem Akt, der 1637 als »the great refusal« in die Geschichte einging.

Auch Sozialreformern sind die seit dem Mittelalter nie revidierten Privilegien und eigenen Gesetze seit Jahrhunderten ein Dorn im Auge. Zu den Kritikern der City gehörte der Nachkriegs-Labour-Premier Clement Attlee. »Immer wieder haben wir gesehen, dass es in diesem Land eine andere Macht gibt als jene, die ihren Sitz in Westminster hat«, klagte er 1937, als er noch Labour-Oppositionsführer war. »Diejenigen, die Macht über das Geld haben, können eine Politik im eigenen Land und im Ausland verfolgen, die dem zuwiderläuft, was vom Volk entschieden wurde.« Dass die City allen politischen Veränderungen standhalte und die City Corporation heilig sei, notierte die »Times« schon 1881: »The City Corporation is sacred although nothing else is.« Daran hat sich bis heute nichts geändert.

Noch immer, so heißt es, sei die Macht der Corporation immens, nicht nur durch ihr Geld, sondern dank eines Netzwerks von hochkarätigen nationalen und internationalen Beziehungen, das unter anderem Behörden, Finanzorganisationen, Regierung und das Königshaus umspanne. In der Corporation will man von dieser Einschätzung nichts wissen und definiert sich schlicht als eine Lokalbehörde in einem Quartier, das eben viele Finanzdienstleister aufweise.

Tatsächlich haben in Londons altem Stadtkern Englands wichtigste Wirtschaftsinstitutionen und mehr als 240 ausländische Banken ihren Sitz. Die Bank von England, die Lloyd's of London, die Londoner Aktienbörse sind in der City beheimatet. Internationale Handelskonzerne, Brokerfirmen und Investmentbanken der USA haben große Teile ihrer Kundenvermögen dorthin ausgelagert. Das Kapital hat in der City auch unter den wenigen noch verbliebenen Bewohnern das Sagen: Bei Lokalwahlen haben die Wirtschaftskonzerne – gemäß der Zahl ihrer Angestellten – einen überproportionalen Einfluss.

Neben der City erlebten noch zwei weitere Finanzzentren der Stadt erst in jüngerer Zeit einen Aufstieg, in den Bezirken Mayfair und Canary Wharf. Im am Reißbrett entworfenen Bürogebäudekomplex Canary Wharf – dem einstigen Standort von Lagerhäusern inmitten der Londoner Docks – sind die Investmentbanken zu Hause. Im eleganten, kosmopolitischen Bezirk Mayfair siedelten sich Hedge Funds und Private-Equity-Gesellschaften an. Man kann argumentieren, dass sich in der Finanzindustrie ein großer Teil der »wahren« oder »geheimen« Macht hin zum Private Equity und zu den Hedge Funds verlagert hat – eine neue Generation, die an der City nahezu vorbeigegangen ist. Sie agiert globaler und im Vergleich zur noch sehr englischen City unabhängiger. Auch die Mitarbeiter werden weltweit rekrutiert. Und doch hängen alle von den Weisungen und Regulierungen der Bank of England in der City ab.

Aber wer vom Finanzzentrum Englands spricht, meint meist die historische City mit ihren Brokern, Versicherungen, bankbezogenen Hilfsdiensten und Anwaltskanzleien, den Law Firms.

Die City ist der Motor des Vereinigten Königreichs, das ihr zehn Prozent der gesamten Steuereinnahmen zu verdanken hat. Obwohl die Banken im Vereinigten Königreich stehen, kommen ihre Kunden in der Regel von anderswo – aus Russland, Mexiko, Südafrika, Australien und der Schweiz. Auch ist die City nicht besonders interessiert am Vereinigten Königreich, sondern vor allem an Europa, dem Nahen Osten und Afrika.

Heute ist die City kein homogenes Gebilde mehr, und das Gefühl einer Einheit, wie es noch bis in die siebziger und achtziger Jahre hinein bestand, ist verblasst: Damals herrschte ein gewisser Korpsgeist, Geschäfte wurden noch mit Handschlag besiegelt, bevor erst im Nachgang Verträge aufgesetzt wurden. »My word is my bond«, galt als Motto der City. Die Welt war kleiner, die Geschäftsprozesse gestalteten sich übersichtlicher und persönlicher, doch auch hermetischer und inzestuöser. Der Historiker David Kynaston beschreibt in seinem vierbändigen Werk »The City of London«, wie die Mitglieder einzelner Familien in verschiedenen Banken tätig wurden und komplexe Netzwerke knüpften. Es war eine geschlossene Welt des *old boys' network*, der ehemaligen Privatschüler mit einem gemeinsamen sozialen Hintergrund, die zusammen dinierten, Golf spielten und auf die Jagd gingen.

Diese Kultur des »Gentlemanly Capitalism«, die den für London so typischen Charakter eines Insider-Clubs besaß, verschwand schlagartig mit dem Big Bang, der die City 1986 dramatisch veränderte, zum Aufstieg Londons als maßgebendem, globalem Finanzplatz und später zum Zusammenbruch von 2007–8 führte. Damals schaffte die Thatcher-Regierung die alten Regeln ab, die das Wirtschaftsleben bestimmten, vor allem die festgelegten Provisionen der Broker. Das große Aufräumen der »Eisernen Lady« machte einer Meritokratie Platz. Aber in den achtziger und neunziger Jahren ermöglichte es auch die Übernahme der City durch amerikanische Banken und eine Kultur des rücksichtslosen Wettbewerbs, in dem alles erlaubt war. Hafteten die alten Investment-Banken und Maklerfirmen in Familienbesitz noch mit dem Vermögen ihrer Eigentümer, scheuten die Manager der neu angesiedelten Großkonzerne vor Hochrisikoanlagen kaum noch zurück. Auch die bedeutenden Investmentbanken gehören im Vergleich zu den alten »Merchant Banks« der City zur neuen Generation des Finanzhandels. Dachten die »Merchant Banks« noch sehr langfristig, bauten auf Beziehungen, Vertrauen und Integrität, dreht sich das Rad bei der neueren Investmentbank-Kultur mit höherem Tempo: Die Angestellten wechseln häufig die Firmen, schnelles Geld wird gemacht, die Kunden sind nicht immer König.

In dem Zusammenhang sahen manche Symbolcharakter in der Übersiedlung vieler der größeren, bürokratischeren Investmentbanken – wie JP Morgan, HSBC, Citi, Barclays und Credit Suisse – nach Canary Wharf. Auch wenn einige von ihnen wie UBS, Deutsche Bank, Nomura (ex Lehman), Goldman Sachs und NM Rothschild & Sons in der City blieben – wobei vor allem Goldman und Rothschild und auch die in Mayfair ansässige Investmentbank Lazard dem alten Modell der Beziehungspflege und Diskretion noch nahestanden. Vielleicht ist es bezeichnend, dass die mächtigen, eher diskreten Firmen in der City blieben.

Der Labour-Politiker Maurice Glasman rekapitulierte 2014 die Geschichte der City in der »Financial Times« und erinnerte sich an den Börsencrash von 2008, einen ihrer Tiefpunkte: »Im September 2008 konnten wir einen kurzen Blick auf die Konsequenzen werfen, als Triebkraft unserer nationalen Wirtschaft eine für Unbeständigkeit und Laster anfällige Finanzbranche zu haben.« Um die Wirtschaft funktionsfähig zu erhalten, wurden rund 1,6 Billionen Pfund zur Rettung der Banken aufgewendet. Die City of London wurde zum Lobbyisten des globalisierten Kapitals, und niemand übernahm die Verantwortung. Für das ganze Land folgten Jahre einer rigorosen Sparpolitik, als Folge der Finanzkrise und der Rettung des Bankensystems. Drastisch hatten sich die Risiken der Abhängigkeit des britischen Geschäftsmodells von der City gezeigt, eine Abhängigkeit, die der Wirtschaft des Landes dramatischeren Schaden zugefügt hatte als andern.

Als nächste Bedrohung des wichtigsten europäischen Finanzplatzes erschien der Brexit. Mit der Zeit der Corona-Pandemie 2020 wurde die sonntägliche Leere der City auch wochentags zum gewohnten Anblick. Die Finanzbranche schickte ihre Mitarbeiter früher als andere Industriezweige in die Heimarbeit. Das Virus erschütterte die City so wie das ganze Land. Brexit aber, die zweite Herausforderung, der sich Großbritannien ausgesetzt sah, löste im Bankenviertel besondere Ängste aus: Würde es nach dem Abschied vom Binnenmarkt zum Exodus kommen? Schon im Jahr 2020 wurden deshalb 7.500 Arbeitsplätze aus der City ins europäische Ausland verlegt. Das ist nicht viel, angesichts der mehreren Hunderttausend Menschen, die im Londoner Finanzgeschäft arbeiten. Experten hatten eine Abwanderung von 80.000 Bankern nach Frankfurt, Paris, Luxemburg, Dublin und in andere Städte prognostiziert. Doch vielleicht ist das erst der Anfang. Auch ein langsamer Erosionsprozess ist denkbar.

Der Brexit wird die einzelnen Subsektoren in der Finanzindustrie unterschiedlich treffen. In den Bereichen Private Equity und Hedge Fund (deren Firmen in ihrer Mehrzahl im Londoner Stadtteil Mayfair und anderen Vierteln angesiedelt sind) mit ihren im Vergleich zum Trading, Foreign Exchange Market und Clearing weniger regulierten großen Transaktionen ist der Standort fast irrelevant. Wenn Private-Equity-Firmen mittelfristig ihre regionalen Büros in München, Mailand oder Paris stärken werden, entspricht das einem generellen Trend, der unabhänging vom Brexit schon seit Jahren im Gang ist. Doch auch in diesem Subsektor der Hochverdiener, der sich vornehmlich aus Expats aus der ganzen Welt zusammensetzt, könnte es größere Personalbewegungen geben. Europäische Regierungen locken die Spitzenbanker bereits mit Steuererleichterungen zurück, und zugleich denken die so Umworbenen darüber nach, ob London seinen kosmopolitischen Charme verlieren wird, der es zum Leben so attraktiv macht.

Stärker und konkreter von Englands Abschied von der EU betroffen sind stark regulierte Bereiche von Trading, Foreign Exchange Market und Clearing. Diese Sektoren, vornehmlich von Einheimischen bespielt, werden ihre regulatorische Innovationskraft und Kreativität unter Beweis stellen müssen, um den Standort London weiterhin attraktiv erscheinen zu lassen. Bis zum Abschluss des Brexit-Deals im Januar 2021 wurden die Schlüsselentscheidungen noch in London getroffen, die wichtigsten Entscheidungsträger saßen noch in der Stadt, und es ist klar, dass London alles tun wird, um seine globale Rolle zu verteidigen. Auf seiner Seite sind die Weltsprache Englisch, die richtige Zeitzone als Brücke im transatlantischen Börsenhandel und ein internationales Netzwerk aus Bankern, Anwälten, Buchhaltern und PR-Spezialisten.

Bedeutender als die Personalverschiebungen und die Abwanderung im Fahrwasser des Brexit ist die Verlagerung von Vermögenswerten. Wenn die EU die britische Regulierung in vielen Fällen nicht als gleichwertig anerkennt, müssen nicht nur viele Dienstleistungen für EU-Kunden vom Gebiet der EU aus erbracht werden, auch die Vermögen müssen dort liegen. Europäische und außereuropäische Institute von Citi bis Goldman Sachs haben bereits vor der Unterzeichnung des Brexit-Vertrags ihre Vermögenswerte in Großbritannien reduziert. Es zeichnet sich ab, dass auch die Bedeutung als Brückenkopf zum Kontinent schwinden wird.

Schon Anfang Januar 2021 vermeldete das deutsche »Handelsblatt« den empfindlichsten Einschnitt für Großbritanniens Finanzbranche seit dem »Big Bang« in den 1980ern, als Folge des Brexit. Die Verlagerung von Bankgeschäften und Arbeitsplätzen habe gerade erst begonnen. Rund sechs Milliarden Euro tägliches Handelsvolumen seien am ersten Börsentag des Jahres aus London nach Amsterdam, Paris und andere EU-Standorte abgewandert. Damit verlor London auf einen Schlag fast die Hälfte seines Aktienhandels. Europa habe den Kampf um den Aktienhandel klar und unwiederbringlich gewonnen. Es wird sich zeigen, ob die City ihre Unsterblichkeit wieder unter Beweis stellen wird.

Baukräne und Stararchitekten

Der verschwiegene Ort der Finanzgeschäfte ist in den letzten Jahrzehnten auch äußerlich in heftige Bewegung geraten. In seinen Anfängen war London nichts anderes als die City, umschlossen von mächtigen, auf die Römer zurückgehenden Stadtmauern. Architektonische Veränderungen manifestierten ihren Aufstieg mit Überresten römischer und mittelalterlicher Bauwerke und in den Windschatten von modernen Bauten geschmiegten Kirchen. Alte und neue Gebäude wuchsen über vier Jahrhunderte unreguliert, aber mit größter Autorität zusammen.

Heute bestimmt Baulärm die alten Straßen, und die City dehnt sich in die Höhe aus, eine Entwicklung, die schwindelerregend an Fahrt aufnimmt. In ihr konzentriert sich der schon beschriebene Bautrend, der sich dann auf andere Bezirke ausweitete. Der alte Stadtkern grenzt sich plötzlich wieder deutlich von seiner Umgebung ab mit seinem Gewirr von Hochbauten, die ihn von weitem wie eine Festung aussehen lassen. War bis dato St Paul's Cathedral das bestimmende Bauwerk der Gegend gewesen, in der Hochhäuser die Ausnahme waren, schießen nun als Symbole einer neugewonnenen Macht mehr oder minder gelungene Bauten in die Höhe. Vielleicht aber ist es auch ganz anders, und die City stemmt sich mit ihrer rasanten Ausdehnung nach oben der Angst vor ihrem Bedeutungsverlust entgegen.

Längst gewöhnt hatte man sich an die auftrumpfenden Skyscraper in den lange desolaten Docklands, einem der umfassendsten Stadtentwicklungsprojekte, das in den achtziger Jahren begann und dessen Kernstück Canary Wharf zu einem weiteren Zentrum der Finanzindustrie wurde. Unterdessen warnen Mahner wie Prinz Charles mit gemischtem Erfolg vor baulichen Auswüchsen.

Stirling and Associates amüsierten und provozierten mit dem gestreiften Bau in No 1 Poultry in der Nähe der Bank Station, während das tannenzapfenförmige Swiss-Re-Bürogebäude von Foster and Partners erst in den 2000er Jahren entstand und als »Gherkin« (Essiggurke) zum Publikumsliebling wurde. Scheinbar über Nacht machte sich in den Zehnerjahren in der gesamten City emsige Bautätigkeit breit: Rafael Viñolys protziges »Walkie Talkie« (2014) erhebt sich in Fenchurch Street und Richard Rogers' nicht weniger unbescheidener »Cheese Grater« (Käsereibe) in Leadenhall Street – also in unmittelbarer Nähe des »Lloyd's Building« (1986), das vom selben Architekturbüro entworfen wurde, inzwischen als ein Schlüsselwerk der modernen Architektur gilt und unter Denkmalschutz steht. In puncto Höhe ist das berühmte »Lloyd's Building« mit rund 90 Metern dem »Cheese Grater« mit seinen 225 Metern allerdings bei weitem unterlegen. Seit 2012 ragt Renzo Pianos »Shard« (Scherbe) als gelungenstes Exemplar dieser Entwicklung wie ein Solitär am anderen Themseufer in fußläufiger Entfernung von der City in den Himmel. Die Veränderung der Skyline, die sich in der City dramatischer vollzieht als anderswo in der Stadt, ist noch im Gange.

Bei den Häusern, die dort sind und entstehen, handelt es sich vorwiegend um Bürogebäude. Der Ort, an dem früher einmal intensives Leben herrschte, hat sich vor langer Zeit schon zur Arbeitsstätte für hochspezialisierte Branchen entwickelt. Im Laufe der Jahrhunderte wichen die Wohnhäuser den Büros, Banken, Versicherungen und Kanzleien. Während 1631 rund 130.163 Menschen in der City lebten, waren es 1901 gerade noch 26.923. Heute ist sie mit zwischen 6.000 und 8.000 Einwohnern fast eine Geisterstadt, vor allem am späten Abend und an Wochenenden, wenn ihre Straßen so gut wie verlassen sind. Wer an einem Sonntagmorgen durch die City spaziert, hat gute Chancen, fast allein dort zu sein. Dafür strömten an Wochentagen vor der Pandemie mehr als 300.000 Menschen im Business-Kleidung in die Straßen des Bezirks, um dort in einer der Banken, Kanzleien oder Versicherungen zu arbeiten.

Bis vor kurzem übrigens fehlte in der Londoner City die sonst vielfach verwendete Benennung »road« (heute gibt es die Goswell Road, die sich mit der Grenzlinie der City allerdings nur in einem kleinen Teil überschneidet). Statt dessen waren Straßenbezeichnungen wie *streets, lanes* und *walls* gebräuchlich. Angeblich weil einer alten Definition zufolge *road* den Weg zwischen zwei Orten bezeichnet. Die City aber liege im Herzen der Nation und damit nicht zwischen zwei Orten, sondern am Ende oder am Beginn jeder Reise.

God Save the Queen: das berühmteste Königshaus der Welt

Was hat sie nicht alles schon erlebt. Wann immer man meint, ein abschließendes Wort zur Queen sagen zu können, nimmt ihre Geschichte, die am 21. April 1926 in London begann, eine neue überraschende Wendung. Oder vielmehr die Geschichte ihrer Familie, deren Skandale und fundamentale Umwälzungen Elizabeth II. auch im hohen Alter noch erleben muss. Ihre Kinder, Enkel und weiteren Angehörigen bringen nicht nur frischen Wind, sondern auch neue Alpträume in den königlichen Haushalt.

Die Queen bleibt hinter den Kulissen, aber wenn das unzeitgemäße, anfällig gewordene Gebilde der Monarchie ins Schwanken gerät, muss sie schlichten, richten oder trennen. Die ganze Nation schaut ihr dabei zu. Wie jüngst anlässlich des Missbrauchsskandals um ihren Sohn Andrew, den sie anschließend seiner königlichen Pflichten enthob. Oder nach dem Interview, das ihr Enkel Harry und seine Gattin Meghan in Amerika gaben und in dem sie die verknöcherten Strukturen und Reaktionen des Königshauses anklagten. Kein Wunder, dass oft von einer royalen Seifenoper gesprochen wird. Doch obwohl das Ansehen dieser Familie mit ihren Verfehlungen, Marotten und Pirouetten steigt und sinkt, bleibt die Queen ihr unantastbares Zentrum. Ruhestand ist keine Option für die stoische Frau im biblischen Alter, deren Maxime die Undurchdringlichkeit ist und der Vorsatz, unparteiisch zu sein. Die Frage ist, wie lange es noch gut gehen kann. Und düsterer noch: Wie wird es ohne ihre ordnende Hand weitergehen? Andererseits war die britische Monarchie schon immer groß darin, Scheitern als Chance zu begreifen, als eine Schule der Zähigkeit und der Anpassungsfähigkeit, in der Absicht, das eigene Überleben zu sichern.

William und Kate: vorbildlich bis zur Langeweile

In der Zeit um die Hochzeit ihres Enkels William mit Kate Middleton, am 29. April 2011, standen die Royals gerade einmal hoch im Kurs, auch wenn Elizabeth II. sie selbst damals schon in puncto Popularität schlug. Die breite Öffentlichkeit freute sich über die Eheschließung des Prinzen mit der Bürgerlichen. Das Ereignis schien wie die Fortsetzung des Märchens, das die am Ende glücklose Heirat von Prince Charles und Lady Diana anfangs noch versprach. Doch anders als Diana hat sich die zur Duchess of Cambridge geadelte Kate als patenter Zugewinn für das Königshaus erwiesen. Als langjährige Freundin des Prinzen hatte sie Zeit gehabt, ihre neue Rolle kennenzulernen, bevor es ernst damit wurde. Heute verwaltet Prince Williams Ehefrau das Vermächtnis der Schwiegermutter, die sie nie kennen lernen durfte, mit Eifer und setzt es fort. Sie und William geben sich – dem eigenen Empfinden oder einer ausgeklügelten Image-Strategie folgend – publikumsnah und unkompliziert.

Längst ist Kate eingebunden in den angestrebten Imagewandel der britischen Monarchie, die sich heute dem Idealbild einer hart arbeitenden, hemdsärmelig-unauffälligen Mittelklasse anzunähern versucht. Einmal in die Rolle der Gattin hineingewachsen, erwies sich Kate als unprätentiös und absolviert ihre Aufgabe wie einen Job, mit einem, wie die Schriftstellerin Hilary Mantel boshaft schrieb, »perfekten Plastiklächeln«. Inzwischen hat sie sich ein so katastrophensicheres, familienfreundliches Auftreten zugelegt, dass das Interesse der Öffentlichkeit einer leicht gelangweilten Sympathie gewichen ist. Mit ihrer Heirat und den regelmäßig erscheinenden Kindern scheint die Geschichte von Kate und Wills ein vorläufiges Happy End gefunden zu haben.

Dann schlug eine geschiedene amerikanische Schauspielerin ein weiteres Kapitel auf, mit neuem Schwung und den Fragezeichen, die eine Geschichte am Laufen halten. Meghan Markles Ehe mit Harry, dem Zweitgeborenen von Charles und Diana, eröffnete den Royals die Chance, ihren Erneuerungs- und Fortschrittswillen auch weiterhin unter Beweis zu stellen. Die Queen hieß Meghan Markle in ihrer Familie herzlich willkommen, und alles sah ein paar Wochen lang recht vielversprechend aus.

In den britischen Medien wurde Meghan Markles Herkunft hochgespielt: »Mein Vater ist weiß und meine Mutter Afroamerikanerin. Ich bin also halb schwarz und halb weiß«, schrieb Markle in einem Magazinbeitrag vor einigen Jahren. Ihre Hautfarbe sei immer ein Thema für sie gewesen. Großbritannien weist die höchste Zahl an ethnisch gemischten Beziehungen aller westeuropäischen Länder auf. Die Verbindung von Meghan und Harry in der weißer als weißen britischen Königsfamilie wirkte wie eine willkommene, stillschweigende Bestätigung dieser Normalität. Sollte man glauben. Doch ganz so einfach war es nicht. Denn als die Nachricht der Vermählung bekanntwurde, gab es so viele rassistische Anfeindungen, dass der Prinz sich auf der Website des Königshauses zu einem Statement veranlasst sah, mit dem er sich schützend vor seine Verlobte stellte.

Kurz nach der Eheschließung gab das junge Paar zu erkennen, dass es nicht willens war, sich dem Palast-Protokoll anzupassen. Alles machten sie anders als William und Kate, die als Muster der Zurückhaltung und Bescheidenheit mit jedem Hintergrund verschmelzen. Harry und Meghan dokumentierten ihr Selbstbild unermüdlich in den sozialen Medien. Es umfasste neben Schönheit und Jugend gesellschaftliche Verantwortung und moralisch striktes Gutmenschentum. In Wirklichkeit allerdings formten sie sich zu durch Titel und Wappen geadelten Musterbeispielen der Prominentenkultur. Angeblich Persönliches und eigene politische Ansichten in die Öffentlichkeit zu tragen erweist sich als einträgliches Geschäft. Die Instagram-Ansage über ihren »Teilrückzug« von königlichen Pflichten bildete den einstweiligen Höhepunkt ihrer Taktik, die einen Moment lang die Nation vom Brexit ablenkte. Die Queen, der es obliegt, königliche Titel zu verleihen oder zu entziehen, wollte von einem »Teilrückzug« allerdings nichts wissen. Sie verfügte, dass sich Meghan und Harry nicht mehr »Königliche Hoheiten« nennen dürfen, was durchaus auch finanzielle Auswirkungen hat: Künftig wird das junge Paar nicht mehr durch den britischen Steuerzahler unterstützt werden. Heute führen Meghan und Harry den Kampf für politische Korrektheit in Kalifornien in einem Umfeld fort, das diese Haltung als Norm und nicht mehr als Rebellion wertet.

In die Zeit des »Megxit« fiel auch die Ausstrahlung von Prinz Andrews desaströsem Fernsehinterview, das nicht nur seine moralische Integrität in einem Prostitutions- und Missbrauchsskandal, sondern auch seine geistigen Fähigkeiten in ein zweifelhaftes Licht rückte. Wie üblich hatte die Queen versucht, das Unrettbare zu retten, eine weitere royale Krise durchzustehen. Die damals 93-Jährige, inzwischen mit dem mythischen Appeal der Unsterblichkeit versehen und unerschütterlich wie ein Bronzedenkmal, hatte gerade noch ein Foto ihrer selbst mit Sohn, Enkel und Großenkel veröffentlicht, als Hinweis auf die Stabilität der Thronfolge. Und unter klarer Auslassung aller königlichen Problembären. Elizabeth II., die Letzte ihrer Art, vertritt die Monarchie, deren Wesen aus Regeln, Gesetz und Tradition besteht, aber Persönliches außen vor lässt. Sie ragt aus fast vergessenen Zeiten ins Instagram-Zeitalter von Meghan und Harry.

Ohne sie, die scheinbar ewig Regierende, ist England kaum denkbar. Ihre Herrschaft, die sich so fremd in unserem demokratischen Zeitalter ausnimmt, ist unbedrohlich. Zwar könnte die Königin – oder ein anderer, jeweils regierender britischer Monarch und übrigens auch das Parlament – die Regierung absetzen. Doch wird, altem Gewohnheitsrecht zufolge, von dieser Praxis kein Gebrauch mehr gemacht. Das Vereinigte Königreich ist eine konstitutionelle Monarchie; die Queen ist das Staatsoberhaupt. Sie besitzt Einfluss, aber keine Macht.

Früh schon bildeten sich in England parlamentarische Formen aus, um die Entscheidungsgewalt des Königs im Zaum zu halten. 1265 wurde das erste Parlament als Versammlung der obersten Feudalherren (House of Lords) und der Landjunker und städtischen Händler (House of Commons) eingerichtet. Die Entstehung des britischen Unterhauses lässt sich als früheste nationale demokratische Bewegung bezeichnen; ihm wuchsen jedoch erst mit dem englischen Bürgerkrieg im siebzehnten Jahrhundert umfängliche Rechte zu.

Ein jahrhundertelanger Weg führte zu staatlich garantierten Freiheitsrechten des Individuums gegenüber der Staatsmacht und schließlich zur Demokratie. Eine erste wichtige Etappe war die in der »Magna Carta« festgelegte Bindung des Herrschers an die Rechte, die dem Adel und den Freien zustehen, Rechts- und Eigentumsschutz sowie Schutz vor willkürlicher Besteuerung. Die »Petition of Rights« von 1628 bewahrte vor willkürlicher Verhaftung und begründete das Recht auf ordentliche Gerichtsverfahren. Ihr zufolge konnte die Besteuerung nur mit Zustimmung des englischen Parlaments erfolgen. Der Versuch, in England eine demokratische Verfassung festzusetzen, wurde 1647 im »Agreement of the People« dokumentiert und die Wahrung persönlicher Freiheiten durch den »Habeas Corpus Act« 1679 (kein Untertan darf ohne richterlichen Befehl verhaftet oder ohne gerichtliche Untersuchung inhaftiert werden).

Die »Bill of Rights« von 1689 gilt als das Gesetz über die Rechte des englischen Parlaments, das bis heute als Staatsgrundgesetz und Grundlage der parlamentarischen Demokratie in Großbritannien gilt: Darin wurden Steuererhebungen, der Erlass oder die Aufhebung von Gesetzen sowie der Unterhalt eines Heeres in Friedenszeiten ohne Zustimmung des Parlaments verboten, die Rechte des »Habeas Corpus Act« wurden ebenso bestätigt wie das Recht des Parlaments, seine Angelegenheiten (Rede-, Diskussions-, Verfahrensfreiheit) selbst zu regeln. Die »Bill of Rights« gestand dem Parlament Immunität, Verfügung über die Finanzen und das Recht auf Zusammentreten ohne Aufforderung des Königs zu und schuf damit die Grundrechte eines modernen Parlaments. In einem langwierigen historischen Prozess war damit die erste neuzeitliche Demokratie entstanden. Das geflügelte Wort von England als »Wiege der Demokratie« geht auf diese Bestrebungen zurück. Von den früh erworbenen freiheitlichen Grundrechten wurden mentalitätsgeschichtlich große Dinge abgeleitet: Ihnen nämlich sei der ritualisierte Regelbruch zu verdanken, die Lust, einengende Vorschriften und Normen zu durchbrechen. Die restriktiven Gesellschaftsnormen bestimmter Zeitalter, des Puritanismus und des Viktorianismus, standen dem nur scheinbar entgegen: denn je strenger die Regeln, desto effektiver – und effektvoller – der Regelbruch. Es kann einem in den Sinn kommen, diese Überlegung in Richtung Brexit weiterzudenken.

Doch zurück zur Queen. Sie ist, das wird von Kontinentaleuropäern oft übersehen, nicht nur das Oberhaupt des Vereinigten Königreichs. Sie ist auch *Head* von 54 weiteren Staaten und in 16 von ihnen das Staatsoberhaupt, darunter Kanada und Indien. Diesem freiwilligen Zusammenschluss ehemaliger britischer Kolonien zum »Commonwealth of Nations« gehören nicht nur die Länder des früheren Empire an, darunter seit Mitte der neunziger Jahre Kamerun, Mosambik und Ruanda. Selbst Kenia, das 1963 unabhängig wurde und in den fünfziger Jahren schlimmste Brutalität unter dem Kolonialregime erlebte, entschloss sich zum Beitritt. Heute sollen die demokratischen Werte, die englische Sprache und die Loyalität zum Königshaus einigend wirken: Das Commonwealth besitzt noch eine gewisse kulturelle Bedeutung, unterstützt durch Vereinigungen, die den Austausch in Wissenschaft, Technologie, Landwirtschaft, Gesundheitswesen erleichtern und Fördermittel vergeben.

Sein Fortbestand, der der Königin so am Herzen liegt, existiert ohne eine geschriebene Verfassung und begründet sich heute auf der Idee der Zusammenarbeit, Konsultationen und der gegenseitigen Hilfe und Unabhängigkeit gegenüber jedermann, sowohl in der Innen- als auch in der Außenpolitik. Hinzu kommt die Treue zur Queen, die sich dem Erhalt des Commonwealth verschrieben hat. Diese Internationalität macht die britische Monarchie einzigartig in ihrer globalen Reichweite. Zudem wirkt das Commonwealth auf das Bewusstsein – oder Unterbewusstsein – der Nation, wie der Biograph der Queen, Thomas Kielinger, schreibt: »Der weit über den Globus ausgebreitete Einfluss schenkt Großbritannien manchmal den Traum von einer Größe, die es in Wahrheit nicht mehr besitzt.« Dem Verbundenheitsgefühl der Briten mit ihrem Commonwealth mag auch ein Teil ihrer

Distanz zum europäischen Kontinent – und der Europaidee – zuzuschreiben sein. Welch einen bindenden, vermittelnden Einfluss Elizabeth II. auf den Zusammenhalt des Commonwealth hat, erkannte selbst Margaret Thatcher an, die zur Königin ein wohldokumentiert frostiges Verhältnis pflegte: Zwar sei die Rolle der Queen, schrieb sie in ihren Memoiren, »greater in performance than in theory« – durch ihren Auftritt bedeutender als durch das, was sie tun kann und darf. Jedoch wisse sie die »Dinge zu glätten«.

Auch Lord Weidenfeld, der bedeutende englische Verleger, rühmte in einem Interview die diplomatischen Fähigkeiten der Königin: »Sie weiß in der Tat die richtige Mischung aus Volksnähe und Unnahbarkeit genau zu kalibrieren. Sie ist ein Totem, einmal leidende Mutter, Großmutter und Frau, aber auch Königin der Briten. Sie hat dadurch, dass sie zwölf Ministerpräsidenten erlebte, wirklich einen riesigen Fundus von Erfahrungen.« Er bewunderte die Klassenlosigkeit ihres Auftretens und Handelns und die Tatsache, dass sie kein Snob sei. Weidenfeld schloss: »Dass es in unserem medialen Zeitalter solche mythischen Körper noch gibt, deren Strahlkraft global ist, scheint mir das größte Wunder.« Sogar ihr wegen seiner bissigen Bemerkungen oft in die Kritik geratener Ehemann, Prinz Philip, wurde anlässlich seines neunzigsten Geburtstags im Jahr 2011 überwiegend freundlich gefeiert. Sein Tod im April 2021 wurde landesweit als Ereignis von nationaler Bedeutung empfunden. Das Bild der einsamen, tief gebeugten Queen bei seinem Trauergottesdienst ging um die Welt. Es ließ das Ende einer Ära erahnen. Selbst eingefleischte Demokraten schlossen sich den Beileidsbekundungen respektvoll an.

Das öffentliche Bild der Königin bestimmen heute Respekt, Bewunderung und sogar Liebe. Ohne Übertreibung lässt sie sich nicht nur als die berühmteste, sondern auch beliebteste Monarchin der Gegenwart bezeichnen.

Prinzessin der Herzen

Das war nicht immer so. Der Tod ihrer Schwiegertochter, Diana, Princess of Wales, markierte einen Tiefpunkt in der Wertschätzung der englischen Monarchie in den Augen des Publikums. Damals schwieg die Queen und zog es vor, ihre Gefühle für sich zu behalten. In seinen Memoiren schildert der frühere Premierminister Tony Blair, wie er die Mitglieder des Königshauses dazu bewog, die Königin von einem öffentlichen Statement zu überzeugen. In der schließlich ausgestrahlten Fernsehbotschaft war ihr Unbehagen am seelenvollen Bekenntnis deutlich spürbar. Ganz anders hatte sich ihre Schwiegertochter – zum Leidwesen des Königshauses – gegeben: gefühlsbetont und in ständigem Dialog mit den Medien.

Die Monarchie musste schließlich akzeptieren, was Diana lange schon verkörpert hatte: Das Motto »Keep calm and carry on« – ruhig bleiben und weitermachen – hatte ausgedient. Die Zeiten der *stiff upper lip*, der eisernen Selbstbeherrschung, waren vorbei – zumindest weitgehend. Wie einschneidend das Erlebnis dieser von Blair so genannten »People's Princess« sich auf Königshaus und Politik auswirkte, demonstriert Stephen Frears Film »The Queen« aus dem Jahr 2006, der auch dazu beitrug, Verständnis für das Verhalten der Königin zu wecken. Ihre Darstellerin Helen Mirren machte sie nahbarer, als sie selbst es vermutlich je gewesen war.

Königin der Serien

Filme, Theaterstücke und Serien über die Royals erlebten ungefähr von diesem Zeitpunkt an einen Boom. Egal ob sie als Huldigung, in spöttischer oder kritischer Haltung daherkamen: In jedem Fall trugen sie dazu bei, die Royals im Bewusstsein der

Zuschauer lebendig zu halten und ihren Starruhm in fiktionalen Erzählungen fortzuschreiben. Die meisten Kino- und Fernsehproduktionen über das Königshaus waren ihren Protagonisten allerdings wohlwollend zugeneigt. Der Oscar-Gewinner »The King's Speech« (2010) etwa schildert im Kern das Spannungsverhältnis zwischen König und Nation. »The King's Speech« porträtiert Elizabeths Vater, George VI., und die Sympathie, die der Film für seinen Protagonisten beim Publikum weckt, erstreckt sich auch auf seine Tochter und reicht damit bis in die Gegenwart.

Doch die populärste filmische Annäherung an die Royals, die Serie »The Crown« (ab 2016), widmet sich dem Leben der Queen. Der Schöpfer der Serie, Peter Morgan, recherchierte die Fakten genau, um sie dann doch frei zu interpretieren. Auch wenn sich im Einzelfall nicht immer sagen lässt, was Dichtung und was Wahrheit ist, was Tatsache und was Spekulation: Er stutzt die öffentlichen Figuren auf die Größe von Privatpersonen zurecht. Nicht nur die Risse in den Palastfassaden werden gezeigt, sondern das ganze Ausmaß des Händeringens hinter den grandiosen Kulissen, die sich als Gefängnis erweisen. »Jeder in diesem System ist ein verlorener, einsamer Außenseiter«, heißt es an einer Stelle. Mit Ausnahme der Figur in seiner Mitte, der Königin, der diese Rolle als junger Frau überraschend nach dem Rücktritt ihres Onkels und dem frühen Tod ihres Vaters zufiel. Und die schließlich alles tat, um sie auszufüllen.

»The Crown« zeigt die Monarchie als Institution, die Mühe hat, ihre Existenz in unserer Zeit zu rechtfertigen. Ist sie die seelischen Opfer ihrer Repräsentanten wert? Das ist die unausgesprochene Frage, in ihr verbirgt sich die eigentliche Tragik ihres royalen Personals. Die identitätsstiftende Bedeutung des Königshauses ist eines der großen Themen der Serie. Die »New York Times« kam zu einem zustimmenden Befund und schrieb sogar, »The Crown« habe der Monarchie wieder Relevanz verliehen.

Aber nicht nur Film und Fernsehen vervielfältigten den Ruhm der Frau, deren Profil eine Briefmarkenserie ziert, die seit 1967 ausgegeben wird und als eine der langlebigsten und umfangreichsten Dauermarkenserien der Postgeschichte gilt. Unzählige Künstler stellten sie dar oder bezogen sich auf sie. Andy Warhol ließ sie bunt und jung aussehen. Einer ihrer bedeutendsten Porträtisten, Lucian Freud, malte sie wie eine in Stein gemeißelte Skulptur. Das Bild war umstritten, was sie selbst dazu meint, bleibt wie immer ein Geheimnis. Nicht alle Darstellungen der Queen wirken schmeichelhaft, und 1977 sangen die Sex Pistols zweideutig: »God Save the Queen / She Ain't No Human Being«.

Royale Vermarktungsstrategien

Das Königshaus selbst verlässt sich aber schon lange nicht mehr auf die zufällige Wahrnehmung von außen, sondern steuert ganz bewusst, wie es gesehen werden will. Den ersten Schritt zu einer Imagekampagne im Sinne des 20. Jahrhunderts hatte bereits früh die clevere Königinmutter getan. Die englische Monarchie war durch die Abdankung ihres Schwagers König Edward VIII. 1936 in eine schwere Krise geraten. Kurzerhand wurde Edwards dadurch herzlich unbeliebt gewordenes, von Modernität geprägtes Bild des Königshauses in der Öffentlichkeit durch ein neues Ideal ersetzt: das einer sanften Nostalgie für vorhergegangene Epochen. Die neue Ära der Massenmedien hatte auf die Präsentation des Königshauses bereits damals erheblichen Einfluss genommen. Der Historiker David Cannadine beschreibt, auf welch innovativen Wegen die Monarchie schon in den zwanziger Jahren inszeniert wurde, vor allem, seit Direktübertragungen von Staatsanlässen und Hochzeiten technisch möglich waren: Eine breite

Öffentlichkeit konnte nun per Rundfunk an den Zeremonien teilnehmen. Im Zuge dieser Entwicklung wurde auch die Fotografie, von der Monarchie schon seit der viktorianischen Zeit im neunzehnten Jahrhundert für eine diskrete Publicity genutzt, immer wichtiger. Zwei Monate nach Ausbruch des Zweiten Weltkriegs wurden die ersten Aufnahmen der Königinmutter veröffentlicht, die Kontinuität und eine intakte Vorkriegswelt vorspiegelten. Identifikation zu bieten – bei gebührender Distanz.

Das Königshaus bedient sich auch gern subtilerer Zeichen zur Illustration seiner Kontinuität. Es versteht sich auf Gesten und Symbole und den langen Atem der Geschichte: Bei ihrer Krönung 1953 hatte die Queen einen Saphir von einem Ring Edwards des Bekenners getragen, des letzten angelsächsischen Königs aus dem Hause Wessex, der im Jahr der normannischen Eroberung 1066 starb. Ein anderes Schmuckstück (ein großer Rubin in der Mitte ihrer Krone), das einst Heinrich V. gehört hatte, erinnerte an den Sieg über die Franzosen in der Schlacht von Azincourt 1415, und ihre Ohrringe stammten aus dem Besitz ihrer großen Namensvetterin Elizabeth I. Die einstige Kate Middleton, heute Duchess of Cambridge, lässt bei jeder Gelegenheit den Verlobungsring sehen, der Diana gehört hatte – ein Hinweis auf deren Präsenz und offenkundige Vorbildhaftigkeit über den Tod hinaus.

Als Elizabeth II. im Jahr 2012 ihr 60-jähriges Thronjubiläum feierte, war die »Firma«, wie die königliche Familie genannt wird, in gutem Zustand. Die Queen hatte viele Krisen überlebt – sie hatte nicht nur 1997 den Tod von Princess Diana zu verkraften, sondern 1992 den Brand von Windsor Castle und die Scheidungen von drei ihrer vier Kinder. Doch 2019 drehte sich das Karussell der Skandale weiter, mit den katastrophalen Umtrieben ihres Sohns Andrew und mit der Loslösung ihres Lieblingsenkels Harry, der mit Frau und Sohn ins freiwillige Exil nach Amerika ging.

Die Ereignisse wurden von den Massenmedien unablässig verfolgt, das Königshaus hatte nur beschränkt Steuerungsmöglichkeiten. Eine Marketingstrategie, die sich um das Idealbild einer modernen Monarchie bemühte, hinkte den menschlichen Schwächen und Verfehlungen oft hinterher. Nur die Königin schien den Abstand zwischen Wunschvorstellung und Wirklichkeit immer wieder überbrücken zu können. Sie verkörpert Gelassenheit und Stabilität in instabilen Zeiten und wird dafür verehrt. Dies hat sie als ihre Aufgabe angenommen, unter großen persönlichen Opfern. Politiker kamen und gingen während ihrer Regentschaft, das Land war in Kriege verwickelt, erlitt Terroranschläge und tiefe politische Krisen und Zerwürfnisse. Die königliche Strategie der Stetigkeit zahlt sich aus in Phasen des Umbruchs in der Welt und im eigenen Land, in dem in den vergangenen Jahren die Finanz- und Konsumwelt kopfstanden, der Arbeitsmarkt wackelte, die Regierungskoalition bröckelig geworden war, die Hauptstadt von Krawallen heimgesucht wurde und das von der Corona-Pandemie geschüttelte Land sich von Europa löste. Der schottische Politologe Tom Nairn erklärte einmal, dass die Monarchie in einer Mischung aus majestätischer Zurückhaltung und massenwirksamem Entertainment den Mangel an nationalstaatlicher Einheit überspiele. Churchill, der die Kontinuität als »den eigentümlichsten Vorzug und die vornehmste Eigenschaft des englischen nationalen Lebens« bezeichnete, könnte sich in einer Zeit, die der Brexit aus den Angeln hebt, bestenfalls auf die Queen berufen, die ihn als junge Frau kennen und schätzen gelernt hatte.

Bis ins hohe Alter war die Queen unentwegt unterwegs. Erst in den letzten Jahren ist es ruhiger um sie geworden, inzwischen werden viele ihrer öffentlichen Auftritte von ihren Kindern und Enkeln übernommen. Als das Königskind, das am unermüdlichsten im öffentlichen Einsatz ist, gilt Prinzessin Anne, die seit vielen Jahren unter dem Radar der Klatschpresse durchsegelt und pflichtbewusst einfach nur ihren Dienst tut. Ganz wie ihre Mutter.

Im Gegensatz zu reisenden Politikern sei Elizabeth II., laut einer BBC-Dokumentation anlässlich ihres diamantenen Jubiläums, »our slightly mysterious department for friendliness« – unsere »etwas mysteriöse Abteilung für Freundlichkeit«: Ihr privates Motto lautet: »I must be seen to be believed.« Das geschieht auf Reisen und ihren traditionellen »Walkabouts«, bei denen sie ihren Fans ohne schützende Eskorte die Hände schüttelt.

Undenkbar: England ohne die Queen

Der Thronfolger, Prinz Charles, ist eine umstrittene Figur mit seinen unerlaubten Einmischungen in Kultur und Politik (in einem Jahr schrieb er einmal 27 Kurzmitteilungen in acht Monaten zu verschiedenen Themen an Minister). Doch dem zurückhaltenderen, diplomatischeren Sohn von Charles, der einmal seine Nachfolge antreten wird, wächst schon jetzt die Gunst des Volkes zu: Er findet offenbar den richtigen Ton zwischen Fortschritt und Tradition. Eine Umfrage der Regierung vom Februar 2015 zeigt Prince Charles erst an fünfter Stelle der beliebtesten Royals. Dafür bekleidete Charles' Sohn, Prince William, die Spitzenposition, gefolgt von seiner Ehefrau, der Duchess of Cambridge. Charles' Enkel, Prince George, landete trotz seines zarten Alters schon auf dem vierten Platz.

Noch kann Elizabeth II. die Institution zusammenhalten. Nicht zuletzt trug schiere Langlebigkeit zum Anwachsen ihrer Popularität bei – ein Phänomen, das schon am Beispiel ihrer Mutter zu beobachten war. Wie wird es nach ihrem Ableben weitergehen mit der Monarchie? Die Inthronisierung ihres beim Volk wenig geschätzten Sohnes Charles wird keine ungeteilte Freude auslösen. Vor fünf Jahren bestand noch Anlass zu größerem

Optimismus – eine royalistische Neigung vorausgesetzt. Doch heute sind die Aussichten längst nicht mehr so rosig. »Megxit« und vor allem »Andrewgate« haben einen bitteren Nachgeschmack hinterlassen. Auch die Rassismusvorwürfe, die Meghan und Harry im amerikanischen Fernsehen an den Königshof richteten, taten der Krone nicht gut – obwohl ihre Berechtigung nie zu prüfen sein wird. Sicher ist nur, dass der Tod der Monarchin Großbritanniens Identität erschüttern und das Ende einer Ära einläuten wird – ähnlich wie der Brexit, wenn auch mit weniger weitreichenden praktischen Konsequenzen.

England ist Klasse: von der Schwierigkeit, aufzusteigen

»Der Klassenkampf ist vorbei«, rief Tony Blair auf der Labour-Parteikonferenz 1999. Blairs Ausspruch wurde zum beliebten Zitat in der immerwährenden Debatte um die Einteilung in soziale Klassen, die sich gelegentlich verstärkt: immer dann, wenn sich eine Verschiebung der Akzeptanz bestimmter Gesellschaftsschichten abzeichnet. Auch wenn die alten, statischen Klassenschranken durch neue, etwas beweglichere und zahlreiche Gesellschaftsgruppen mit leicht veränderten Merkmalen ersetzt wurden. Und obwohl Mitglieder dieser Gruppen gelegentlich versuchen, die Spuren ihrer Herkunft zu vertuschen.

Posh zu sein, das heißt, aus der Oberklasse zu stammen, war lange verpönt. Berühmte Menschen aus privilegierten Verhältnissen versuchten in den vergangenen Jahrzehnten, ihren Oberklassen-Akzent zu kaschieren, wie der Regisseur Guy Ritchie, der sich mit Gangsterfilmen aus der Londoner Unterwelt einen Namen machte, aber auch der ehemalige Premierminister Tony Blair. Sie glichen ihre Sprechweise dem Akzent der unteren Mittelschicht oder der Cockneys an, um sich beim Publikum beliebt zu machen. Das von sensiblen englischen Ohren sofort als Fälschung enttarnte Ergebnis wurde verächtlich als »Mockney« bezeichnet. Noch heute gilt die Sprechweise – der richtige Akzent – als ein Indikator der gesellschaftlichen Positionierung. Zu den Aus- und Abgrenzungskriterien gehören die familiäre Abstammung, geographische Herkunft und Nationalität, der Akzent, die Ausbildung.

Nachdem der Snobismus der Eliten in den neunziger Jahren etwas in Verruf gekommen war, schien es Mitte der Zehnerjahre wieder völlig in Ordnung, der *upper class* zu entstammen, stolz darauf zu sein und auch so zu klingen. »Heutzutage kann man jemanden, der posh ist, überallhin mitnehmen, und niemanden stört es. Am wenigsten den, der selbst posh ist«, erklärte Kate Reardon, die Chefredakteurin des High-Society-Hochglanzmagazins »Tatler«. Neue Mitarbeiter begrüßt sie mit einem Willkommensgeschenk, der klassischen englischen Benimm-Fibel »Debrett's A–Z of Modern Manners«. Es enthält keine Anleitung zur Selbsthilfe, sondern macht zackige Vorgaben und weiß stets, was sich gehört.

Der britische Adel hat seine Wurzeln auf dem Land, er ist von alters her weniger verfeinert und intellektuell als etwa der französische, sondern erd- und realitätsverbundener, volkstümlicher. Ein nicht zu unterschätzender Faktor für den Fortbestand des englischen Klassensystems war das, was es *nicht* erlebte: In England fehlten die großen gesellschaftsumstürzenden Revolutionen, kein Bürgertum machte dem Adel seine Privilegien und Ländereien streitig. Zugleich war die *upper class* nicht hermetisch abgeschlossen. Immer gab es Neuzugänge – etwa durch die Erhebung von Bürgern in den Adelsstand oder den Kauf von Titeln. Oft werden die Langlebigkeit und weitgehende Akzeptanz der britischen Aristokratie gerade ihrer Flexibilität zugeschrieben. So ist es kein Zufall, dass das soziale Ideal vom vierzehnten bis ins neunzehnte Jahrhundert der Landedelmann war. Es wirkt bis heute nach.

Doch wer gehört zur Oberschicht? *Angeblich* nicht mehr nur der Adel. In den sechziger Jahren begannen die Stars der Pop-Welt mit Menschen der oberen gesellschaftlichen Ränge zu verkehren. »Friseure waren plötzlich so berühmt wie Gräfinnen«, soll Anna Wintour, die britische Chefredakteurin der amerikanischen Modezeitschrift »Vogue«, einmal gesagt haben. Ob die Friseure es je wirklich schafften, dazuzugehören, ist allerdings die Frage.

Und wer aus der Arbeiter- oder Mittelklasse aufgestiegen und berühmt geworden war, den ließ die englische Presse das nie, aber auch niemals, vergessen. Die Tory-Premierministerin Margaret Thatcher blieb immer die Tochter eines Lebensmittelhändlers, und der sozial ambitionierte Rockstar Bryan Ferry, der seine Kinder auf Eliteschulen schickte, die Fuchsjagd verteidigte und sich mit Princess Diana anfreundete, wird auch im siebten Lebensjahrzehnt noch als »Sohn eines Minenarbeiters aus Newcastle« bezeichnet.

Der Maßstab sind die mittleren und oberen Gesellschaftsschichten: Da sagt man »drawing room« oder »sitting room« und nicht »living room« oder »lounge«. Man nimmt beim Essen ein »napkin« zur Hand und keine »serviette«. Man fragt nach dem »loo«, das Wort »toilet« sollte vermieden werden. Feine Leute nehmen am Ende des Tages ein »supper« zu sich, der einfache Mann hingegen nennt sein Abendessen auch gern schlicht »tea«. In diesem Einmaleins des guten Tons erfreut sich die Klassengesellschaft bester Gesundheit. Sie darf sich noch einmal versichern, was in der Stewards Enclosure bei der Regatta in Henley zu tragen, bei königlichen Einladungen zu tun und wie ein Zylinderhut bei passender Gelegenheit am elegantesten zu ziehen ist (mit Schwung). Die Autoren der Benimmfibel sind sich des anachronistischen Charakters ihres Unterfangens bewusst. Gute Manieren, so schreiben sie, würden »schon als altmodisch betrachtet«. Doch kommen sie, wie am Beispiel von Kate Reardon gezeigt, wieder in Mode.

Der »Downton-Effekt«

Die BBC widmete der Chefredakteurin des »Tatler« und ihrem Magazin im November 2014 eine mehrteilige Fernsehdokumentation, dem wiedererwachten Interesse an den »feinen Leuten«

Folge leistend, so wie es andere Fernsehsender auch schon mit Reality-TV-Sendungen wie »Made in Chelsea« und »The Only Way is Essex« getan hatten. Die Grafschaft Essex war in der Thatcher-Ära zum Paradeplatz für die Neureichen und ihren Hang zum »Bling« – glitzernder Protzerei – geworden. Der Londoner Stadtteil Chelsea, im 19. und frühen 20. Jahrhundert noch ein Künstlerviertel, ist heute hingegen eine bevorzugte Wohngegend der sogenannten oberen Zehntausend. Die Welt der Super-Vornehmen mag seit 1530, den Zeiten Heinrichs VIII., im Niedergang sein, wie die »Times« schreibt, doch derzeit sei sie wieder angesagt. Man könne dies den »Downton-Effekt« nennen.[1] Damit war die Fernsehserie »Downton Abbey« gemeint, die das sehr englische Kunststück fertigbrachte, Klassenprivilegien zugleich zu kritisieren und begehrenswert erscheinen zu lassen. Die schönen Interieurs und die Menschen, die darin auftauchen, sind unwiderstehlich. Den Platz von »Downton Abbey« als Publikumsrenner nahm Jahre später die bereits erwähnte Serie »The Crown« ein.

Klassengegensätze werden in der TV-Sicht von heute – sacht – hinterfragt, aber gezeigt wird zugleich eine Welt, in der jeder »seinen Platz« hatte. Das Klassensystem mit seinen Rollenzuweisungen bietet, wenigstens als Fernsehfiktion betrachtet, auch eine Art von Sicherheit. Mag sein, dass, gemäß einer Beobachtung des aus der Aristokratie stammenden Schriftstellers Edward St. Aubyn, die englische Besessenheit von der Klassengesellschaft längst durch den Celebrity-Wahn ersetzt wurde. Doch in Wirklichkeit – und vor allem aus dem Blickwinkel von Kontinentaleuropa – ist die Faszinationskraft der eigenen sozialen Kategorien bei den Briten ungebrochen. Eine Art von Nationalsport sozusagen, dessen Existenz im Land allerdings gern abgestritten wird.

---

1 »Times Magazine« vom 08.11.2014.

Man sollte annehmen, dass die heftigen Auseinandersetzungen der politisch-korrekten Generation sich verstärkt dem Thema Klasse zuwenden würden. Statt dessen stehen Sprache, Rasse, Gender und damit eigentlich: Fragen der Identität weitaus höher auf der Agenda der »Culture Wars«. Bevor die von der Political Correctness vorgegebenen Themen die öffentliche Diskussion bestimmten, meldete sich als nimmermüde kritische Stimme in Sachen Gleichberechtigung der Klassen die linksliberale Tageszeitung »The Guardian« nicht nur täglich in ihrer Printausgabe, sondern rund um die Uhr in ihrem Online-Auftritt zu Wort. Auch dieser Balanceakt zwischen Kritik und Beifall fürs Klassensystem hat im öffentlichen Bewusstsein Tradition – befördert durch Aufsätze in den kritischen Medien, durch Filme, Literatur, Fernseh- und Radiobeiträge.

Die junge Autorin Laura Wade verfasste vor der Wahl der konservativen Regierung 2010 ein Theaterstück mit dem Titel »Posh«. Gegenstand der am Londoner Royal Court Theatre wärmstens aufgenommenen Sozialsatire waren die Umtriebe einer der – tatsächlich existierenden – geheimen »Drinking Societies« oder »Dining Clubs« an den Universitäten von Oxford und Cambridge, die nur Studenten mit den nötigen finanziellen Mitteln und möglichst aristokratischen Namen Zutritt gewähren. Im Stück werden die Aristokraten als Schurken gezeigt, die Kneipen zu Kleinholz schlagen, Frauen demütigen und Mittelschichtler krankenhausreif prügeln. Das Drama wurde zur universal lesbaren Studie einer sich von der Umwelt abspaltenden Gruppierung, die als zunehmend machtlose Kaste bei gleichwohl hohem Machtanspruch noch immer ihre Menschenverachtung auslebt.

Evelyn Waugh hatte die »Drinking Societies« 1928 zum Thema seines Romans »Decline and Fall« gemacht. Für die breite Öffentlichkeit wurden sie jedoch erst richtig interessant, als 2008 Fotos heutiger Tory-Politiker in den Medien erschienen, die sie als junge Studenten in den teuren Fräcken eines dieser Clubs zeigen. Damals, vor den Wahlen 2010, gaben die Ertappten sich zerknirscht. Und gaben zu verstehen, der dekadente Stil ihrer Jugendsünden passe nicht mehr zum neuen Tory-Image, das unkomplizierte Volksnähe propagierte. Offenbar hat ihnen das Kursieren ihrer Jugendbilder tatsächlich nicht geschadet. Denn die bekanntesten Ex-Mitglieder der Trinkgesellschaft entpuppten sich keineswegs als Mitglieder einer machtlosen Kaste, wie Laura Wades Stück (das 2014 auch verfilmt wurde) es nahelegte. Statt dessen stiegen sie zu politischen Führungsfiguren auf – als Premierminister (David Cameron), Schatzkanzler (George Osborne), Bürgermeister von London, späterer Außenminister und heutiger Premier (Boris Johnson).

Auch der erste Roman einer der erfolgreichsten Schriftstellerinnen der englischen Gegenwart kritisierte das Klassensystem. J.K. Rowlings »A Casual Vacancy« (2012) ist ein moralischer und ein politischer Roman, der sich nicht nur auf die Seite der Verwundbaren und Verlierer stellt. Er ist auch ein klares Bekenntnis zum starken Sozialstaat, ähnlich wie Danny Boyles kunstvolle epische Eröffnungszeremonie der Olympischen Spiele im selben Jahr, bei der die Autorin selbst auftrat. In einem Interview sagte Rowling, die Koalitionsregierung behandle die Armen wie einen »homogenen Brei, wie Porridge«.

Obwohl das Land besonders in den vergangenen hundert Jahren gesellschaftlich und ethnisch immer durchlässiger geworden ist, besteht eine permanente Sensibilität für Verschiebungen im Gefüge. Nachdem beispielsweise in den Medien bemängelt worden war, dass vor allem jene Politiker den Weg an die Spitze schafften, die aus privilegierten Verhältnissen stammten oder doch wenigstens exzellente und teure Schulen besuchten – wobei das eine meist das andere bedingt –, richtete sich die Aufmerksamkeit auch auf die kreative Klasse, die Pop-Stars, die bildenden Künstler, aber auch eine junge Generation außerordentlich erfolgreicher britischer Schauspieler. Das Kulturleben, eine bisher weitgehend klassenlose Zone, »gentrifiziere« sich zunehmend und drohe die Kinder der Arbeiterklasse ins Abseits zu drängen: So schrieben die Zeitungen. Unter hundert mit Auszeichnungen gefeierten englischen Schauspielern, die nach 1957 geboren wurden, genoss ein überproportional hoher Prozentsatz eine Ausbildung an Privatschulen, wie die »Times« unlängst herausfand. Die Chancen, in Großbritannien als Schauspieler mit einem Working-Class-Hintergrund erfolgreich zu sein, haben sich, so die Behauptung, in den vergangenen 30 Jahren reduziert.

Immer mehr Namen aus den bildenden und darstellenden Künsten fallen im Rahmen dieser Diskussion, darunter die auch international bekannten Schauspiel-Stars Dominic West (»The Wire«), Hugh Laurie (»Dr. House«) und Damien Lewis (»Homeland«), die allesamt Englands berühmteste Privatschule, Eton, absolvierten. Zwar wollte man die Tory-Regierung gern für diese Entwicklung verantwortilich machen, doch hatten die dabei genannten Schauspieler, Popstars und Künstler ihren Bildungsweg schon lange beschritten, bevor ebenjene Regierung eingesetzt wurde. Doch insgesamt kann die Debatte auch als Indikator für ein wachsendes Unbehagen an einem Gesellschaftssystem gelesen werden, in dem die privilegierte Klasse erneut Präsenz markiert und der Unterschied zwischen Arm und Reich sich wieder vergrößert.

Der in Nordirland geborene, in den Ritterstand erhobene Schauspieler Kenneth Branagh, der sich vor allem durch seine Shakespeare-Inszenierungen und -Rollen einen Namen gemacht hatte, äußerte sich in einem Interview in der »Frankfurter Rundschau«[2] sehr pointiert über die Kennzeichen des englischen

[2] »Frankfurter Rundschau« vom 02.05.2011.

Klassendenkens. Auf die Frage, warum er eigentlich nie zur britischen Kulturelite gehören wollte und ob das seine ganz spezielle Art von Snobismus sei, antwortete er: »Das nun wirklich nicht. Da gibt es genug andere Gründe. Ich bin zum Beispiel Ire. Ich komme aus Belfast, Nordirland. Ein großes Handicap, wenn man zur britischen Elite gezählt werden will. Ich habe weder in Oxford noch in Cambridge studiert. Außerdem funktioniert in England das Klassensystem noch bestens. Es ist ein System feiner Abstufungen, wo es für die, die dazugehören, sehr erkennbare Symbole einer sozialen Akzeptanz und Rangordnung gibt. Es ist immer noch von entscheidender Wichtigkeit, welche Schule und welche Universität man besucht hat und welchen Titel der Vater hat. Man ist dann entweder in oder out.«

Zu den Institutionen, die helfen, das britische Klassensystem zu beglaubigen, gehört das Oberhaus. Es gilt vielen Briten als zutiefst undemokratisch und kann als Überbleibsel aus der Feudalzeit betrachtet werden, als Symbol eines gestrigen Großbritannien, wie das Königshaus, die Fuchsjagd und die Rituale und Privilegien der City. Die Lords selbst verstehen sich als eine Art Rat der Weisen. In den Augen Außenstehender gelten sie mitunter als wunderlicher Debattierclub. Ernannt – und nicht etwa gewählt – werden die Lords vom Premierminister. Ausscheiden können sie nur durch den Tod. Ehemalige Spitzenbeamte, Bischöfe, Politiker, Manager und hochrangige Militärs und andere prominente Stützen der Gesellschaft werden mit der Ernennung für ihre Verdienste belohnt. Mit dem Ergebnis, dass das Haus of Lords immer wieder aus allen Nähten zu platzen droht. In den neunziger Jahren hatte die Parlamentskammer mehr als eintausend Mitglieder. Die Lords wirken wie graue Eminenzen nur als Berater und können Gesetze nicht verhindern. Zugleich jedoch sind sie so einflussreich, dass sie, so die Gegner, durch eine demokratische Wahl beglaubigt werden müssten.

Wie viele Regierungschefs nach ihm, hatte der liberale Premierminister Herbert Asquith schon vor mehr als hundert Jahren Pläne, das Oberhaus abzuschaffen und durch eine mehrheitlich gewählte Kammer zu ersetzen. Reformbemühungen wie diese sind also nicht neu, doch ihr Scheitern ist es ebensowenig: Vor allem die Lords sträuben sich heftig gegen die Abschaffung der Tradition. Die Labour-Partei unternahm immer wieder Versuche, das Oberhaus zu reformieren oder abzuschaffen. Premierminister Tony Blair und seine Nachfolger legten jeweils Pläne dazu vor, für die sie am Ende nie die nötigen Mehrheiten gewannen. Vor der Parlamentswahl 2010 stand die Forderung nach einem gewählten House of Lords in den Wahlprogrammen der drei führenden Parteien – Conservatives, Labour und Liberal Democrats. Nach seiner Wahl jedoch ernannte Premierminister David Cameron eine rekordverdächtig hohe Zahl an Lords, die ihrerseites davon ausgehen, dass die Ankündigungen der Reformbemühungen dieser Regierung ebenso im Sande verlaufen werden wie viele andere vor ihr.

Chancengleichheit für alle? Das englische Schulsystem

Als im Londoner Norden im August 2011 besagte Krawalle losbrachen, nahmen sie ihren Ausgang in sozial schwachen, multikulturellen Gegenden, in denen manche der Beteiligten nicht einmal Englisch sprachen. Zunächst weigerten sich Politik und Medien, über gesellschaftliche oder politische Gründe dafür überhaupt nachzudenken. Man sprach von sinnlosen kriminellen Akten. Später mussten die Deutungsinstanzen einräumen, dass das soziale Umfeld der beteiligten Jugendlichen – oft ohne emotionale Bindung an das Land, in dem sie leben – eine wichtige Rolle spielte.

Dass den Krawallen eine von den Urhebern in Worten formulierte politische Botschaft fehlte, war wohl kein Zufall. Die

Sprachlosigkeit spiegelte sich in der hohen Zahl der Analphabeten in den von den Ausschreitungen betroffenen Stadtgebieten. Im Alter von 14 Jahren haben 63 Prozent der männlichen weißen Jugendlichen aus der englischen Arbeiterklasse und mehr als die Hälfte der schwarzen karibischen Jungen gerade einmal die Lesefähigkeit von Siebenjährigen oder jüngeren Kindern. Dass Analphabetismus nicht nur zu lebenspraktischen Schwierigkeiten und Existenzproblemen führt, sondern auch zu Frustration, Wut und aggressivem Sozialverhalten, lässt sich am Bildungsstand der englischen Strafgefangenen ablesen: Die Hälfte von ihnen wuchs ohne Bildungschancen und Zukunftsperspektiven auf und verfügt über die Lesefähigkeit von unter Elfjährigen.

Die Krawalle im Sommer 2011 hatten unterschiedliche Ursachen. Doch auch die Rolle, die das englische Schul- und Universitätswesen dabei spielte, wurde in dem Zusammenhang genau hinterfragt. Dass die Eliten vom Bildungswesen profitieren, ist bekannt. England besitzt mit Oxford und Cambridge zwei der besten Universitäten der Welt. Wer dort studiert, hat oft Eltern, die es sich leisten können. Aber auch in diesen Fällen müssen die für eine Aufnahme erforderlichen akademischen Bedingungen erfüllt werden. Ein anderer Weg nach »Oxbridge«, wie die beiden Elite-Universitäten in einer Kurzformel genannt werden, führt über die Begabung und das Glück, ein hochdotiertes Stipendium zu gewinnen. Bei den Aufnahmetests der Universitäten von Oxford und Cambridge werden nur die Besten zugelassen, ein akademischer Abschluss dort kann per se ein Türöffner zu einer erfolgreichen Karriere sein. In Oxford gilt Philosophie, Politik und Wirtschaft (PPE) als traditioneller Einsteiger-Studiengang für angehende Politiker und Banker. Der öffentliche Auftritt, der intellektuelle Schlagabtausch, das Reden und Verteidigen eigener Thesen vor Publikum gehören ganz selbstverständlich dazu. So ist das Bildungswesen ein wesentlicher Baustein beim Erhalt der traditionellen Klassengesellschaft: Das Establishment rekrutiert und erneuert sich überwiegend aus seinen eigenen Reihen.

Häufig zitiert wird auch heute noch der – vermutlich apokryphe – Ausspruch des Duke of Wellington, demzufolge die Schlacht von Waterloo auf den Spielplätzen von Eton gewonnen worden sei. Weil damals alle britischen Offiziere eben von Eton kamen – einer unabhängigen, durch Schulgebühren finanzierten, weiterführenden Eliteschule. Diese Exklusivität wird von jenen, die das Privileg genossen, immer noch gern in Anspruch genommen. So viele führende englische Politiker der Gegenwart absolvierten – parteiübergreifend – Privatschulen (*public schools*), dass die BBC beim Antritt der Koalitionsregierung von 2010 fragte, ob das Land wieder von einer kleinen sozialen Elite regiert werde. Einer Untersuchung des Sutton Trust, einer Wohltätigkeitsorganisation, die sich um die Förderung sozialer Mobilität bemüht, zufolge haben nur sieben Prozent der Briten nichtstaatliche Schulen besucht. Doch sie finden sich zu siebzig Prozent in Militär und Justiz, in sechzig Prozent der höheren medizinischen Berufe, bei rund fünfzig Prozent der Journalisten, der Verwaltung und des Kabinetts.

Eton gehört zu der Handvoll Schulen, aus denen mehr Studenten in Oxford und Cambridge hervorgehen als aus allen anderen Schulen im Vereinigten Königreich. St. Paul's und Westminster sind unter denen, die neben Eton in diesem Zusammenhang immer wieder die Listen anführen. Schulen wie diese vermitteln nicht nur das erforderliche Wissen, sondern verschaffen auch noch einen ganz anderen Vorteil: Sie bereiten die Schüler sehr genau auf die mündlichen Auswahlgespräche an den Elite-Universitäten vor. Absolventen staatlicher Gesamtschulen haben dagegen oft nur eine verschwommene Vorstellung vom Ablauf solcher Gespräche.

Die Zukunft junger Leute entscheidet sich also nicht erst beim Studium, sondern schon in der Grundschule. Mindestens: Denn wer an einer der Privatschulen lernen durfte, besuchte oft schon im Alter zwischen sieben und dreizehn Jahren eine Preparatory School, die ihn oder sie auf das Eintrittsexamen der Privatschule vorbereitete. Nicht zu unterschätzen sind auch die hochkarätigen Netzwerke, die sich auf dem privilegierten Bildungsweg von der Prep School bis zu Oxbridge knüpfen lassen.

Aufsteiger sind die Ausnahme. Sie werden häufig durch Stipendien ermöglicht. Generell aber werde der Mythos von der Möglichkeit des gesellschaftlichen Aufstiegs bis heute gepflegt, um die Unbeweglichkeit des Klassensystems zu kaschieren, schrieb die Journalistin und Bürgerrechtlerin Polly Toynbee.

Manchmal sind es die kleinen Geschichten, die viel über einen Ort aussagen. So schlägt die Universität Cambridge von jeher eine Persönlichkeit für das – rein repräsentative – Amt eines Kanzlers vor, eine Empfehlung, die normalerweise auch akzeptiert wird. 2011 aber kam es zum ersten Mal seit mehr als 160 Jahren zu einer Kampfwahl. Die Universität war mit Lord Sainsbury, einem Alumnus und Mäzen der Universität, ins Rennen gegangen, was angemessen schien angesichts der Tatsache, dass in der Vergangenheit Adligen, Bischöfen, ehemaligen Premierministern und Prinzen diese Ehre zuteilwurde. In jenem Jahr aber beteiligten sich gemeinsam mit dem Lord der Schauspieler Brian Blessed, ein Anwalt sowie ein kleiner, lokal ansässiger Lebensmittelhändler. Dass Lord Sainsbury schließlich die meisten Stimmen bei der Wahl der Akademiker erhielt und damit als 108. Kanzler die Nachfolge von Prinz Philip antrat, verstand sich fast von selbst. Aber immerhin.

Bis vor einigen Jahren musste man sein Studium nicht in »Oxbridge« absolvieren, um es zu etwas zu bringen. Gute Chancen auf ein erfolgreiches Berufsleben hatte auch, wer, wie die Mehrheit aller Schüler, auf eine Comprehensive School (einer Gesamtschule vergleichbar) gegangen war und an einer der staatlichen

Universitäten studieren konnte. Doch seit den drastischen Erhöhungen der Studiengebühren an allen englischen Universitäten hat sich die Welt auch an den staatlichen Lehranstalten verändert. Lange Zeit hatte die aus Steuergeldern finanzierte Hochschulausbildung zu den Grundsätzen britischer Politik gehört. Gegen deren einschneidende Erhöhung im Jahr 2011 protestierten viele, in London und anderswo.

Die Befürworter der Gebührenerhöhung stellen – neben dem Verweis auf die wirtschaftliche Situation des Landes – die Frage, warum eigentlich die Gesamtheit der Steuerzahler für die Ausbildung einiger weniger zahlen soll, die nach Studienabschluss ohnehin Aussicht auf überdurchschnittlich hohe Gehälter haben werden. Zu Recht befürchteten auf der anderen Seite die Gegner der Maßnahme, dass die Hochschulausbildung wieder zum Privileg der wenigen wird, die es sich leisten können. Der Kredit für ein Studium – dessen Kosten seither bei um die 9.000 Pfund im Jahr liegen – soll beim Eintritt ins Berufsleben abbezahlt werden.

Noch weniger rosig sind die Aussichten für diejenigen, die sich gegen ein akademisches Studium entscheiden. Denn jenseits der Universitäten fehlen die Möglichkeiten zur qualifizierten Berufsausbildung. Unter dieser Situation leidet fast die Hälfte der Jugendlichen. Infolgedessen mangelt es an qualifizierten Fachkräften. Die werden bei bestimmten Engpässen dann gern aus dem Ausland angeheuert, wie Ende des Jahres 2014, als Baufirmen ankündigten, sich in Portugal auf der Suche nach ausgebildeten Maurern umzusehen. Der Entrepreneur und Erfinder des Dyson-Staubsaugers, James Dyson, beklagte sich 2014 in einem Gespräch mit der »Times«: »In unseren Schulen und in unserer Gesamtkultur werden Ingenieure nicht im geringsten wertgeschätzt. Es ist kein Beruf, den viele ausüben möchten. Und ebenso wenig ist es erstrebenswert, in der Produktion zu arbeiten, eine Einstellung, die völlig inakzeptabel ist. Das liegt daran, dass die industrielle Revolution nicht von Aristokraten in Gang gesetzt wurde. Sie wurde von der unteren und mittleren Mittelklasse bestimmt. Und die Briten streben allem nach, was die Adligen wollen.« Lange wurde die Ausbildung von Handwerksberufen vernachlässigt, was sich schließlich und unter anderem auch auf den Niedergang der Industrie auswirkte. Doch anders als über die Elite-Schulen- und Universitäten, über die sich Geschichten mit glänzenden Namen erzählen lassen, ist darüber außerhalb Englands wenig zu hören.

Auf dem Land, an der Küste: Wo die Armen und wo die Reichen wohnen

William Shakespeare bezeichnete in »Richard II.« die »Zepter tragende Insel« England als Schmuckstück in der silbernen See. Ihre Bewohner hören die günstige Beschreibung immer noch gern (»this scepter'd isle«, »this precious stone set in the silver sea«). Die Nähe zum Meer prägt ihre Mentalität. Sie ermöglicht den Zugang zur Welt über Seehandel, Schiffahrt und Entdeckungsreisen auf der einen und die Hürde eines direkten Zugangs zu ihr auf der anderen Seite. Sie hängt mit der Vorstellung von Größe, Expansion und Besonderheit der Bewohner zusammen, mit ihrer Verbindung zur Welt und dem Abgetrenntsein von ihr. Wenn Meer und Landleben Fixpunkte im Selbstverständnis bezeichnen, steht das Wasser für die gefährlichere Sorte der nationalen Sehnsüchte. Die Orte an der Küste erzählen von allen Arten von Aufbrüchen und von dem, was aus ihnen geworden ist.

Dramatisch stürzen die Kreidefelsen bei Dover, Folkestone und Eastbourne ins Meer. Das höchste Kliff der Kanalküste ist »Beachy Head« mit 175 Metern: Steiler bergab geht es kaum. Da ist alle südenglisch ordnende Versöhnlichkeit am Ende. In Cornwall peitscht der Atlantik, nur in Devon und Dorset schimmert das Meer vergleichsweise friedlich. Während die Countryside vor allem Südenglands weitgehend in Träumen von Wohlleben ruhen darf, da so gut wie keine Industrie ihre Ruhe stört, sorgen in Hafenstädten wie Portsmouth und Southampton die Werftindustrie und Ölraffinerien für eine rauere Wirklichkeit. Bristol, das zweite ökonomische Zentrum neben London, ist traditionell die Stadt der Flugzeugbauer, Liverpool erholt sich immer noch von seinem Bedeutungsverlust als zentrale Hafen- und Handelsstadt Nordenglands und zählt auch heute noch zu den zehn ärmsten Städten des Vereinigten Königreichs. Das war einmal anders.

Von Bristol, Liverpool und London legten einst Schiffe in Richtung Westafrika ab, um dort im Dreieckshandel Sklaven gegen mitgebrachte Waren wie billige Stoffe, Alkohol und Waffen einzutauschen. Die Sklaven wurden dann über den Atlantik nach Amerika verfrachtet – gegen großzügige Bezahlung. Zurück kehrten die Schiffe, beladen mit Baumwolle, Zucker, Rohstoffen und Tabak. Die Gewinne machten nicht nur die britischen Händler reich, sondern auch das Land. Verkehrswege, Flüsse und Kanäle wurden erweitert, und auch der Schiffsbau profitierte. Banken und Versicherungen, die den Sklavenhandel finanzierten und absicherten, machten glänzende Geschäfte, die schließlich Londons Aufstieg zum internationalen Finanzzentrum ermöglichten. Für Großbritannien war der Handel mit Menschen ein äußerst gewinnträchtiger Wirtschaftsfaktor, der auf die dringendsten Probleme der europäischen Wirtschaft und der Kolonialpolitik reagierte: Die Kolonien wurden mit billigen Arbeitskräften versorgt, und die europäischen Metropolen erhielten exotische Güter und billige Rohstoffe, die den Manufakturen ihrer Länder neue Absatzmärkte für ihre Fabrikate eröffneten.

Die Briten erfanden den Sklavenhandel nicht, aber sie perfektionierten ihn, und sie gehörten zu seinen größten Profiteuren. Allein auf britischen Schiffen wurden Schätzungen zufolge dreieinhalb Millionen Menschen als Sklaven transportiert; in den 300 Jahren des Sklavenhandels, der im Verlauf des 18. Jahrhunderts seine höchste Intensität annahm, sollen es insgesamt zwölf Millionen gewesen sein. Eine Million Männer, Frauen und Kinder starben bei der Reise unter grausamen Bedingungen.

In England, von dessen Häfen Liverpool und Bristol die meisten Sklavenschiffe abreisten, konnte sich gegen Ende des achtzehnten Jahrhunderts allerdings auch die stärkste Gegenbewegung dazu durchsetzen. Als erste Nation schafften die Briten 1807 den Sklavenhandel ab und erklärten im »Slavery Aboliton Act« 1833 alle Sklaven im britischen Kolonialreich für frei, mit Ausnahme der Besitzungen der Britischen Ost-Indien-Kompanie, Ceylon und St. Helena.

Lange existierte das Thema in England unter dem Radar einer breiten Öffentlichkeit. Die Auseinandersetzung damit wurde vermieden, denn sie fiel schwer und berührte komplexe Fragen. So wiege das Wohlergehen der Länder im Commonwealth die Kosten der Vergangenheit auf, so ist immer wieder zu hören, wenn die Vorwürfe oder Selbstvorwürfe zu sehr in die Tiefe zu gehen drohen. Die betroffenen Städte gingen unterschiedlich damit um. Vor allem Bristol sträubte sich anhaltend gegen den Gedanken, sich für etwas vor Hunderten von Jahren Geschehenes zu entschuldigen. In den Liverpooler Docks hingegen wurde 2007 das International Slavery Museum eröffnet, das die Geschichte der Sklaverei vorbildlich aufarbeitet. Sechs Jahre später wurde der britische Künstler und Regisseur Steve McQueen, der einer karibischen Einwandererfamilie entstammt, für seinen Film über den Sklavenhandel, »Twelve Years a Slave«, mit dem Oscar ausgezeichnet. Doch er berichtete, es habe viele gegeben, die nicht wollten, dass der Film entstand: »Die Menschen wollen die Augen vor bestimmten Themen verschließen.«

Diese Haltung rächte sich 2020, im Jahr der »Black Lives Matter«-Bewegung. Mit großer Heftigkeit entzündeten sich die Proteste gegen den Rassismus in den USA auch in Großbritannien, und in London kam es zu Großdemonstrationen. Die seit Jahren immer wieder unterdrückte Debatte über den Sklavenhandel hatte ein Ventil gefunden. In Bristol legten Aktivisten dem Denkmal des Sklavenhändlers und Kaufmanns Edward Colston eine Schlinge um den Hals, rissen es vom Sockel und versenkten es im Hafen. Colstons Schiffe hatten zwischen 1672 und 1689 mehr als 80.000 Sklaven von Afrika nach Amerika verfrachtet. Rund 20.000 von ihnen überlebten die Reise nicht. Ihre Leichen wurden über Bord geworfen.

In der eigenen Stadt hatte Edward Colston sich als Wohltäter gezeigt, er spendete für Kirchen und Krankenhäuser, gründete zwei Armenhäuser und eine Schule. Die Statue allerdings war erst mehr als ein Jahrhundert nach seinem Tod errichtet worden, von viktorianischen Bürgern, die ihn als Wohltäter feiern wollten. Schulen, Straßen, Pubs und Kirchenfenster trugen bis vor Kurzem noch seinen Namen. Seit den neunziger Jahren hatte es immer wieder Petitionen für eine Abschaffung und Umbenennung gegeben, aber ohne Erfolg.

Der Denkmalsturz von Bristol wirkte wie ein Signal, das ähnliche Reaktionen und Debatten im ganzen Land in Bewegung setzte, während die Stadt selbst die bronzenen Überreste des Denkmals aus dem Hafen barg, reinigte und an einem Ort lagerte, den sie nicht bekannt gab. Eines Tages sollen sie, so hieß es, mitsamt von Memorabilia der Demonstration im Museum landen. Unterdessen blieb der Denkmalsockel nicht lange leer. Anstelle des Colston-Denkmals landete für kurze Zeit ein Werk des Künstlers Marc Quinn darauf. Es zeigte eine der Demonstrantinnen der »Black Lives Matter«-Bewegung. Sie hatte eine Faust in Richtung des Hafenbeckens erhoben, von dem die Sklavenschiffe der Stadt abgelegt hatten. Da das Kunstwerk unerlaubt aufgestellt worden war, wurde es nach wenigen Stunden von der Stadtverwaltung wieder entfernt.

Brighton rockt

Die See spielt nicht nur in der historischen Wirklichkeit eine entscheidende Rolle für das Land, in dem kein Ort mehr als 125 Kilometer vom Meer entfernt ist. In der englischen Literatur und Malerei von Jane Austen bis William Turner wirkt das Meer als stimmungsvoller oder wildbewegter Hintergrund. Die Künstler evozierten es nicht nur, sie ließen sich auch in mondänen Seebädern zu bedeutenden Werken inspirieren – wie der in England hoch geschätzte Graham Greene zu seinem Roman »Brighton Rock« – oder aber kurierten ihre Krankheiten dort aus. Die Seebäder erlebten im 18. Jahrhundert ihren glanzvollen Aufstieg, Eastbourne, Bournemouth und allen voran Brighton, dessen Popularität der lasterhafte Prinzregent und spätere König George IV. ankurbelte, indem er sich von seinem Lieblingsarchitekten John Nash zwischen 1815 und 1822 eine extravagante Heimstatt dort bauen ließ, den Royal Pavilion.

Als die Star-Kolumnistin Julie Burchill sich vor vielen Jahren in Brighton niederließ, verlieh ihr der neue Standort das beglückende Gefühl, »alle Weihnachtsfeste auf einmal« zu erleben. Einst stand Brighton in einem zweifelhaften Ruf und zehrt noch immer von seiner Geschichte als Gangsterstadt und Rückzugsort für heimliche Affären, für Leute, die es gern dekadent mögen. Heute gehört Brighton mit seinen weniger als 300.000 Einwohnern zu den lebendigsten Küstenstädten des Landes, mit einer Kunst-, Bar-, Restaurant- und Hipster-Szene. Viele Londoner kommen zu Besuch. Manche, die sich die Haupstadt nicht mehr leisten wollen oder können, lassen sich für immer dort nieder, wie Julie Burchill. Der Party-Ort am Meer mit seinem Mix aus historischer Attraktion und Bohèmeleben liegt gerade mal eine Zugstunde von der Hauptstadt entfernt.

Modemenschen und Popstars wie Nick Cave, aber auch Computer-Geeks und Nerds haben sich am In-Ort am Meer niedergelassen, der inzwischen als Großbritanniens Antwort auf Palo Alto gilt: Mehr als eintausend junge Computerfirmen, oft Ein-zwei-Mann-Büros, arbeiten in Brighton. Denn die Community findet dort Talent, Toleranz und Technologie, wie die »Sunday Times«

es einmal sloganhaft zusammenfasste – die ganze Stadt mit ihrer entspannten Atmosphäre ist ideal für informelle Meetings und den Austausch, von dem die Szene lebt. Brighton macht vor, wie Tradition und Innovation, englischer Spleen und Weltoffenheit ineinandergreifen. Und das hat es nicht zuletzt der Nähe zu London zu verdanken. Doch zählt Brighton zu den attraktiven Ausnahmestädten an der englischen Küste.

Die meisten Badeorte, die vor mehr als hundert Jahren stolz Hof hielten oder ihr Publikum amüsierten, erlebten nicht das späte Glück, das Brighton noch einmal zuteilwurde. Ihnen geht es heute erbärmlich. Als Reiseziele haben sie ausgedient. Viele Küstenstädte waren besonders hart von der Rezession betroffen, sie leiden heute unter Arbeitslosigkeit, hohen Kriminalitätsquoten und sind ärmer als der Landesdurchschnitt. Fast zwei Milliarden britische Pfund an Steuergeldern flossen jährlich an Arbeitslosenbeihilfe in die Orte am Meer, berichteten der »Daily Telegraph« und der »Independent« 2013. Die Wohnverhältnisse seien dort mitunter »unvorstellbar«.

Während in London die Häuserpreise steigen, sinken sie an weiten Teilen der Küste teilweise dramatisch. Oft werden die billigen Häuser von den Gemeinden gekauft, um dort Hilfsbedürftige, Gefährdete, Drogenabhängige oder ehemalige Häftlinge einzuquartieren. Es verwundert kaum, dass Maßnahmen wie diese nicht zur Wiederbelebung der Städte als Touristenattraktionen führen. Ebensowenig wie der Zuzug von Sozialleistungsempfängern, die lieber am Meer leben als in den teureren Städten. Ihnen haben die Badeorte den Beinamen »dumping ground for the poor« zu verdanken: Müllhalde für die Armen.

Einer der einst berühmtesten Vergnügungsorte am Meer, Blackpool, gehört heute zu den ärmsten, und nichtsahnenden Besuchern fährt der Schrecken über seinen Zustand in die Glieder. Vornehm war der Rummelplatz an der See nie, dafür aber höchst lebendig. Er profitierte von seiner Nähe zu den großen Industriestädten des Nordens, Manchester und Liverpool, und war das Traumziel der englischen Arbeiterklasse. Blackpool lockte mehr Besucher an als jeder andere Badeort in England. Heute ist es die Stadt mit den meisten Heimkindern in England. Arbeitsplätze gibt es nicht, und die Armut zieht weitere Bedürftige an. Der Niedergang Blackpools und ähnlicher Orte setzte in den sechziger Jahren ein, als die Arbeiterklasse begann, sich billige Flüge in den Süden leisten zu können, und keine Lust mehr auf Ferien an der eigenen Küste hatte.

Inzwischen geht es selbst dem Fußballverein dort miserabel: »Das Stadion an der Bloomfield Road hat eine temporäre Tribüne. Der Trainingsplatz mit ein paar heruntergekommenen Baucontainern als Umkleidekabinen liegt am Rande des Flughafens. Die Spieler müssen ihre Trikots selbst waschen und sich zum Training eigene Getränke mitbringen!« regte sich die »Bild«-Zeitung im Sommer 2014 auf. Dabei hatte der Verein noch vier Jahre zuvor in der ersten Liga gespielt. Zwar sieht die Stadt, in der alles schiefzulaufen scheint, jährlich immerhin noch rund acht Millionen Touristen. In ihren Glanzjahren aber waren es 17 Millionen.

Auch Clacton-on-Sea ist einer dieser Ein-Sterne-Orte mit Meerblick, wie man ihn vielleicht nur in England kennt: ein Schlechtwetter-Florida für arme Leute, mit einer überproportional hohen Zahl an Tätowierläden, Spielhallen und Geschäften voller Billigwaren, sogenannten Pound-Shops, durch die schwer Übergewichtige mit ihren motorisierten Rollstühlen kutschieren, weil ihnen das Gehen zu mühsam ist. Clacton-on-Sea gelangte noch einmal zu kurzzeitigem, sogar internationalem Ruhm, als die rechtspopulistische Partei UKIP dort ihren ersten Parlamentssitz für sich verbuchen konnte.

Ein ähnliches Bild entwirft die Künstlerin Tracey Emin in ihrer Biographie von der Küstenstadt Margate. »A Hades Paradise«, nannte Emin den trotz allem geliebten Ort ihrer Herkunft im Erinnerungsbuch »Strangeland«. Margate sei »famed for times long gone«, schrieb sie. Berühmt für längst vergangene Zeiten. Van Gogh, Turner, der Posträuber Ronnie Biggs und die Gangsterbrüder Kray hätten ihn beehrt, informiert Emin. »Römer, Wikinger, Hell's Angels, Teds, Mods und Rocker kämpften dort«, schloss sie ihren historischen Überblick über Margates gemischte Gesellschaft.

Seit ein paar Jahren aber zeigt Margate, das sich seiner illustren Vergangenheit aus Schwäche kaum noch zu erinnern vermochte, Anzeichen der Regeneration. Denn seit 2011 besitzt es ein Kunstmuseum, entworfen vom Stararchitekten David Chipperfield. Im Zeitalter der Architektur-Ikonen und des Architektur-Tourismus wirkte Chipperfields »Turner Contemporary«, so der Name des Museums, heilsbringend für die Stadt. Mehr als 900.000 Besucher empfing der neue Kunstort schon in den ersten zwei Jahren. Durch den Bau und seine Besucher belebt, entstanden neue Geschäfte und sogar Boutique-Hotels. Auch Künstler ließen sich dort wieder nieder – vielleicht inspiriert von Tracey Emin, der berühmtesten Tochter Margates. Das sind ermutigende Zeichen, wie man sie in mancher Weise ähnlich auch in Southend beobachten kann. Zwar erschließen sich diese zaghaften Entwicklungen nur denen, die den Grad der vorangegangenen Verwahrlosung kannten. Aber immerhin, die Zeiten der Hoffnungslosigkeit scheinen überwunden. An Regenerationsbemühungen fehlt es auch in anderen Küstenstädten nicht. Doch in manchen von ihnen wird der Rückweg zum Idyll oder auch nur zu bescheidenem Wohlstand lang werden. Wenn es ihn überhaupt je geben wird.

Das Landleben in England hat viele Gesichter. Grüne Hügellandschaften mit hinreißenden kleinen Ortschaften, wie man sie aus tausend Filmen und Bildern kennt, werden von der Wirklichkeit manchmal noch übertroffen. Aber das ist nur ein Teil der Wahrheit.

Ganz allgemein orientieren sich die Menschen auch hier, wie anderswo auch, hin zu den Städten und weg vom Land. Einer der Gründe ist der Mangel an Arbeit. Die Mechanisierung der Feldarbeit führt dazu, dass weniger Arbeiter für den Einsatz in der Landwirtschaft gebraucht werden. Und wenn sie gebraucht werden, wie zu Erntezeiten, kamen in den letzten Jahren häufig Saisonarbeiter aus anderen Ländern, in den vergangenen Jahren oft aus Polen, kostengünstig zum Einsatz. Hinzu kommt, dass Obst- und Gemüse-Billigimporte die Nachfrage an einheimischen Produkten verringern. Ähnlich verhält es sich mit Fleisch; Lamm aus Neuseeland macht einheimischen Fleischwaren Konkurrenz. All das sind keine spezifisch britischen Probleme – die EU hat viele kleinteilige Landwirtschaften beendet –, aber sie prägen vor allem die ärmeren Gegenden. Manche Bauernhöfe bieten Übernachtungsmöglichkeiten für Touristen; doch nicht alle sind erfolgreich damit. Weil es an Arbeitsplätzen fehlt, verlassen die Jüngeren die abgelegenen Gegenden, um sich Jobs in den Städten zu suchen, aber auch weil sie dort mehr Möglichkeiten zum Ausgehen und zu dem haben, was man Freizeitgestaltung nennt.

Entlang der Einkaufsstraßen kleiner Landstädte kämpfen reihenweise die Geschäfte um ihre Existenz. Manche werden von großen Supermärkten verdrängt. Auch abgeschabte, kleine Spielhöllen, Wohltätigkeitsshops und die Büros der Immobilienhändler sind unsterblich. Schlecht sieht es dagegen für die Kirchen aus. Die meisten Landkirchen könnten eine Renovierung vertragen, viele schließen, manche sind nur an Einzeltagen zur Besichtigung geöffnet. In den größeren Orten überleben die Pubs. Manche schaffen sogar in gottverlassenen kleinen Dörfern die Umwandlung in einen gut besuchten »Gastro-Pub«; andere geben auf. Auch für die Banken werden Niederlassungen an solchen Orten unrentabel. Postfilialen sind schon früher verschwunden oder im Glücksfall vielleicht einem Schreibwarengeschäft einverleibt worden. Es sind trostlose Szenarien, die sich in ganz England finden lassen. Schlimm wird es, wenn die öffentlichen Verkehrsmittel ihre Dienste der fallenden Bevölkerungszahl entsprechend drosseln. Das trifft vor allem die älteren Einwohner hart, die dort verblieben sind, oder die sich der geringeren Hauspreise wegen aufs Land zurückgezogen haben. Andere ländliche Gebiete in größerer Stadtnähe erleben übrigens ein umgekehrtes Schicksal: Sie ziehen Scharen von Zuwanderern an, die sich das Leben in den Städten, vor allem in London, nicht mehr leisten wollen oder können.

Mancherorts aber, wie etwa im noblen Nayland in Suffolk oder im lieblichen Little Henny in Essex, sieht das Leben ganz anders aus: Die Menschen, die sich dort niederlassen, arbeiten in gut gehenden Farmbetrieben oder leben im wohlgepolsterten Ruhestand. Sie umranken ihre Cottages mit Kletter- und Stockrosen und genießen das Landidyll, zu Fuß, zu Pferd oder im Range Rover, den sie als Zweit- oder Drittwagen fahren. Vor dem kleinen Gemeindehaus in Little Henny fährt der Bus ab: einmal in der Woche, mittwochs. Und wenn Vögel im Briefkasten aus der Herrschaftszeit von König George V. (er starb 1936) nisten, markieren freundliche Dorfbewohner den Kasten mit gelben Klebebändern und erklären ihn für unbenutzbar.

Orte wie diese sind es, an die man – wenn man Tourist ist – beim englischen Landleben denkt. Tatsächlich gibt es sie, und in ihnen ist die Welt auch noch umwerfend intakt. Armut und multikulturelle Probleme sind dort Fremdworte, und wenn polnische Zuwanderer (die vielleicht nur als Erntehelfer gekommen sind) in die Nachbarschaft ziehen, ist das schon ein Grund, in Tränen auszubrechen: Das englische Idyll könnte bedroht sein. Die, die es sich leisten können, tun alles, um es zu schützen und aufrechtzuerhalten.

Das Idyll lebt. In Gummistiefeln ins Glück

»Oh to be in England now that April's there«, seufzte 1845 der Dichter Robert Browning sehnsuchtsvoll, obwohl er doch eigentlich lieber in Italien lebte. Unmöglich, sich der rokokohaften Süße und Melancholie des südenglischen Frühlings zu entziehen, selbst für Skeptiker und Anglophobe. Fast unwirklich und anrührend, wie fein gezeichnete, vergessene Bilder aus alten Kinderbüchern, erscheinen dann die Panoramen dieser doch eigentlich so unspektakulären Landschaft: wenn alles in voller Blüte steht, die Schafe wie Teile einer Landschaftsdekoration aussehen und die Dörfer wie steingewordene Märchenkulissen.

Doch in England ist das Land nicht nur das Land – im Sinne landwirtschaftlicher Nutzflächen oder Berge und Wälder, die erwandert werden wollen. Im Herzen sei England eine Nation, die sich dem Landleben verschrieben und es verinnerlicht habe, schreibt der schottische Englandkenner A. A. Gill. Es sei Teil des kollektiven Selbstbilds: »Das Urbane ist die Abweichung, der kahle Fleck im grünen Wachstum.«[1] Die mythischen Helden der Wälder, Robin Hood und der ihm verwandte mysteriöse »Grüne Mann« heidnischer Überlieferung, dessen Name auf Kneipenschildern auftaucht, erinnern daran.

Die Countryside ist ein klassischer englischer Sehnsuchtsort. Wer es sich leisten kann, der arbeitet und lebt in der Stadt und hat

[1] A. A. Gill, The Angry Island. Hunting the English, London 2004, S. 151.

nebenher noch ein Haus auf dem Land in einem dieser hübschen Bilderbuchorte. Zwar existiert auch das Gegensatzpaar des eingefleischten Städters und des überzeugten Landeis, des *country bumpkin*, das sich gern mit langgehegten Vorurteilen beharkt. Gemeinhin aber gilt: Kaum eine Nation nobilitiert und romantisiert das Landleben so wie England.

»Das Land ist mehr als ein Ort, es stellt einen Wert dar, das Gute schlechthin«, diagnostiziert der englische Ethnologe Nigel Barley. Und nicht nur das: »Der Status der ländlichen Gebiete Englands lässt sich eindeutig an der Entschlossenheit vieler ablesen, sich immer dann dort aufzuhalten, wenn sie die Arbeit nicht in der Stadt festhält. Ganze Dörfer sind heute Wochenend-Refugien oder Ruhestands-Gettos. Ungeachtet dessen, dass sie in der Stadt geboren wurden, sprechen Menschen davon, aufs Land ›zurückzugehen‹. Und obwohl die ländlichen Gegenden Englands fast überall von Menschenhand geprägt sind, bestehen ihre Anhänger auf ihrer vollendeten ›Natürlichkeit‹.«[2] Mit einem Wort: Das englische Glück im Grünen steht nicht für Bauer und Kuh, Stall und Gemüse, nicht für die profane Mischung aus Landschaft und Landwirtschaft.

Das *country life* ist ein Lebensstil, der den Traum vom gesunden Leben in Reichtum und Wohlstand mit geliebten Traditionen verbindet. Er ist attraktiv und verführerisch und trägt zum Image – und Selbstbild – der Nation bei: Firmen wie die Gummistiefel-Hersteller Hunter – Hoflieferanten der Queen und des Duke of Edinburgh – und der Wachstuchjacken- und Bekleidungshersteller Barbour (ebenfalls Hoflieferant) stellen Produkte her, mit deren Kauf sich Partikel des Traums vom sorgenfreien Dasein fernab der Städte manifestieren und fortsetzen können. In ihren

---

[2] Nigel Barley, Traurige Insulaner. Als Ethnologe bei den Engländern. London 1993, S. 18.

reproduzierbaren Bestandteilen wird die Idee vom stilvollen englischen Countrylife in aller Welt kopiert – so etwa in der Mode des amerikanischen Designers Ralph Lauren. Das bis heute überlieferte und in Film, Fernsehen und Hochglanzmagazinen vervielfältigte Ideal der ländlichen Lebensform umfasst Aktivitäten wie Angeln, Reiten und Jagen – mitsamt gediegener Großgrundbesitzer in Tweedkleidung, umgeben von Kindern, Labradorhunden und von vielzähligem Logierbesuch am Wochenende.

Unter dem *country house* versteht man nicht etwa ein kleines Landhaus. Es kann ein Schloss, eine Burg, ein Herrensitz sein. Als gegen Ende der eduardischen Ära, von 1901 bis 1910, und nach dem Ersten Weltkrieg das Leben der Landaristokratie wegen drastischer Erhöhungen der Erbschaftssteuer immer schwieriger wurde, mussten viele Landsitze aufgegeben, manche abgerissen werden. Bitter schildert der Film »The Shooting Party«, nach Isobel Colegates gleichnamigem Roman, den Niedergang einer Epoche mit all ihrem Glanz und ihrem Elend.

Viele der berühmten Herrenhäuser sind heute der Öffentlichkeit zugänglich. Denkmalschutzorganisationen wie die von der Regierung gegründete und mitfinanzierte, aber von ihr unabhängige English Heritage und der National Trust machen es möglich. Der National Trust wurde 1895 gegründet, als die Industrialisierung sich auf die englische Countryside ausdehnte und Landschaften und Bauwerke von historischem Interesse bedrohte und zerstörte. Heute finanziert sich der National Trust aus Spenden und Mitgliederbeiträgen, Eintrittsgeldern, Stiftungen, Souvenirläden und Teestuben. Er gilt als eine der folgenreichsten frühen Bürgerinitiativen des Landes. Die Verbindung von Denkmalschutz und Tourismus, von National Trust und English Heritage so erfolgreich praktiziert, stieß, bei allem Erfolg, auch auf Kritik. Die vollständige Vermarktung der Vergangenheit wurde bemängelt. Der schöne Schein des Gestrigen überlagere die Gegenwart. Auch die

Verzerrung des Geschichtsbildes durch die Auswahl bestimmter historischer Stätten kreidete man den Denkmalschützern an. Einseitig würden die Traditionen der Aristokratie gepflegt. Inzwischen gibt es eine Reihe von Herrenhäusern – wie etwa Ickworth House in Suffolk oder Wimpole Hall in Cambridgeshire –, die auch die Quartiere und Arbeitsstätten der zahllosen Bediensteten zugänglich machen, die sich um eine Handvoll Aristokraten kümmerten. Tatsächlich steht das *country life* für den Traum von der englischen Dolce Vita, die, wie schon die Landschaft selbst, im Grunde eine Hervorbringung der Oberschicht ist.

Wer sich das stilechte Landleben leisten konnte und wollte – heute können und wollen es auch Rockstars wie Mick Jagger und Brian Ferry –, mag dies schon von jeher auch aus Gründen der Distanzgewinnung getan haben: um Abstand von der Alltagswirklichkeit zu schaffen, als Reise in eine Gegenrealität. So schrieb George Orwell nach seiner Rückkehr aus dem Spanischen Bürgerkrieg in »Mein Katalonien«: »Und dann England – Südengland, wahrscheinlich die gepflegteste Landschaft der Welt. Wenn man hier durchfährt, fällt es schwer zu glauben – besonders, wenn man sich mit den eleganten Polstern eines Schiffszuges unterm Hintern friedlich von einer Seekrankheit erholt –, dass irgendwo wirklich irgend etwas passiert. Erbeben in Japan, Hungersnöte in China, Revolutionen in Mexiko? Keine Angst, die Milch wird morgen früh vor deiner Tür stehen, der New Statesman wird am Freitag erscheinen. Die Industriestädte sind weit weg, ein Schmutzfleck aus Rauch und Elend, verdeckt von der Krümmung der Erdoberfläche.«

Kultur zwischen Kühen

Mit ihren Gärten und Parks ist die Countryside auch zum vielbesuchten Kulturort und Reiseziel schlechthin geworden. Kein Wunder also, dass Kunst und Musik gelegentlich die Städte verlassen und mitten im Nirgendwo Scharen von Gästen anziehen. In den vergangenen Jahren haben einige namhafte Kunstgaleristen Niederlassungen auf dem Land gegründet, wie Hauser & Wirth in Dorset; das Herrenhaus Houghton Hall lockt mit wechselnden Ausstellungen von Künstlern wie Damien Hirst und Anish Kapoor.

Einer ganz anderen Größenordnung gehört das berühmte Opernhaus von Glyndebourne an, das inmitten von sanften Hügeln und Wiesen ein paar Kilometer westlich von Lewes, der Hauptstadt von Sussex, liegt und mittlerweile jährlich bis zu 90.000 Zuschauer anzieht. In dieser einsamen, ländlichen Gegend gründete John Christie 1934 die Oper als Anbau an sein Landhaus. Die Eröffnung war, aller Kritik der Gesellschaft zum Trotz, ein Erfolg, und aus der exzentrisch anmutenden Privatinitiative wurde eine Institution von Weltruf.

Der Charme des Ungewöhnlichen aber stellte sich aufgrund seiner ungewöhnlichen Lage ein und vor allem seiner Pausen wegen, die zu den berühmtesten und mit eineinhalb Stunden vielleicht längsten Opernpausen der Welt gehören. Zwischen den Akten wird Glyndebourne zum gesellschaftlichen Ereignis: Auf den in die Landschaft eingebetteten Rasenflächen wird die Spielunterbrechung zum Picknick genutzt, gern auch in üppiger Aufmachung, im Schein von Kandelabern, Tafelsilber und Kristallgläsern – wie überhaupt Picknicks an allen möglichen und unmöglichen Orten ein besonderes englisches Hobby sind. Dabei steht einmal nicht die Landschaft selbst im Mittelpunkt, sondern die Menschen, die sie in Anspruch nehmen. Sie inszenieren sich an einem ihrer Lieblingsschauplätze, der domestizierten Grünfläche.

Ein Kulturereignis der anderen Art, das Rockfestival von Glastonbury, eines der größten der Welt, spielt sich ebenfalls umgeben von Wiesen und Kühen ab. Es sind die Felder des lokalen

Farmers Michael Eavis, der 1970 beschloss, auf dem eigenen Land Musik spielen zu lassen. Der Regen lässt die inzwischen Tradition gewordene Riesenveranstaltung oft zur Schlammschlacht werden. Aber auch das gehört zur Folklore und verleiht dem Spektakel den Glanz einer echt britischen Herausforderung. Es ist genau der richtige Platz für Rock'n'Roll und für das Bedürfnis der Engländer, auch widrigen Witterungsumständen ungerührt zu trotzen und einfach so zu tun, als gäbe es weder Kälte noch Regen. Weltstars betrachten Auftritte in Glastonbury als Karrierehöhepunkte, und Berühmtheiten mischen sich auch unters Publikum. Wie etwa das Top-Model Kate Moss, das jahrelang allsommerlich den Modetrend an den Festivals bestimmte. Als man sie in Glastonbury in äußerst knappen Hot Pants mit Gummistiefeln durch den Matsch waten sah, wurde die kühne Kombination zum weltweit nachgeahmten Look.

Eine andere beliebte Variante der englischen Countryside sind einsame Gegenden wie das wilde Exmoor, in dem Literatur, Musik und Film Dämonen, Geister und düstere Begebenheiten ansiedelten – im Gegensatz zur Kulisse gezähmterer Grafschaften wie Surrey und zur lyrisch-erhabenen Natur der Wordsworth-Gedichte. In den Mooren, in den Wäldern und auf der Heide spielen Historie und Erfindung eine Rolle – in Thomas Hardys komplexen, herb und melancholisch zwischen sozialem Kommentar und Seelenvermessung verorteten Landschaftsbildern, bei mythischen Figuren wie König Artus, der in Tintagel an einer Steilküste bei Cornwall residiert haben soll. Oder, im Falle der romantischen Geschichten der Brontë-Schwestern, die im Lake District Leidenschaften und Geister entfesselten und die von ihrem Haus aus auf den angrenzenden Friedhof blicken konnten: Auch so kann das englische Landleben aussehen.

Der Garten: Quintessenz des englischen Landlebens

Die Liebe zum Garten spiegelt die englische Landliebe im kleinen. Auch die verschwenderischen Parks und Gärten in den Städten sind Erinnerungen an die Countryside und Ausdruck des Gefühls, dass man sich ihr stärker verbunden fühlt als dem urbanen Leben.

Mit Leichtigkeit verführen Englands kunstvoll bebaute Grünflächen zur schwelgerischen Betrachtung. Denn es ist, als ob sie alles enthielten, was den Charme des Landes ausmacht: die von langer Hand dicht geknüpfte Allianz zwischen Historie, Kultur und pittoresk gebändigter Natur. Nichts schießt da ins Kraut, wenig schlägt wild über die Stränge, alles wächst geordnet und vorbildlich zusammen – auch wenn es aussieht, als habe die Natur selbst es so gewollt. Ein Garten im Land der Gärten kann ein Kunstwerk sein, eine Lebenshaltung demonstrieren, gegen Zeitgeist protestieren, ein Platz der Begegnung sein, der Muße, ein intimer geistiger Ort, Trost und Therapie, Denkmal oder Nachruf: ein Traum vom Paradies, der wie jedes Paradies auch die Vorstellung von seiner Kehrseite enthält. Die Arbeit daran ist in die Zukunft gerichtet, auf das Wachsen und Entstehen, und sie ist ein Antidot gegen die Unordnung der Welt, gegen ihre natürliche Auflösung, den Tod. Der Garten ist das Idealbild des Menschen von der Welt, aber auch ein Spiegel der Verhältnisse, in denen er existiert und aus denen er hervorgegangen ist.

Ein Gang durch die Gärten Englands ist reich an Geschichte und Geschichten und erzählt von nationalen Eigenheiten und Neigungen. In ihm zeigt sich der Wille zur diskreten Unterordnung der Natur, aber auch eine starke Neigung zum Experiment und zur eigensinnigen Veränderung. Die Briten schufen einen der einflussreichsten Gartenstile der Welt, der das Genre revolutionierte – den Landschaftspark. Die Schöpfung dieser berühmtesten Spezies englischer Gärten gilt als größte Kunstform, die je auf den Britischen Inseln erdacht wurde, wenigstens in den Augen der Historiker des Fachs. Miles Hadfield, Autor der führenden britischen Gartengeschichte, »The History of British Gardens«, urteilte ein wenig spitz und mit typisch britischem Understatement, dass der Landschaftsgarten »einer unserer wenigen Beiträge zu den bildenden Künsten« sei. »Vor langer Zeit wurde er in der Welt des guten Geschmacks als le jardin anglais kanonisiert.« Und vor allem auch: exportiert.

Der Landschaftspark löste seinen Vorläufer, den Barockgarten, ab, der ganz im Zeichen des Absolutismus stand: Bäume und Hecken salutierten in Reih und Glied, dazwischen lagen endlose Alleen, Kanäle, Fontänen, künstliche Wasserspiele und Aussichtspunkte, wie mit Lineal und Kompass über weite Landflächen verteilt. Als die vor allem von Versailles ausgehende Liebe zur Garten-Geometrie zu einsamen Höhe- und Endpunkten gelangt war, gewannen mit den freiheitlichen Bestrebungen des Bürgertums auch die sentimentalen und utopischen Elemente der Vorstellung vom Garten die Oberhand. Der Siegeszug des die Natur nachempfindenden Landschaftsgartens begann in den 1720er Jahren in England.

Im anmutigen Wechsel von Rasen, Gewässern, Büschen und Bäumen betonte er die Verbindung des idealen Gartens mit himmlischen Zukunftshoffnungen. Der Garten sollte als Gottesgabe gefeiert werden. Der französische Park war ein Ort, um darin zu paradieren, zu sehen und gesehen zu werden – oder sich mit dem Liebhaber oder der Geliebten in Irrgängen zu verstecken. Der englische Garten hingegen lud dazu ein, sich auf den mäandernden Wegen zu ergehen. Er wurzelt in der herzhaften englischen Vorliebe für Spaziergänge über Land.

Fassten die Barockgärten ihr Werk als architektonische Ausweitung des Hauses auf, galt es nun, die Natur bis zu den Mauern des Wohngebäudes zu idealisieren. Vorbei waren die Zeiten der Buchsbaum- und Fontänen-Delirien, die kühn die Konstruktion von Menschenhand betonten und mit Erscheinen des Landschaftsgartens an Popularität einbüßten. Den gestaltenden Eingriff des Menschen, im Barock noch so gut sichtbar, verbirgt der englische Garten; er ist wohldurchdachte Naturnachahmung. Der Landschaftspark will die Natur nicht beherrschen, sondern sich mit ihr verbinden. Jedenfalls dem Anschein nach.

Denn auch diese künstliche Landschaft erlaubt nur das Wandeln auf festgelegten Pfaden und vorgegebenen Sichtachsen. Sie nimmt den Besucher an die Hand – vielleicht sogar fester als der Barockgarten, der ein Verschwinden in Heckenlabyrinthen erlaubt. Obendrein waren die englischen Gärten, immer angrenzend an Herrenhäuser, keinesfalls für jedermann zugänglich. Dagegen stand etwa der barocke Schlossgarten von Versailles für alle offen, der Wiener Park von Schönbrunn war immerhin ab Ende des 18. Jahrhunderts öffentlich zugänglich. In England aber hatten die nichtadligen Stände, Angestellte und Bauern, nur auf Einladung Zutritt zu den in weitläufigen Serpentinenformen angelegten Grünflächen, den weich modellierten Hügeln mit Baumgruppen oder Solitären und den zierlich bepflanzten Uferlinien künstlicher Seen und Flüsse. Normalerweise wurden Eindringlinge streng bestraft. Der englische Garten feierte zwar die Utopie von der Harmonie mit der Natur mit anhaltender Überzeugungskraft, aber sie blieb eben: eine Utopie.

Das achtzehnte Jahrhundert widmete sich mit Leidenschaft seinen Parks. Den Zeitgenossen erschienen Dichtung, Malerei und Gartenkunst als komplementäre Künste. Dabei diente dem Gartenbau die Malerei als Vorbild. Ein Park galt als gut entworfen, wenn er aussah wie gemalt. »Alle Gärtnerei ist Landschaftsmalerei«, erklärte 1734 der ausgemachte Feind symmetrischer Buchsbaum-Parterren, der klassizistische Dichter Alexander Pope. Auf das Paradox, das der Wechselwirkung von Landschaftsbild und Landschaftsgarten innewohnte – die Natur sollte die Kunst nachahmen, die zuvor die Natur nachahmte –, wies Sir Joshua Reynolds in seiner Akademierede vom 11. Dezember 1786 hin: Die Bezugnahme des einen Künstlichkeitssystems auf das andere müsste zu ganz und gar unverträglichen Interferenzen führen. Mit anderen Worten: Nichts war, was es schien.

Von den berühmten, durch die Bilder von geschätzten Malern beeinflussten Gärten hat sich nur Stourhead – ab 1740 entstanden – in einem vergleichsweise authentischen Zustand erhalten. Dieser Park, angeblich von Gaspard Dughets Ideallandschaften und Lorrain-Gemälden wie »Aeneas in Delos« inspiriert, wird von einem unregelmäßig geformten See beherrscht, der zwischen mit Tannen und Buchen dicht bewachsenen Hügeln eingebettet ist. Ein Spazierweg rund um den See folgt mit seinen Krümmungen der natürlichen Bodenbeschaffenheit. Aus der idyllischen Linie fällt eine finstere Grotte mit einer eisigen Quelle, einer Inschrift von Pope und Statuen von John Cheere heraus. Ein Zeitgenosse, der Dichter Dr. Samuel Johnson, bemerkte giftig, eine Grotte sei ein sehr angenehmer Ort – »für eine Kröte«.

Der Weg durch diesen Garten eröffnet immer neue Ausblicke: auf die Nachbildung des römischen Pantheons als Gartentempel, auf Flora- und Herakles-Statuen, auf die fünfbogige Brücke, eine alte Dorfkirche. Nicht etwa ein Landschaftsgärtner war für die Gestaltung dieses Gartens zuständig, der heute zu den berühmtesten seiner Art zählt, seit 1946 zum National Trust gehört und öffentlich zugänglich ist. Nein: Es war der Herr des zum Garten gehörigen Landhauses Stourhead selbst, der Londoner Bankier Henry Hoare II., genannt »Heinrich der Prächtige«. Obgleich sein sorgsam bepflanztes Idyll viel bewundert wurde, brachte der geniale Amateur Hoare seine Theorien darüber nie zu Papier. Überliefert aber ist seine Wertschätzung eines Horaz-Mottos: Glücklich sei derjenige, der fern von Geschäften lebe. Heute ist der Traum vom weltfernen Arkadien auch in Stourhead nicht mehr aufrechtzuerhalten. Alle paar Minuten donnern Flugzeuge über die grüne Herrlichkeit, und Gärtner verrichten mit ratternden Maschinen ihre Arbeit.

Der Garten-Shakespeare Englands

Oft sind es gerade die Geschichten hinter den immer wieder neu und anders gestalteten Grünflächen, die Auskunft über ihre Entstehungszeit geben und über den prägenden Einfluss auf bis heute spürbare Ästhetiken und Sichtweisen. Einer der bedeutendsten Schöpfer und Vollender des Landschaftsparks war Lancelot Brown (1716–1783), den ein anderer großer Parkomane, der Deutsche Hermann Fürst von Pückler-Muskau, als »Garten-Shakespeare Englands« bezeichnete. Brown be- und erarbeitete dem Denkmalschutzverein National Trust zufolge rund 270 Parks und schien ganze Landstriche Süd- und Mittelenglands in eine sich ewig fortsetzende Parklandschaft zu verwandeln. Einmal lehnte er einen Auftrag aus dem Ausland ab mit der Begründung, er habe »England noch nicht beendet«. Von England aus verbreitete sich die Idee des Landschaftsgartens über die halbe Welt.

Typisch für Browns Gestaltung waren weitläufige Serpentinenformen, die Grenzbepflanzungen und Uferlinien künstlicher Seen und Flüsse prägten, weich modellierte Hügel mit Bäumen, dazwischen weite Ausblicke in die Landschaft. Er verzichtete weitgehend auf die Verwendung von Statuen und kleinen Gebäuden, die charakteristisch waren für die Gärten des Architekten William Kent (1685–1748). Kent galt als wichtigster Urvater des englischen

Landschaftsgartens, doch im Gegensatz zu Brown verstand er nicht viel von Pflanzen.

Nur eine halbe Autostunde von Stourhead entfernt liegt Longleat, eine Schöpfung, die immer noch deutlich sichtbar den Stempel Browns trägt. Ein harmonisch gewelltes Wiesental, ein See und anmutig im Grün plazierte Eichen und Schafe, die eigens dazu geschaffen schienen, das Pastoralidyll zu vollenden, schmeicheln dem Auge, sie sind »easy on the eye«. Selbst der Himmel sieht nicht aus wie der Himmel, sondern wie ein zart gewebtes Seidentuch. Ein Märchenschloss erhebt sich im Zentrum des Ensembles. Das stammt zwar nicht von Lancelot Brown. Doch schuf er seinen Auftraggebern ein ideales, auf ihre Bedürfnisse und Vorlieben abgestimmtes Refugium, das nicht beim Verlassen des eigenen Hauses endete.

Browns begehrte Entwürfe drücken ein neues Verhältnis zur Natur aus, die nicht als etwas empfunden wurde, das in Schach zu halten sei, sondern als Quell der Freude und Inspiration. Überhaupt verfügte Englands berühmtester Gartenbaumeister über ein untrügliches Gespür für vorteilhafte Veränderungen. Seine Gewohnheit, von einem Platz zu behaupten, er berge »Möglichkeiten« – *capabilities* – »für eine Verbesserung«, trug ihm den Spitznamen »Capability« Brown ein.

»Lancelot »Capability« Brown hat unser nationales Bewusstsein so tief durchdrungen, dass unsere Vorstellung von dem, was in der englischen Landschaft als schön gilt, fast vollständig auf ihn zurückgeht«, schrieb die Gartenhistorikerin Ambra Edwards zu seinem 300. Geburtstag. Seine Landschaften entwickelte er so naturnah, dass die Hand des Künstlers kaum zu spüren ist. Mit diesem Können schrieb Brown sich allerdings fast selbst aus der Geschichte. Sein Werk war derart überzeugend, dass spätere Generationen es nicht mehr als solches erkannten: So natürlich konnte nur die Natur selbst aussehen, dachten sie. Pückler-

Muskau hatte übrigens recht. Auch Shakespeare zog sich völlig hinter seine Stücke zurück. Das ist eigentlich eine ideale Haltung für einen Autor: Er wird gar nicht sichtbar.

Dabei war Lancelot Brown keineswegs ein stiller Typ. Ihm gelang eine spektakuläre Karriere, die von fast ganz unten steil nach oben führte. Aus bescheidener Anonymität arbeitete er sich hoch zu Ruhm, Reichtum und Spaziergängen an der Seite des Königs, dessen Hofgärtner er 1767 wurde. Er verließ als Sechzehnjähriger die Schule, was für eine solide, damals nicht selbstverständliche Bildung spricht. Den Aufstieg des Gärtnergehilfen beförderte seine Stelle bei Lord Cobham in Stowe, dessen Park schon lange zum Experimentierfeld verschiedener Stile geworden war. In Stowe konnte Brown den Geschmack und die Manieren des Adels studieren, vom Adressbuch seines Arbeitgebers profitieren und auch sonst an seinem Fortkommen arbeiten. Bald avancierte er zum Hauptgärtner und Verwalter, plante einen See für einen Herzog und komponierte den Garten von Warwick Castle. Innerhalb weniger Jahre war der Gärtnergehilfe zum Gartenbaumeister geworden. Es hieß, er habe seinen Erfolg nicht nur seinen hervorragenden Fähigkeiten als Landschaftsarchitekt zu verdanken gehabt oder seinem bewundernswerten Auge und noblen Sinn für Gliederungen. Auch »Capability« Browns Persönlichkeit trug dazu bei. Niemals fürchtete er sich, groß zu planen, verschwenderisch auszuführen und erpresserisch zu fordern. Zwischen 1761 und 1783 schloss er Verträge im Wert von 320.000 Pfund ab – das entspricht mehr als 700 Millionen Pfund in heutiger Währung.

Gelegentlich betätigte er sich auch als Architekt und entwarf Gebäude, die sich bruchlos ins kunstvolle Naturensemble fügen sollten. Dafür ließ er ganze Dörfer dem Erdboden gleichmachen. In anderen Fällen verlegte er sie kurzerhand um mehrere Kilometer, wenn ärmliche Behausungen den Ausblick störten oder im

Weg standen, wo eine freie Sichtachse erwünscht war. Mit Maßnahmen wie diesen machte er sich bei der demokratisch gesonnenen Nachwelt nicht immer beliebt.

Mit Anbruch des viktorianischen Zeitalters ging die Epoche des Landschaftsparks zu Ende. Die viktorianischen Gärten, die auf Prunk und Naturbeherrschung angelegt waren und dramatische Effekte wie Felsklippen und rauschende Wasserfälle liebten, gaben allerdings nur ein Intermezzo, bis die Moden sich zu Beginn des 20. Jahrhundert, wieder änderten. Lancelot Brown geriet zunächst in Vergessenheit und später in die Kritik. Seine Wiederentdeckung begann erst zaghaft in den fünfziger Jahren des vergangenen Jahrhunderts.

Der Garten demokratisiert sich

Im späten neunzehnten und frühen zwanzigsten Jahrhundert demokratisierte sich der Garten, der bis dahin ein Luxusgut gewesen war. Mit dem zunehmenden Wohlstand in Europa hatte nun auch das Kleinbürgertum Gelegenheit, auf eigenem Grund und Boden zu Spaten und Gießkanne zu greifen. In England kam der Sozialreformer Ebenezer Howard Ende des 19. Jahrhunderts auf die Idee, neue Siedlungen im Grünen zu errichten, um den wachsenden Slums und ausfransenden Rändern der Städte entgegenzuwirken. Auch dieses zukunftsweisende Konzept der Gartenstädte, die außerhalb der Metropolen dem Gemeinwohl dienen sollten, erwies sich als exportfähig, wenn auch nicht ganz so glanzvoll und erfolgreich wie der Landschaftspark. Der Boden der Gartenstädte sollte genossenschaftlicher Gemeinbesitz werden, die Bewohner sollten lebenslanges Mietrecht erhalten. In Hertfordshire entstand 1903 Letchworth Garden City und 1920 Welwyn Garden City. Nach dem Zweiten Weltkrieg wuchsen Dutzende am Reißbrett konzipierte *new towns* vor allem im Umkreis

Londons aus dem Boden, die auf die Ideen der »Gartenstadtbewegung« zurückgingen. Das Leben im Grünen in Siedlungen mit Einfamilienhäusern, Gärten zur Selbstversorgung, Parks und kleiner Industrie etablierte sich als idealer Ausweg aus den Stadtwüsten.

Mit dem Bedürfnis, im Garten – oder doch wenigstens im Grünen – zu wohnen, ging das Anlegen von Schrebergärten, den *allotments,* einher. 1914 gab es in England bereits eine halbe Million von ihnen, eine Zahl, die während des Ersten Weltkriegs stark anstieg, als aus dem Vergnügen der Selbstversorgung bittere Not geworden war. Im Zweiten Weltkrieg wiederholte sich der Prozess, der von der Regierung mit dem kernigen Slogan »Dig for Victory« befeuert wurde. Jeder nur erdenkliche Platz wurde dafür genutzt, um für den »Sieg zu graben«. Selbst in Londons Hyde Park entstanden Gemüsebeete.

Heute bestellen 300.000 Schrebergärtner in England ihre Beete, und 100.000 weitere stehen auf einer Warteliste. Der Trend zum Bio-Obst und -Gemüse macht den Besitz eines eigenen *allotments* wieder hochattraktiv. Auch der Lockdown im Zuge der Corona-Pandemie, der existenzielle Unsicherheiten zutage förderte, ließ diese bescheidenste Form des Gartens – nämlich die am meisten mit Arbeit und am wenigsten mit ästhetischen Konzepten verknüpfte – wieder hochattraktiv erscheinen. Während der langen Monate des Eingeschlossenseins wühlte sich die halbe Nation rund um ihre Häuser durchs Erdreich und empfand das als Therapie – die jedenfalls, die in der glücklichen Lage waren, bebaubaren Boden zu besitzen. Der Luxus des Gartens, schrieb der englische Romancier Martin Amis einmal, sei der Luxus von Raum und Stille. Dabei dürfte er kaum an Schrebergärten gedacht haben. Denn die *allotments* lassen einen nicht vergessen, dass Gärten nicht nur Stätten des Vergnügens, sondern auch der Arbeit sind.

Die Entstehung der Gärten für jedermann führte aber keineswegs zum Verschwinden vorbildhafter Anlagen, die zur Umsetzung auf eigenem Grund und Boden inspirierten. Gertrude Jekyll (1843–1932) war eine der Trendsetterinnen ihrer Zeit, deren Pläne sich auch im Kleingarten-Format umsetzen ließen. Die ehemalige Kunststudentin, die als Malerin William Turner bewundert hatte, entwickelte sich zu einer der einflussreichsten englischen Gartengestalterinnen in der geistigen Tradition der Landschaftsgärtner. Sie löste die starren Beete des viktorianischen Gartens auf, pflanzte informelle Rabatten und verzichtete auf monochrome, farbintensive Flächen. Sie gab dem Garten ein ländliches, robusteres Image, dem ein neuerliches »Zurück zur Natur« und die Sehnsucht des Technik-Zeitalters nach dem einfachen Leben eingeschrieben waren. Jekyll entwickelte eine Kunstlehre zur Verwendung von Farben im Garten und entsprach damit den zeitgenössischen Erwartungen, die Gartenkunst habe Teil der schönen Künste zu sein. Dass sie die meisten der 260 von ihr außerhalb Englands entworfenen Gärten nie zu Gesicht bekam, zeigt, wie sehr ihre Gartenkunst vom Entwurf lebte. Dennoch war ihr Sachverstand legendär. Am Duft habe sie die Rosen, am Blätterrieseln die Bäume unterscheiden können. Vermutlich blieb ihr, extrem kurzsichtig, wie sie war, kaum etwas anderes übrig.

Nach den aristokratischen Gärten des 18. Jahrhunderts erlangten vor allem die Künstlergärten des 20. Jahrhunderts nachhaltige Berühmtheit. Sissinghurst in der Grafschaft Kent diente zwei aristokratischen Snobs, die die unromantische Gegenwart ihres Jahrhunderts scheuten, als exquisiter Rückzugsort, ein mit Trotz und Stolz in die Wirklichkeit übersetztes Traumreich. Die Schriftstellerin Vita Sackville-West war eine unabhängige Frau mit ausgeprägter Liebe zum Landleben, zu Hunden, Gärten und rustikaler Lebensführung. 1913 heiratete sie den zarten Diplomaten Harold Nicholson. Ein Lieblingsthema ihrer Gespräche war der gemeinsame Garten, den sie fast aus dem Nichts schufen. Vita Sackville-West sagte man nach, dass sie nicht mit ihren Büchern, sondern mit ihrem Garten, in dem sich kleine Gebäude wie Inseln verteilten, ihr größtes Werk geschaffen habe. Sie führte eigens Tagebuch darüber. Berühmt war ihre wöchentliche Gartenkolumne im »Observer«. Und ebenso berühmt war auch ihre Affäre mit Virginia Woolf, die ihr in ihrem Roman »Orlando« ein Denkmal setzte.

Der Garten von Leonard und Virginia Woolfs Monk's House in Sussex nahe dem Dorf Rodmell, unweit von Sissinghurst gelegen, gehört nicht zu den spektakulären grünen Kunstwerken des Landes. Doch ist er auf andere Weise bedeutend: als Entstehungsort großer Literatur, in dessen unmittelbarer Nähe Woolf ihr Leben beendete. Es ist ein intimer Landhausgarten, der sie beim Schreiben inspirierte, »ein ganz und gar buntgescheckter Chintz: Astern, Zinnien, Nelkenwurz, Kapuzinerkresse und so weiter: alle leuchtend, aus Buntpapier geschnitten, steif, aufrecht, so wie Blumen sein müssen (…).«[1] Der Garten mit dem unprätentiösen Haus diente als Refugium vom strapaziösen Hauptstadtleben, dorthin wich die Schriftstellerin aus, nachdem das Londoner Haus der Woolfs bei einem Luftangriff im Zweiten Weltkrieg schwer beschädigt wurde. Am 28. März 1940 ging sie noch einmal, wie an jedem Tag, durch den Garten und über die Wiesen zum River Ouse, beschwerte ihre Manteltasche mit Steinen und ertränkte sich. Ihre und die Asche ihres Mannes, der 1969 starb, sind im Garten von Monk's House beigesetzt.

In seinem Gedicht »The Glory of the Garden« sagte es Rudyard Kipling kurz und bündig: »Our England is a garden.« Nur selten fehlt dieses Zitat, wenn in Fachbüchern oder Reise-

---

1 »Inside Virginia Woolf's Country Garden«, Joyce Newman, 16.10.2017 in »Garden College Magazine«.

führern von englischen Gärten die Rede ist: Etwa eine halbe Million Hektar des Landes werden von Gärten eingenommen. Rund dreitausend angelegte Grünflächen sind von hinreichender Qualität (und stehen im Eigentum oder unter der Verwaltung von generösen Menschen), um sie der Öffentlichkeit zugänglich zu machen, zumindest zu einer bestimmten Zeit des Jahres. »Dieser Reichtum an offenen Gärten ist für uns selbstverständlich, sie sind Zeit unseres Lebens Teil der Umwelt, so beeindruckend sie auch allesamt sein mögen«, schreibt die britische Autorin Ursula Buchan in ihrem Buch über »Englische Gartenkunst«. Aber es sind nicht nur die von Kipling besungenen »stately views«, die prächtigen Blicke in die Parks der Herrenhäuser und die hinreißenden, kargen oder exzentrischen Künstlergärten, die in England geschätzt werden.

Grabend, gießend und pflanzend sich ein Stück Welt zu erschaffen, ist ein Hobby, bei dem sich auch die Kleinen groß und als Herren ihres Reichs fühlen können. In der Wochenendbeilage jeder Tageszeitung gibt es Instruktionen zum Gartenbau. Sogar der linksliberale »Guardian«, normalerweise nicht fürs Idyllische zuständig, berät seine Leserschaft bei der Organisation von Blütenmeeren. Auch der winzigste Schrebergarten eröffnet erstaunliche Gestaltungsmöglichkeiten. Darum wohl beflügelten die Plätze im Grünen die Phantasie seit Jahrhunderten und erwiesen sich als unendlich ergiebige Inspirationsquellen für Metaphern, Bilder und Vergleiche aller Art. Was ja nicht nur für England gilt. Wachsen und Vergehen, Fruchtbarkeit, Zeit, Geduld, Liebe und Tod. Zwischen Blumenrabatten und Hecken ließen sich Sinnbilder für alles finden. Vom komplexen Code der Sprache der Blumen ganz zu schweigen. Der Garten gehöre auch buchstäblich zu den beliebtesten und allgemein akzeptierten Orten der Kommunikation, schreibt die englische Sozialforscherin Kate Fox.

Wettbewerbe und Rangfolgen

In den Sommermonaten laden ganze Städte und Dörfer zu Spaziergängen über private Rasenflächen und Kieswege ein. Dann dürfen Besucher von Haus zu Haus ziehen und alles inspizieren – vom Gemüsebeet des Kleingärtners bis hin zur Parkanlage des lokalen Adels. Die Tage der »Open Gardens« gehören zu den Gelegenheiten, bei denen die Klassengegensätze ruhen und die Größenunterschiede zwischen den Gartenflächen auf einmal unwichtig werden. Es sei denn, man betrachtete die Gartenarbeit – das Jäten von Unkraut und die Bevorzugung anderer Pflanzen – als eine Tätigkeit, die den Engländern deshalb so sehr entgegenkommt, weil sie selbst eine subtile Form eines Klassensystems darstellt.

Tatsächlich können auch Konkurrenzkämpfe und anschließend festgelegte Rangfolgen Teil dieser Leidenschaft sein, vom Dorfwettbewerb bis zur Chelsea Flower Show, der berühmtesten Gartenausstellung der Welt, die nicht zufällig in England stattfindet. Jeweils an fünf Tagen im Mai wird sie zum Tummelplatz von Royals, Stars und rund 160.000 weiteren Fans mehr oder weniger kunstvoll bebauten Erdreichs. Die Gartenschau auf 45.000 Quadratmetern im Herzen Londons gehört zur Handvoll von Spektakeln, die sich als Ausdruck wahrer »Englishness« definieren lassen, wie das Pferderennen von Ascot und die »Proms« genannten Promenadenkonzerte der BBC. In seinem enorm erfolgreichen Animationsfilm »Wallace & Gromit: The Curse of the Were-Rabbit« drehte Nick Parks 2005 die Auswüchse englischer Gärtnerrivalitäten durch die Mühlen seines Spotts. Die Glorifizierung des Gartens kommt auch der englischen Liebe zum Handwerk entgegen und dem Misstrauen gegenüber den schönen Künsten.

Der Garten am Ende der Welt

Ein höchst eigenwilliger Garten mit dem melancholischen Flair einer Gedenkstätte ist der des Filmemachers, Malers und Autors Derek Jarman. Er umgibt eine kleine, grau bemalte Fischerhütte mit gelben Fensterrahmen auf einem Kiesstrand, die Jarman 1986 bezog. Jarman hatte sich auf dem Weg zu einem Film-Shooting in die unwirkliche Umgebung verliebt, die trostlos und tröstlich zugleich war, vielleicht, weil er todkrank war und seinen Zustand in der Landschaft gespiegelt sah. Schon bevor er wusste, dass das Haus zum Verkauf stand, wollte er es haben. Das Grundstück liegt in Dungeness, auf einer Landzunge südwestlich von Dover. Jarman nannte es das »fünfte Ende der Welt«. Es ist eine kahle Gegend, bizarr in ihrer Kargheit, mit ein paar schäbigen Häusern, Hochspannungsleitungen und einem endlosen Kiesstrand, hinter dem sich ein Atomkraftwerk wie aus dem Nichts erhebt.

Ursprünglich hatte er nicht vor, die Ödnis mit Farben zu beleben. Während aber Jarman immer schwächer und sein Leben immer schwieriger wurde, wuchsen und gediehen seine Pflanzen aus dem Kies: Mohnblumen, Lavendel, Goldlack und Levkojen. In Dungeness entstanden sein Film »The Garden« (1990) mit Tilda Swinton, ein Tagebuch, in Glas geritzte Gedichte und einer der ungewöhnlichsten Gärten Englands mit Skulpturen aus Metall und Treibholz. Jarman hinterließ ein reiches, scharfkantiges und poetisches Werk, abseits vom Mainstream. Aber niemand konnte ahnen, dass das letzte Haus, das der Künstler bewohnte, zum Wallfahrtsort von Kunst- und Filmliebhabern werden sollte.

Der 1994 an den Folgen von Aids gestorbene Jarman hatte das Prospect Cottage seinem Lebensgefährten Keith Collins vermacht, der Haus und Grundstück im Sinne ihres ehemaligen Besitzers pflegte. Als auch Collins 2018 starb, lancierten Freunde und Weggefährten 2020 eine Crowdfunding-Kampagne und trugen innerhalb einer sensationell kurzen Zeit 3,5 Millionen Pfund zusammen. 8.119 Einzelpersonen und Institutionen aus vierzig Ländern beteiligten sich an der Rettung von Haus und Garten, darunter Künstler wie Isaac Julien, Wolfgang Tillmans, Peter Doig und David Hockney. Auch weltberühmte, weit entfernt lebende Schauspieler wie Robert De Niro, Al Pacino und Joaquin Phoenix unterstützten das Projekt. Haus und Garten, das Gesamtkunstwerk eines großen Außenseiters, gehen nun nicht in private Hände über, sondern werden öffentliches Eigentum.

Bis heute hat sich die Magie dieses Ortes erhalten. Immer noch sieht es seltsam aus, wie überall zwischen Pflanzen Fundgegenstände vom Strand hervorragen, meist Treibholz, rostige Löffel, Eisenteile, Spiralen und Mistgabeln. Sie sind so abgenutzt und verwittert, dass ihre ursprüngliche Funktion kaum noch erkennbar ist. Im neuen Ambiente wirken sie wie eigenartige Kultobjekte. Seinen Garten, der nach seinem Tod zur vielfotografierten Pilgerstätte wurde, nannte Jarman »Therapie und Arznei«. Die Pflanzen, die er aussäte, überließ er sich selbst, damit sie ihr Glück in den Winden versuchen sollten. Mit den Landschaftsgärten von »Capability« Brown scheint Jarmans Garten, in dem der Zufall eine so große Rolle spielte, nicht mehr viel gemeinsam zu haben – außer dem fast nahtlosen Übergang in die umliegende Natur. »Hinter jedem Garten liegt das Paradies und einige Gärten sind Paradiese«, sagte Jarman damals. »Meiner gehört dazu.«

Shakespeare war erst der Anfang: England in Kunst und Kultur

England lässt einen nie vergessen, wo man ist. Das Land ist zutiefst fasziniert von sich selbst und beschäftigt sich in vielen Aspekten des Lebens und des Alltags mit der eigenen Identität, also mit dem Englischsein. (Selbstredend wird in einer so ichbezogenen Nation das Andere besonders scharf vom Eigenen abgegrenzt oder komplett ignoriert.) Die Kultur ist da keine Ausnahme, im Gegenteil. Sie ist eine bevorzugte Bühne der Spiegelung, Befragung und der Feier des englischen Selbst.

Diese Feier kommt weitgehend ohne Pathos aus. In Reden, Büchern, Filmen und im Theater klingen Humor, Leichtigkeit und Verspieltheit an, die Kontinentaleuropäer machmal als Oberflächlichkeit missverstehen. In Wirklichkeit entsprechen sie dem britischen Sinn für Eleganz und einer Renitenz gegenüber den Zumutungen des Lebens. Grundsätzlich besteht eine Vorliebe für das Klassische, gut Gemachte, Zugängliche. Allzu Elitäres, Ambitioniertes und esoterisch Versponnenes hat es schwer, sich in diesem Klima zu behaupten. Statt dessen herrscht eine eher robuste Neigung zum Widerständigen, Anarchistischen in Musik, Kunst, Theater und Design. Der 1959 geborene Star-Designer Tom Dixon räumte einmal ein, dass sich die britische Designszene zwar internationalisiert habe: »Aber es gibt hier immer noch eine bestimmte Eigenwilligkeit und Individualität, die vom Mainstream weit weg ist, ikonoklastisch und keinem bestimmten Look verschrieben.«

Dabei wird das Spiel mit der Vergangenheit bei gleichzeitigem Blick in die Zukunft betrieben, und die Künstler liegen oft im Widerstreit zwischen ihrer Herkunft und Überzeugung und den Bedürfnissen ihrer Kundschaft. Der Maler, Architekt, Designer,

Schriftsteller und Sozialreformer William Morris (1834–96) vereinte einige dieser Widersprüche in seinem Werk: ein Universalgenie, das mit alten Handwerkstechniken gegen die Exzesse des Industriezeitalters arbeitete, die Mittelalternostalgie seiner Zeit beeinflusste und zugleich der Idee des revolutionären, in die Zukunft gerichteten Sozialismus anhing, für die er sich leidenschaftlich einsetzte. Seine Kunden wiederum entstammten der Aristokratie und dem gehobenen Bürgertum. Darüber klagte der Sozialist Morris, selbst in Herrenhäusern aufgewachsen, in derben Worten: »It's only that I spend my life in ministering to the swinish luxury of the rich.«

Anders als Frankreich ist England nicht als Modeland hervorgetreten. Und doch spielt die eigene Inszenierung durch Kleidung eine wichtige Rolle im Alltag. Stil ist eine Haltung. Drei der bekanntesten englischen Modeschöpfer des zwanzigsten Jahrhunderts, Vivienne Westwood, Alexander McQueen und Paul Smith, griffen – oder greifen – tief in den Fundus englischer Historie, spielen mit den Mustern und Röcken schottischer Clans, schwelgen im Traditionsmaterial Tweed und, im Fall von McQueen und Westwood, in rokokohaften Stundenglas-Taillen. Sie interessieren sich für Geschichte, kennen die klassischen Schnitte und Muster und stellen doch alles auf den Kopf. McQueen, der Größte von ihnen, hatte an einer ersten Adresse in der Savile Row sein Handwerk gelernt, dem Schneider Anderson & Sheppard, aber er sagte: »Man muss die Regeln kennen, um sie zu brechen. Dafür bin ich hier: um die Regeln niederzureißen, aber die Tradition aufrechtzuerhalten.«

Paul Smith, ein großer Recycler und Wiederverwerter von Fundstücken aller Art, nennt seine Mode »classic with a twist« – klassisch mit einem Dreh. Die gern als Rebellin porträtierte Vivienne Westwood, die eines ihrer Parfums »Anglomania« nannte, erklärte den Kuratoren des Victoria & Albert Museum, sie verwende in ihren Entwürfen gern etwas aus der Vergangenheit, das eine eigene Vitalität besitze, und lege ihre eigenen Ideen darüber: Die konnten dann schon einmal schräg sein. Eine Theorie besagt, dass der englische Exzentriker zwar nicht immer die passende Form wahre, aber immerhin wahre er doch entschieden eine Form – und darin sei er Traditionalist: England bleibe insofern ein Land, in dem selbst die Verletzung der Spielregeln die Form einer Huldigung der bestehenden Ordnung annehme.[1]

Bildende Kunst: am liebsten gegenständlich

In der bildenden Kunst finden sich Versatzstücke der Auseinandersetzung mit dem eigenen Land, deren Häufigkeit und Dringlichkeit je nach politischer Situation zu- oder abnehmen. Heute arbeiten sowohl junge als auch arrivierte englische Künstler für einen internationalen Markt. Die Entstehung der Tate Modern in London im Jahr 2000 markierte, wie bereits dargelegt, den Aufstieg der Stadt – in der die meisten Künstler lebten – zu einer globalen Kunstmetropole. Trotzdem könnten Arbeiten von Damien Hirst oder den Chapman-Brüdern hier wie anderswo entstanden sein, und bei Tracey Emin bildet das Land ihrer Herkunft vornehmlich eine Kulisse ihrer sehr persönlichen Bekenntnis-Kunst. Der Name der Ende der achtziger Jahre entstandenen Gruppe der »Young British Artists« verwies mehr auf die Herkunft als auf den Inhalt ihrer Arbeiten. Aber es ist doch bemerkenswert, dass die Landeszugehörigkeit im Namen der »YBA« auftaucht.

David Hockney und Lucian Freud werden nicht nur zu den bedeutendsten Gegenwartskünstlern gezählt, sondern auch zu den beliebtesten. Englands spezielles Talent zur Heldenverehrung und zur Selbstvermarktung führt immer wieder dazu, dass es

1 Roger Scruton, England. An Elegy. London 2000, S. 16 ff.

seine Kulturgrößen mit Vorliebe zu Stars macht: Hockney wurde berühmt für seine britischen Landschaften, auf die er immer wieder zurückgriff – auch wenn er lange im Ausland lebte –, und Freud für seine englischen Porträts – auch wenn er 1922 in Berlin geboren wurde, 1933 auf der Flucht vor den Nationalsozialisten nach London kam und seinen deutschen Akzent nie verlor. Bedeutende Vertreter der abstrakten Malerei wie die Op-Art-Malerin Bridget Riley werden in England verehrt. Doch grundsätzlich besteht eine Vorliebe für gegenständliche Kunst in Großbritannien: John Constable, Thomas Gainsborough und William Turner, William Blake und William Hogarth sind geschätzte Klassiker, die sich in ihren Bildern intensiv mit dem Leben in ihrem Land auseinandersetzten.

Gilbert und George, seit 53 Jahren in Kunst und Leben verbunden, opponieren gegen alles, was snobistisch, prätentiös oder streberhaft daherkommt, nach der Devise »Art for all«. Sie sehen aus wie seriöse ältere Herren, immer in tadellose Tweed-Anzüge gekleidet, lieben die Queen, unterstützen den Premierminister und, höchst ungewöhnlich für Künstler, den Brexit, weil sie die EU verabscheuen. Dabei empfinden sie sich als Außenseiter der Kunstwelt (in der sie höchst erfolgreich sind), schon allein, weil sie den darin vorherrschenden linken Strömungen nicht anhängen: »In der Kunstwelt konservativ zu sein, ist, als ob man sein eigenes Todesurteil unterzeichnete.« George ist Engländer, Gilbert Italiener, doch treten sie gemeinsam als Idealbilder des englischen Gentleman auf – das »typisch Britische« ist oft internationaler, als zugegeben wird. Gentlemen sind sie auch nur, bis sie sich in ihr Studio begeben, wo sie seit mehr als einem halben Jahrhundert damit beschäftigt sind, mit Werken wie »Spit on Shit« und »Spunk on Tears« den Neben- oder Abfallprodukten menschlicher Existenz nachzuspüren und es damit immer wieder schaffen, an Tabus zu rütteln. Wobei ihre Porträts, nebenbei bemerkt, in vielen ihrer Werke auftauchen und sie vor allem obsessiv mit Abbildern ihrer selbst beschäftigt sind.

Immer wieder tauchen auch Kommentatoren der Gesellschaft in der Kunstszene auf – heute besetzt Grayson Perry diesen Posten. Sein Werk befasst sich tief mit dem Gedanken der britischen Identität. Er porträtiert das Leben der verschiedenen Gesellschaftsschichten nicht nur in seinen Werken, sondern auch in Büchern, Vorlesungen, Radiosendungen und Fernsehauftritten. Der eloquente Perry, der gern in Frauenkleidern in Gestalt seines Alter ego »Claire« auftritt, kommt der Figur eines englischen Exzentrikers sehr nahe, auch wenn das unbeabsichtigt sein mag. Vielmehr liegt ihm daran, Kunst einem breiten Publikum zu vermitteln. Seine größte Stärke besteht darin, ihm Fragen zu stellen und zuzuhören.

Die Lingua franca – ein Multiplikator der Künste

Die Kultur floriert in Großbritannien, und dies vor allem in Genres, die mit Sprache zu tun haben. (Im Werk berühmter Architekten wie David Chipperfield, Caruso St. John oder Zaha Hadid, die international viel beschäftigter sind und waren als in Großbritannien, spielt das spezifisch Britische nur eine untergeordnete Rolle; beim Design verhält es sich ähnlich.) Dass das Land in Sachen Kultur weltweit an führender Stelle steht, ist auch der Sprache zuzuschreiben. Während Frankreich unter dem Bedeutungsverlust des Französischen leidet und seinen führenden Platz in Kunst, Literatur und Wissenschaft weitgehend verloren hat, profitiert England von der weltweiten Verbreitung seiner Sprache – auch wenn Mandarin-Chinesisch von noch mehr Menschen gesprochen wird. Das Englische hat sich in Wissenschaft, Wirtschaft, Medien und Politik international durchgesetzt. Dabei zeigt man sich in Großbritannien tolerant gegenüber Nicht-Muttersprachlern. Und das, obwohl die Briten selbst regionale und klassenbedingte Eigenheiten im eigenen Land sofort heraushören und ihnen der Akzent als erster Indikator für die Herkunft einer Person dient – und nicht etwa deren Kleidung oder Aussehen.

Vielleicht nehmen sie ein fehlerhaft vorgetragenes Englisch bei Ausländern deshalb mit so heiterer Gelassenheit in Kauf, weil es als das größere Übel empfunden wird, selbst eine Fremdsprache zu lernen. Denn das ist der Nachteil im Mutterland der Lingua franca: Das Fremdsprachenlernen ist schon in der Schule herzlich unpopulär und wird auch vom Curriculum und der höheren Bildung nicht gefördert. Wenn man davon ausgeht, dass die eigene Sprache Teil der Identität – auch der nationalen Identität – ist, befindet das Vereinigte Königreich sich in einer komfortablen Lage. Auch wenn es keine Weltmacht mit Kolonialimperium mehr ist, hat sich seine Einflusssphäre doch bis heute über die Sprache erhalten. Deren Verbreitung hilft auch der Kunst, dem Film – und der Popmusik.

Exportschlager Popmusik

Im Sommer von 1967 erreichte London den Status einer Weltmetropole. Die Haare wurden länger, Mary Quant schnitt die Röcke kürzer, die Mode gab viel zu reden. Die Kleider wurden bunter und die Drogen inspirierender. Der Mini wurde so populär wie James Bond. Michelangelo Antonioni hatte im Vorjahr seinen rätselhaften Film »Blow Up« herausgebracht. Swinging London, wie die Stadt in einer Mischung aus Begeisterung und Überraschung genannt wurde, pulsierte im Takt einer neuen Generation.

Die Beatles veröffentlichten ihr aufsehenerregendes Album »Sgt. Pepper's Lonely Hearts Club Band« und veränderten die populäre Musik. Fünf Jahre zuvor, im Jahr 1962, hatten sie zum ersten Mal die Spitze der englischen Hitparade erreicht, die sie die ganzen sechziger Jahre über dominieren sollten. Mit ihrer energischen Fröhlichkeit zerstoben sie das lastende Grau der fünfziger Jahre, die noch unter dem Eindruck eines verlorenen Friedens gestanden hatten. Als die Beatles kamen, verwandelte sich ihre Heimat in Technicolor.

In den Vereinigten Staaten, deren Billboard-Charts kaum je eine ausländische Band gelistet hatten, sprach man von einer »British invasion«. Tatsächlich hatten britische Musiker nie zuvor und auch später nie mehr einen solchen Einfluss auf den amerikanischen Markt ausgeübt, der damals der weltweit größte war. Um es zu etwas zu bringen, musste man es in die dortigen Charts schaffen. Die Beatles und die Rolling Stones; die Who und die Kinks, die Animals und die Yardbirds; Eric Clapton und Cream, später dann Pink Floyd und viele weitere begeisterten die Fans in den USA. Den weißen amerikanischen Fans war entgangen, dass die britischen Bands ihre wichtigsten Einflüsse von afroamerikanischen Musikern bezogen hatten. Die Rolling Stones verehrten schwarze Soulsänger und Chuck Berry, die Beatles schätzten den Motown-Sound. Die Musiker aus England besaßen weder das technische Können amerikanischer Studiomusiker noch die Leidenschaft der schwarzen Bluessänger, dafür hatten sie mehr Humor, eine verspielte Neugierde und das Talent großer Songschreiber.

Zahlreiche britische Musiker wie Bryan Ferry von Roxy Music wurden an englischen Art Schools im Experimentellen und Visuellen ausgebildet, das zeigte sich an ihrer Kleidung und der phantasievollen Gestaltung ihrer Plattenhüllen. Anders als in den Vereinigten Staaten, wo der Vietnamkrieg das politische und gesellschaftliche Leben verdüsterte, blieb die britische Psychedelik heiter, geradezu kindlich. Musiker wie Syd Barrett oder Peter Green, die in eine Psychose abglitten, waren seltene Ausnahmen. Selbst John Lennon, der LSD schon zum Frühstück schluckte, blieb bei Verstand.

Im britischen Pop scheinen die sechziger Jahre bis heute anzudauern, da Überlebende eine Abschiedstournee nach der anderen absolvieren. Die Fixierung auf das farbenfrohe Jahrzehnt macht vergessen, dass die britische Populärmusik jahrzehntelang innovativ blieb und weltweite Impulse aussendete. Lassen sich die ersten Jahre der Siebziger noch als verkaterte Version der Sechziger interpretieren, in denen harte Drogen wie Kokain oder Heroin die Psychedelika wie Marihuana oder LSD ablösten, radikalisierte sich die britische Musikszene 1976 mit der Punk-Bewegung. Diese dilettantische, zornige Strömung produzierte eine Vielzahl neuer Talente, von den Sex Pistols über die Clash hin zu Bands und Künstlern wie Elvis Costello oder XTC. Aus dem Punk entwickelte sich die New Wave mit brillanten, eleganten, originellen Gruppen wie Joy Division, Depeche Mode, Pet Shop Boys, the Smiths und vielen anderen. Später gesellten sich so eigenwillige Formationen wie Radiohead oder Blur dazu.

David Bowie, der größte englische Star von allen, hatte als erster erkannt, dass auch Rocksänger nur Rollen spielten. Für ihn galt ausnahmsweise der Slogan seiner Plattenfirma RCA: »There's old wave, there's new wave, and there's David Bowie.« Der charismatische, hochintelligente Sänger blieb jahrzehntelang relevant. Das schafften neben ihm nur wenige, wie Duke Ellington, Miles Davis, Frank Sinatra, Bob Dylan oder die Beatles.

Anders als man es den Briten zutrauen würde, hat sich der britische Pop immer wieder an der Tanzmusik orientiert. Der britische Tanzstil reichte von der entfesselten, aus Detroit importierten Rave- und Technobewegung mit ihren Disc-Jockeys und Ecstasypillen bis zu den düster klopfenden Beats von Gruppen wie Massive Attack oder Leftfield. Sie erinnerten daran, dass die Umkehr der psychedelischen Fröhlichkeit der lastende britische Fatalismus bleibt, ausgedrückt in der berühmten Zeile von Roger

Waters, dem Texter von Pink Floyd: »Hanging on in quiet desperation is the English way.«

Mit dem Aufkommen des Internets und seinem Angebot, Musik ohne Qualitätsverlust digital zu kopieren, verlor die Plattenindustrie die bei der Umcodierung der Platten auf CDs gemachten Milliarden wieder. Weshalb sie begann, sich auf den eigenen Back-Katalog zu besinnen. »Retromania: Pop Culture's Addiction To Its Own Past« von 2001 betitelte der einflussreiche englische Musikjournalist Simon Reynolds seine Analyse einer Musikszene, die sich über Youtube in zahllose Subgenres mit abertausenden von unbekannten Bands zersplitterte, während das älter gewordene, von den neuen Stilen verstörte Publikum sich an Bewährtes hielt. Die Beatles, die Stones, Fleetwood Mac, Pink Floyd und all die anderen verkauften ihre alten Platten neu, unveröffentlichte Stücke wurden mitsamt der Originalplatte in Boxen eingesargt. Die Popmusik, schon immer auf ihre eigene Vergangenheit fixiert, hat diese zu einer ewigen Gegenwart gemacht. »Fame – what you get is no tomorrow«, hatte David Bowie 1975 gesungen. Er war seiner Zeit schon immer voraus gewesen.

Literarische Lieblinge der Nation

Auch seine Lieblingsdichter und Schriftsteller machte England zu Stars – und am effektvollsten den größten von allen: William Shakespeare. Obschon vor fast 400 Jahren gestorben, ist Shakespeare der Mann, der sich um die englische Sprache verdient gemacht hat wie kein zweiter und dessen Einfluss bis heute spürbar ist. Nicht nur in der anhaltenden Faszination seiner weltweit gespielten Werke. Verschwenderisch ließ er einen Sprachschatz von mehr als 17.000 unterschiedlichen Wörtern in sein Werk einfließen – von »a sorry sight« (»Macbeth«) bis »fancy-free« (»A Midsummer Night's Dream«). Viele Begriffe tauchen in seinen Werken zum ersten Mal auf. Den »berühmtesten Schriftsteller der Weltgeschichte« nannte ihn Neil MacGregor, der Direktor des British Museum. Der Romancier Alexandre Dumas verglich Shakespeares Schaffenskraft mit der Gottes, und der Literaturwissenschaftler Harold Bloom erklärte, Shakespeare habe den modernen Menschen erst erfunden. Mit diesem Erbe lebt man voller Stolz und pflegt es mit Hingabe, wie erst kürzlich das große Aufhebens um seinen 450. Geburtstag zeigte.

Daran reichten nur die Feiern um Charles Dickens' 200. Geburtstag im Jahr 2012: Ein anderer Liebling der Nation, Dickens, gehört nicht nur zu den populärsten Schriftstellern des Landes, sondern der ganzen Welt. Mit Sicherheit war er einer der Meistzitierten, und »Dickensian« – in Anspielung an die sozialen Zustände, die er immer wieder anprangerte – ist im Englischen ein Begriff wie im Deutschen das Wort »kafkaesk«. Dickens' Kolleginnen Jane Austen und George Eliot erzählten mit ebenso präzisem Blick für gesellschaftliche Zusammenhänge von weniger harschen Lebensumständen, aber auch mit subtilem Humor. Die Brontë-Schwestern verschrieben sich der schwarzromantischen, mystischen Seite der englischen Kultur, dem Düsteren und Abgründigen. Auch sie besitzen einen geübten Blick für schroffe soziale Gegebenheiten. Ian McEwan, einer der bedeutendsten britischen Autoren unserer Gegenwart, sagte mir im Gespräch: »Ich habe nichts gegen einen Roman, der nie das Schlafzimmer verlässt, wenn der Autor das so will. Aber die besten Romane haben eine regionale oder provinzielle Qualität, sie reflektieren etwas Unmittelbares aus der Welt, die sie umgibt.«

Die englische Literatur von Shakespeare bis zu Ian McEwan wird im Königreich gelesen, geliebt, gespielt und verfilmt. Dichter wie John Keats, Oscar Wilde und Dylan Thomas rücken, wie es sich für literarische Nationalheilige gehört, selbst in den Mittelpunkt ganzer Filme (»Bright Star«, 2009; »Wilde«, 1998 und

»Happy Prince«, 2018; »The Edge of Love«, 2008). Was seine Kultur betrifft, exportiert Großbritannien sie gern und mit großem Erfolg. J.K. Rowlings »Harry Potter« wurde zum internationalen Superstar. Das Einzugsgebiet der englischsprachigen Welt ist groß. Doch im Gegenzug hält sich die Begeisterung für den Import speziell bei der Literatur in Grenzen. Ausländische Stoffe und Übersetzungen haben es auf dem britischen Buchmarkt schwer. Man geht davon aus, dass nur 3,5 Prozent aller jährlich erscheinenden Titel aus anderen Sprachen ins Englische übersetzt werden. Zum Vergleich: In Deutschland soll die Zahl um die 50 Prozent liegen. Wirklich überprüft hat das seit Jahren allerdings niemand mehr, und in der Verlagsbranche spricht man von einem leicht gestiegenen englischen Interesse an Literatur aus anderen Ländern. Doch generell gilt: Egal wie bekannt fremde Autoren – etwa vom europäischen Festland – sind: Auf der Insel besteht nur beschränktes Interesse. Das gilt noch mehr für die Musik, nicht für die klassische, aber für die populäre.

England besingt seine Siege

»Rule, Britannia!« und Edward Elgars »Land of Hope and Glory« sind die heißgeliebten Hits jedes Abschlussabends der alljährlichen Proms-Konzerte, ebenso wie »Jerusalem«, zu dem Englands dunkler Poet William Blake die Worte schrieb. Das Publikum singt oder grölt sie mit bei der »Last Night of the Proms«, der jeweils zweimonatigen sommerlichen Konzertreihe in Londons Royal Albert Hall. Millionen Zuschauer am Fernseher stimmen ein, und das nicht nur in Großbritannien. In den letzten Jahren schwenkten die Besucher in der Royal Albert Hall dabei Fahnen aller möglichen Länder: Die halbe Welt fühlte sich einbezogen, sang sich in einen internationalen Gefühlsdusel und entschärfte den Patriotismus der Lieder.

Im Corona-Jahr 2020 sollte – auch unter dem Eindruck der »Black Lives Matter«-Proteste – damit auf einmal Schluss sein. Den anglophilen Chorgesängen wurden Assoziationen mit dem Sklavenhandel und der anhaltenden Sehnsucht nach imperialer Größe nachgesagt. So enthält »Rule, Britannia!« die Passage »Britons never, never, never shall be slaves«. Kritikern zufolge besage dies, dass anderen Völkern die Versklavung nicht erspart bleibt. Schwarze und irischstämmige Chorsänger hatten sich in der Vergangenheit geweigert, die Hymne mitzusingen. Die BBC entschied, die Lieder sollten ohne Text auskommen und ohne Publikum sowieso, wegen Corona. Doch sie hatte die Rechnung ohne das Publikum gemacht. Die Briten tobten angesichts des Wortverbots. Ihre Wut entlud sich auch auf die BBC, die sich immer wieder Vorwürfe wegen linksliberal einseitiger politischer Stellungnahmen gefallen lassen muss.

Beide Stücke gelten traditionell als inoffizielle Nationalhymnen und gehören zur britischen Folklore wie Fish and Chips, der Union Jack und verregnete Sommer. Zu ihrer Verteidigung baute sich als einer der Ersten Premierminister Boris Johnson auf. Er fragte, wann endlich Schluss sei mit diesem Anfall von kriecherischer Selbstbezichtigung, Rückgratlosigkeit und Scham über die britische Kultur, Geschichte und Tradition. Dabei gehört »kriecherische Selbstbezichtigung« wahrhaftig nicht zu den regelmäßig begangenen Sünden der Nation. Aber gegen die Stimmen der Empörten kam die BBC nicht an. Am Ende gab der Sender nach, und die Stücke wurden in einer fast leeren Halle von »einer ausgewählten Gruppe« von Sängern vorgetragen. Ein lauer Kompromiss, der am Ende niemanden froh machte und der sicher nicht wiederholt wird.

Anders als in der Literatur ist man im Kino aufgeschlossener und längst an Ausländisches mit Untertiteln gewöhnt, das in großen Städten seine Nischen findet. Wer dagegen auf dem Land wohnt, wo nur noch Multiplexe ganze Einzugsgebiete bedienen, hat das Nachsehen, wenn er oder sie Produkte außerhalb des Blockbuster-Mainstream sehen möchte. Der englische Film selbst hatte eine wechselvolle Geschichte und knüpfte häufig – insbesondere von den sechziger Jahren an – enge Bande mit dem amerikanischen Kinogeschäft, so dass die Grenzlinien oft verwischten. Das spezifisch Britische tritt bei englischen Regisseuren in Hollywood, etwa bei Alfred Hitchcock, in den Hintergrund und lässt sich bestenfalls stilistisch, aber kaum mehr thematisch nachweisen. Auch, dass ein Klassiker wie »The Third Man« (1949) eine britische Produktion ist, wird gern vergessen, angesichts der amerikanischen Hauptdarsteller Orson Welles und Joseph Cotten.

Unter britischer Filmregie war das Selbstverständnis des Königreichs – und Irlands – immer wieder ein Thema. Im Prinzip besteht eine Zweiteilung aus dem, was einerseits *old school* ist und mit Elementen der Tradition spielt oder diese zwar zeigt, zugleich aber – meist in gemäßigter Weise – kritisiert. Andererseits entstanden von den Nachkriegsjahren an Bewegungen und Generationen von Filmemachern, die allem, was *posh* ist, so entschieden den Rücken kehrten, dass sie die Welten des gehobenen Bürgertums und des Adels kaum je abbildeten. Statt dessen zeigten sie den mal harten, mal unappetitlichen Alltag der »einfachen Leute« mit einer Genauigkeit, die ihre Herkunft in der britischen Dokumentarfilmbewegung hatte. Sie begann in den dreißiger Jahren und setzte sich von den fünfziger Jahren an in den realistischen »Kitchen-Sink«-Dramen fort.

Zu den bekannten Exponenten eines politischen Kinos, das

auf seiten einer unbeschönigenden Realitätswahrnehmung war, gehören in jüngerer Zeit Stephen Frears, Ken Loach und Mike Leigh, dessen Film (2014) über den Maler Joseph Mallord William Turner die Figur des exzentrischen Künstlers in die Nähe einer Dickens-Gestalt rückte. Ein jüngerer Vertreter des neuen britischen Films ist der in einer Familie der gehobenen Mittelschicht großgewordene, in Oxford ausgebildete Michael Winterbottom, der bevorzugt aktuelle Stoffe der Weltpolitik aufgriff, sich aber auch immer wieder typisch Englisches – etwa in mehreren Thomas-Hardy-Verfilmungen – vornahm, in denen es um unglückliche Verbindungen, das Infragestellen der organisierten Religion und scharf formulierte Klassenprobleme geht – immer aus linker Perspektive.

Der bereits oben erwähnte Künstler und Filmemacher Steve McQueen hat in jüngster Zeit eine neue Perspektive hinzugefügt. In einer fünfteiligen Fernsehserie erzählt er aus den Biographien schwarzer britischer Einwanderer aus der Karibik von den sechziger bis zur Mitte der achtziger Jahre. Vier der Geschichten basieren auf authentischen Geschichten, die bis jetzt unerzählt geblieben waren. McQueen, der auch für die Drehbücher mitverantwortlich war, wollte das ändern. Das Projekt rührt für ihn – die Mutter stammt aus Trinidad und der Vater aus Grenada – auch an die eigene Biographie. »In ›Small Axe‹ geht es um kleine Akte des Widerstandes, Handlungen, die mein und das Leben anderer veränderten«, erklärt er: »Diese Geschichten sind britische Geschichten.« Neben der historisch-politischen Wahrnehmung von Zeit gibt es bei McQueen auch immer ein akutes Bewusstsein für ihr Vergehen und ein spürbares damit verbundenes Bedürfnis, die Grenzen des Greifbaren zu überschreiten, die Suche nach Transzendenz, einem Jenseits im Alltäglichen.

Zwei Filmemacher, die ursprünglich von der bildenden Kunst kamen, Peter Greenaway und Derek Jarman, nahmen sich intensiv der Vergangenheit an: Jarman befasste sich mit Christopher Marlowe (»Edward II.«, 1991), Shakespeare (»The Angelic Conversation«, 1985), der schmerzlichen Erinnerung an den Ersten Weltkrieg (»War Requiem«, 1989); in »The Last of England« (1988) drückte er sein Empfinden angesichts des kulturellen Niedergangs seines Landes in der Thatcher-Ära aus. Peter Greenaway erlebte seinen glänzendsten kommerziellen Erfolg mit »The Cook, the Thief, His Wife, and Her Lover« (1989), einer schwarzen Komödie, die Konsum- und Kapitalismuskritik mit einem kannibalischen Mahl auf die Spitze treibt. Der Film wurde als Allegorie und Abgesang auf die Thatcher-Ära gelesen, wobei Greenaway Kulturkritik mit ätzendem politischem Kommentar verband.

Altmeister David Lean widmete sich kritisch der britischen imperialen Geschichte in Filmen wie »A Passage to India« (1984) und »Lawrence of Arabia« (1962), ein Thema, an das Richard Attenborough mit »Ghandi« (1982) anknüpfte. Den Epen von Lean und Attenborough haftete bei aller Kritik an Standesstrukturen und Wertesystemen der Vergangenheit – die teilweise bis in die Gegenwart hineinreichen – ein schwelgerischer oder jedenfalls gesamtheitlich affirmativer Zug an. Das geistige Erbe von Filmemachern wie Lean und Attenborough ist bis heute unvermindert spürbar, in geschmackvoll gemachten, bittersüßen Vergangenheitsbetrachtungen, wie in James Ivorys Verfilmung von Kazuo Ishiguros Roman »The Remains of the Day« (1993), Joe Wrights Adaption von Ian McEwans »Atonement« (2007) oder zuletzt in Simon Stones »The Dig« (2020). Darin ging es um einen nationalen Triumph, eine der aufregendsten archäologischen Entdeckungen, der des Königsgrabs von Sutton Hoo. Es ist ein zutiefst britischer Film, der Klassenunterschieden in einem perfekten Set-Design nachspürte. Er feiert die eigensinnige Einzelgängerschaft, die Vergangenheitsliebe des eigenen Landes, als wollte er Großbritannien noch einmal zum Brexit gratulieren.

Eine noch stärker idealisierte Vorstellung vom Englischen hatte das Produzenten-Regieteam Ismail Merchant/James Ivory jahrelang mit ausgesprochen erfolgreichen Filmen wie »A Room with a View« (1985) und »Howard's End« (1992). Die beiden gründeten 1961 eine Filmfirma und arbeiteten in mehr als der Hälfte ihrer 44 Filme nach Drehbüchern von Ruth Prawer Jhabvala. Ihre oft elegischen Beschwörungen des edwardianischen England inszenierten sie mit anziehenden Menschen in erlesenen Dekors. Dabei waren alle Produzenten im Ausland geboren worden, und ihre Perspektive war letztlich eine außenseiterhafte. Der Produzent Merchant kommentierte die jahrelange Zusammenarbeit des Trios einmal so: »Bei Merchant/Ivory sind wir eine seltsame Verbindung eingegangen ... Ich bin ein indischer Moslem, Ruth ist eine deutsche Jüdin und Jim ist ein protestantischer Amerikaner.« Doch so schön wie bei Merchant, Ivory und Jhabvala ist England selten gewesen.

Englishness geht in Serie

Dass eine so schmeichelhafte Schauseite dem eigenen Selbstbild entgegenkommt, zeigen verschiedene Fernsehserien, deren Popularität sich seit den sechziger Jahren von der Insel aus weltweit verbreitet hat. Immer steht dabei das Leben des Adels und des Großbürgertums im Mittelpunkt. In den sechziger Jahren verfolgte das Publikum John Galsworthys »Forsyte Saga«, eine Familiengeschichte aus der Oberklasse. Abgelöst wurde sie in den Siebzigern von »Upstairs, Downstairs« (»Das Haus am Eaton Place«) mit Lebensgeschichten von Dienstboten und Herrschaften in einem Londoner Stadthaus: Die Serie erlebte 2010 ein Revival, konnte sich aber nicht mehr gegen ihren thematisch eng verwandten Nachfolger »Downton Abbey« durchsetzen. Die achtziger Jahre bescherten dem Publikum mit »Brideshead Revisited« (»Wiedersehen mit Brideshead«) eine Fernsehserie über den Zerfall einer Adelsfamilie, die an gepflegter Melancholie den ihr zugrunde liegenden Roman von Evelyn Waugh noch übertraf. Diese Serien waren Seelenverwandte der romantischen Merchant/Ivory-Filme. Man ergötzte sich an erlesenen Requisiten, alter Architektur und glamourösen Kostümen.

Seit 2010 belebt die Erfolgsserie »Downton Abbey« diese Tradition wieder neu. Eingebettet in die Erinnerung an die Film- und Fernsehbilder seiner Vorgänger, ist »Downton« eine Rückkehr zum bereits Vertrauten – oder auch: dessen Fortsetzung. Ganz von ferne grüßen auch die Autoren der englischen Boulevardstücke und Konversationskomödien von Noël Coward bis hin zu Oscar Wilde. Wieder einmal erweisen sich Dinnertable-Konversation, raschelnde Kostüme und das Faszinosum des englischen Klassensystems als Exportschlager. In England war die Serie ein Straßenfeger, und die Vereinigten Staaten eroberte sie im ganz großen Stil, ebenso wie Irland, Norwegen, Schweden, Spanien und schließlich auch die Schweiz und Deutschland. Noch bevor alle Episoden abgelaufen waren, wurde »Downton Abbey« zum Fernsehklassiker hochgeschrieben. Das Adelsdrama erhöht den Pulsschlag von England-Romantikern – auf der Insel selbst in eigener nostalgischer Sache und im anglophilen Ausland sowieso.

Eine üppig wuchernde Familiensaga aus der englischen Adelsklasse wird da erzählt, wobei die Dienerschaft zum Mobiliar gehört. Erdacht und geschrieben wurde die Serie von Julian Fellowes, Baron Fellowes of West Stafford, einem ausgewiesenen Kenner britischer Adelsverhältnisse, denen er selbst entstammt. Seinen beachtlichsten Erfolg feierte der allseits geschätzte Fellowes mit dem Oscar-Gewinn für das Drehbuch von »Gosford Park« (2001), einem Robert-Altman-Film, der die wesentlichen Züge von »Downton« vorwegnimmt: Schon »Gosford Park« taucht ein in den Mikrokosmos eines altenglischen Herrenhauses, hinter dessen Fassaden Anspruch und Wirklichkeit nicht zusammengehen. In jüngerer Zeit befestigte der Erfolg des Oscar-prämierten Films »The King's Speech« (2010) oder »The Darkest Hour« (2017) den anhaltenden Appeal des englischen *period drama,* und die Serie »The Crown« setzt diesen Trend mit noch größerem Aplomb fort.

Die besten Schauspieler der Welt

Schauspieler gehörten seit den Anfängen des Kinos bis heute zu den besonders prestigeträchtigen britischen und irischen Exporten. Eine stattliche Anzahl brachte es in Hollywood zu Weltruhm: Charlie Chaplin, Charles Laughton, Cary Grant, Vivien Leigh, Ida Lupino, Elizabeth Taylor, Richard Burton, Peter O'Toole, Sean Connery, Daniel Day-Lewis, Jeremy Irons, Michael Caine, Anthony Hopkins, Christian Bale, Daniel Craig, Benedict Cumberbatch, Judi Dench, Vanessa Redgrave, Olivia Colman, Rachel Weisz, Helen Mirren, Tilda Swinton und viele andere. Die Liste ist eindrucksvoll, ellenlang und längst nicht vollständig. Doch nicht jeder Zuschauer – außerhalb Großbritanniens und Irlands – weiß, dass die Genannten nicht in den USA geboren wurden: In England, Schottland, Wales und beiden Teilen Irlands hingegen ist man sich dessen sehr genau bewusst und feiert seine Helden des Theaters, des Fernsehens und der Leinwand. Unfehlbar und mit Stolz wird dann jeweils darauf hingewiesen, mit welcher Meisterschaft der eine oder die andere den fremden amerikanischen Akzent beherrsche. Umgekehrt ist man nicht ganz so freigiebig mit Lob: Allein Meryl Streep wird nach allgemeiner Übereinkunft zugestanden, den englischen Akzent akkurat nachahmen zu können.

Den Erfolg der Schauspieler aus dem Vereinigten Königreich und Irland schreibt man übrigens gern den bedeutenden Schauspielschulen Londons zu, die schon Generationen von Akteuren mit dem nötigen Handwerkszeug versahen. Die Royal Academy of Dramatic Art, die London Academy of Music and Dramatic Art und die Guildhall School of Music and Drama, an denen hart gearbeitet und noch härter ausgesiebt wird, sind wahre Star-Fabriken.

Ein weiterer Aspekt bei der Heranbildung einer derart beachtlichen Zahl schauspielerischer Größen ist die lebendige Theaterszene des Landes. Großbritannien liebt seine Bühnen. Fast jeder britische Schauspieler, der es in Hollywood schafft, hat irgendwann dort angefangen. Ein Theaterbesuch gilt keineswegs als elitäres Unterfangen oder als eines, das nur bestimmte Altersgruppen anspräche, ebenso verhält es sich mit der Ausübung dieser Kunst. Überall wird Theater gespielt, auch in der Provinz, wo sich begeisterte Laientruppen zusammenfinden und ihre Produktionen in den Gemeindehallen vorstellen. Im Sommer verwandelt sich manchmal auch der Park des lokalen Adels in eine Aufführungsstätte, was den Zuschauern angesichts der britischen Wetterverhältnisse eine gewisse Härte abverlangt.

Vor der Sars-Covid-Pandemie wurden 1.100 Bühnen im ganzen Land bespielt, und 39 davon allein im Londoner West End, dem Herzen der Theaterlandschaft der Kapitale. London gilt als die Stadt mit den besten Theatern der Welt, und auf ihnen erproben sich heute die Filmstars von morgen. Der Magnetismus der Londoner Bühnen wirkt aber auch in umgekehrter Richtung. Denn ein Engagement an einem Londoner Theater gilt für arrivierte Hollywoodstars immer noch als Karriere-Höhepunkt. Deshalb reisen sie seit Jahrzehnten scharenweise an die Themse, um sich selbst und dem Publikum zu beweisen, dass sie auch live die besten ihres Metiers sind – was übrigens überraschend oft auch zutrifft.

Natürlich kann man immer wie perfekte Uhrwerke funktionierende, aus europäischer Sicht ästhetisch etwas angestaubte Klassikerinszenierungen sehen. Und Agatha Christies Stück »The Mousetrap«, das seit 1952 fast ununterbrochen auf dem Spielplan des Londoner St. Martin's Theatre steht und zehntausende von Vorstellungen hinter sich hat. Dagegen ist das junge britische Theater inhaltlich im vergangenen Jahrzehnt immer näher an die Gegenwart gerückt. Zügig und agil greift es konkrete politische und gesellschaftliche Fragen auf – von der Schlacht um das Referendum, dem staatlichen Gesundheitssystem und dem Börsencrash bis zum Datenschutz im Internetzeitalter. Wobei nicht unbedingt revolutionäre oder experimentelle Formen einen Frühling erlebten. Gesucht wurde der unmittelbare Wirklichkeitsbezug. Die Zuschauer kamen als Fragende, die auf der Bühne nach Antworten, Anregungen – oder Kommentierung – suchten. Sie waren neugierig und bereit, sich auf Herausforderungen einzulassen. Die Schauspielhäuser boten einen idealen Raum, um komplexe Ideen und Probleme durchzuspielen. Das Royal Court Theatre zum Beispiel, eines der berühmtesten von London, hat sich klaren Zielen verschrieben: der Förderung junger Dramatiker und Beschäftigung mit Gegenwartsthemen in einem, wie es auf der Website heißt, »ruhelosen, alerten und provokativen Theater«, das jedermann zugänglich ist. Damit liegt es im Trend. Denn das Theater, zwar immer noch Anlaufstelle des Bildungsbügertums, zieht mittlerweile auch scharenweise junge Leute an – vor und hinter den Kulissen. Es ist möglich, dass es diese Welt nach Corona in diesem überschwenglichen Maße nicht mehr geben wird.

Schock für die Kulturwelt: Brexit, Corona und kein Ende

Die mächtige Kreativindustrie, die so viel für die Kassen und das Image des Landes getan hat, sah sich im Zuge des Brexits vor eine Katastrophe gestellt. Geschlossen beklagte sie die Trennung vom Kontinent und die sich abzeichnenden Schwierigkeiten, denen sich ihre internationale Branche ausgesetzt sehen würde. Man fühlte sich bei allem Beharren und aller kreativer Nutzbarmachung der »Englishness« als Teil der europäischen Kultur, deren Strömungen, nationaler Prägungen ungeachtet, schließlich grenzüberschreitend waren. Außerdem drängten viele praktische Fragen. Sollten Orchester künftig noch ungehindert reisen können? Welchen Schwierigkeiten würden sich die vielen ausländischen Künstler bei Aufenthalten im Land gegenübersehen? Den Museen, die ihre Werke in Wechselausstellungen durch die Welt schicken, graute vor den neuen Zollbestimmungen. Wie elektrisiert, mobilisierte sich die Brexit-kritische Kulturszene nach dem Referendum. Einige Kulturinstitutionen sprachen sich Mut zu und wollten die neuen »Herausforderungen zum Dialog« tapfer annehmen. Auch sie gaben zu, ganze Bevölkerungsschichten kaum wahrgenommen zu haben: nämlich jene, in denen man die Brexit-Wählerschaft verortete.

Jetzt schon ist klar, dass der Brexit und Covid-19 die gesamte britische Kulturszene verändern werden. Der Brexit ließ sie erzittern, die Pandemie verpasste ihr einen Tiefschlag ohne Warnung.

Die Brexit-Literatur sieht schwarz

Unterdessen bogen sich in den Londoner Buchgeschäften die Regale unter der Brexit-Literatur: jede Menge Sach- und Erklärbücher für Engländer, die offenbar die Welt nicht mehr verstanden und sie in lesbarer Form gern neu sortiert haben wollten. Die präsentierten Werke taten so, als sei der Brexit bereits ein historisches Ereignis, vollendet und klassifizierbar. Bei den Sachbüchern standen Vertreter des Pro und des Contra, für und gegen den Abschied von Europa, einträchtig nebeneinander.

Die Romanautoren allerdings zeigten sich fast ausnahmslos als mehr oder minder zornige »Remainer«, wie Ian McEwan, der mir diese Stimmung im Gespräch beschrieb: »Die Brexit-Befürworter haben den Begriff ›globales Großbritannien‹ geprägt. Aber die EU ist global. Ich sehe keine guten wirtschaftlichen Gründe für den Brexit. Ich glaube, es geht um ›Englishness‹, um einen mystischen Begriff von England. Das wird vor allem von der englischen Rechten angetrieben.« Während die Verkaufszahlen von George Orwells »1984« nach Trumps Wahl zum Präsidenten massiv anstiegen, schrieben die Briten ihre Horrorszenarien jetzt neu. Bevorzugt richteten sie den Blick auf die Insel und nicht auf das europäische Festland. Zu den aufsehenerregendsten Romanen gehörte John Lanchesters leicht entzifferbare, dystopische Brexit-Mär »The Wall«, in dem er ein paar Jahrzehnte vorprescht und die Schrecken einer Post-Brexit-Welt in den kältesten Grautönen ausmalt. England wird zur Festung, von einer hohen Betonmauer umgeben, die nicht der Abwanderung von innen, sondern dem Schutz vor der Außenwelt dienen soll.

Ali Smiths bereits 2016 erschienenes Buch »Autumn« wurde seinerzeit als der erste »Brexit-Roman« gefeiert. Er erzählt von Menschen, die nach dem Referendum Dinge zueinander sagen, ohne wirklich ins Gespräch zu kommen, zeichnet den Graben vor, der sich heute durch Großbritannien zieht. Wie bei John Lanchester wird auch in »Autumn« Shakespeare gelesen – ebenfalls »Der Sturm«, die Einsame-Insel-Geschichte von Isolation und Vertreibung –, aber auch Aldous Huxley und George Orwell mit ihren düsteren Visionen sind präsent. Die Atmosphäre im Land, die Smith beschreibt, hat sich seit dem Erscheinen des Romans nicht verändert, ebensowenig wie die Gültigkeit seiner Prophezeiung: Der Sturm, der jetzt durch Großbritannien fegt, ist erst der Anfang.

Das große Loslassen: Pubs und Clubs, Hooligans und Schlagzeilen

Der Pub ist eine Institution und mehr noch, eine Idee, auf die sich nicht nur das ganze Land, sondern das ganze Vereinigte Königreich plus Irland einigen kann. Seine Vorzüge sind dem, der in England lebt, so vertraut, dass es leicht ist, seine entspannte, tröstliche Großartigkeit zu übersehen. In britischen Kneipen geht es keineswegs nur ums Trinken. Trinken kann man auch zu Hause. Aber Sehen und Gesehenwerden, nach Lust und Laune in ein »Public House« hinein- und hinauszuspazieren, so zwanglos Teil einer Gemeinschaft zu sein, dass man mit jedem reden kann, aber nicht muss: All das gehört zum Vergnügen eines Pub-Besuchs. Und wo sonst könnten Menschen aller Altersstufen einander so unkompliziert treffen? Pubs sind für jedermann zugänglich. Der Country Squire und seine Arbeiter stehen einträchtig beim Bier zusammen. Wenigstens in der Theorie.

»In vielen Gesellschaften gibt es einen Ort, der so etwas wie einen neutralen Boden darstellt, wo sich die Menschen öffentlich und ohne die Strapazen treffen können, die das häusliche Terrain einer anderen Person mit sich bringt. In Westafrika liegt dieser Platz unter dem Versammlungsbaum des Dorfes. In England ist es der Pub«, erkannte der britische Anthropologe Nigel Barley.[1]

Eine Vielfalt von Stilen, Formaten und Größen verbirgt sich unter der Bezeichnung »Pub«, von der winzigen Dorfkneipe bis zur Wetherspoons-Kette mit ihren riesigen Bierhallen und Billigangeboten. Und doch sind sich die Wirtschaften auf der Insel in gewisser Weise ähnlich. Ganz gleich, ob der Reisende in Lon-

---

[1] Nigel Barley, Traurige Insulaner, S. 22.

don, Somerset oder Wiltshire auf ein Pint Bier oder Cider haltmacht, der schummrige Raum im Stil unbestimmter Gestrigkeit wirkt stets vertraut: mit oder ohne Teppich und Kamin, mit Holz- oder Polsterstühlen. Das Betreten des Pubs signalisiert eine Zäsur im Alltag, eine Pause im Leben. Die Welt bleibt draußen, ein Getränk wartet, und mit etwas Glück sind da auch ein paar Bekannte, mit denen man sich gar nicht erst verabreden muss, weil sie fast schon zum Mobiliar gehören.

In ehrgeizig renovierten Versionen sind die paneelierten Wände weiß, hellgrau oder in einer anderen kühlen Trendfarbe gestrichen, und Leuchten lassen das Innere heller erstrahlen, als ihm guttut. Als besonders erfolgreich erweisen sich diese Anpassungsversuche an eine nüchterne Gegenwart selten und eigentlich nur dann, wenn die Kneipe den Wandel zum Gastronomiebetrieb vollzogen hat und als Gastro-Pub vom herkömmlichen Restaurant nur noch rudimentär zu unterscheiden ist. Die echten Liebhaber und Kenner der alten Schule aber haben es gern unprätentiös, unrenoviert und bodenständig. Und am liebsten ohne Musik. Sie trinken Ale und Porter aus lokalen Kleinstbrauereien, die »Geisterschiff« oder »Gefallener Engel« heißen und zimmerwarm gerade richtig sind.

Ein Ort für Auserwählte

Ein Verwandter der ubiquitären, rustikalen Schankstuben ist der vor allem in der Hauptstadt angesiedelte Club, auch er eine Verlagerung des eigenen Wohnzimmers. Doch wo der Pub inklusiv ist, schätzt man im Club Exklusivität und pflegt Abgrenzungsbedürfnisse. Der Club entstand in England als Vereinigung Gleichgesinnter, oft Angehöriger der englischen Upper Class. Man wurde eingeladen und war auf die Fürsprache eines oder mehrerer Mitglieder angewiesen – so hält man es in vielen der Etablissements heute noch. Prominenz ist keine Garantie für den Zutritt: So wurden der »Times«-Kolumnist Bernard Levin und der britische Verteidigungsminister Michael Heseltine im Garrick Club abgelehnt, dem schon Charles Dickens, T. S. Eliot, Noël Coward und Laurence Olivier angehörten, und dem A. A. Milne, der Erfinder von »Winnie the Pooh«, einen großen Teil seines Vermögens vermachte. Auch Clubs versprechen kleine Fluchten aus dem Alltag.

Der Garrick Club verweigert bis heute Frauen die Mitgliedschaft und reagiert eisig auf Anfragen. Auch wenn den Damen unter Umständen – als Gast – Zutritt in die heiligen Hallen gewährt wird und sie im pinkfarbenen Milne Room (auch »Pooh Room« genannt) lunchen dürfen. Andererseits gibt es Clubs, in denen Männer unerwünscht sind, wie den University Women's Club. Aber sie sind in der Minderzahl. Der klassische britische Gentlemen's Club erlebt derzeit eine Renaissance. Auch neue Versionen florieren, wie die Kette der Soho House Clubs, so genannt nach der Gründung des ersten, der 1995 im ehemaligen Londoner Bohème-Viertel Soho seine Türen öffnete. Der Soho-House-Stil zitiert lässige Countryhouse-Atmosphäre und bemüht sich um Zwanglosigkeit im *shabby chic*. Damit exportiert er einen einladend-entspannten Aspekt des typisch Englischen. Dieses Konzept hat sich mittlerweile als so erfolgreich erwiesen, dass sich weltweit Ableger des Clubs etablieren konnten, von Berlin bis Hollywood.

Die Pubs hingegen sind eine gefährdete Spezies in ihrer Heimat. Vor allem auf dem Land, wo sie zusammen mit der Kirche den Mittelpunkt der Dörfer bildeten, sind sie seit Jahren einem Massensterben anheimgefallen. Verantwortlich macht man das Rauchverbot, die Rezession und die billigen Supermarktbiere. Aber vielleicht ist es auch die Faszination der kleinen und großen Bildschirme und Streaming-Plattformen, die Menschen mit ihren Endlosserien hypnotisieren und zu Hause bleiben lassen. Die monatelangen Stilllegungen der Lokale während der Corona-Pandemie zermürben die Branche noch zusätzlich. Sie musste in den vergangenen zehn Jahren mehr als 10.000 Schließungen hinnehmen. Die Einnahmen der rund 50.000 Pubs in Großbritannien, die fast eine halbe Million Menschen beschäftigen, sanken gegen Null. Viele der *public houses* würden die Pandemie nicht überleben. Undenkbar aber, dass sie ganz aus dem Alltag der Engländer, Iren, Schotten und Waliser verschwinden werden. Nach der Arbeit, gewissermaßen auf dem Nachhauseweg, noch auf ein Glas in der Kneipe vorbeizuschauen, war ein noch weitgehend intaktes, entspannendes Alltagsritual.

Zu den Besonderheiten der englischen Kneipen gehören ihre Schließungszeiten. Sie sind zwar längst deutlich gelockert worden, de facto aber läuten die meisten Pubs immer noch kurz vor elf die letzte Runde ein, jedenfalls außerhalb der Hauptstadt. Und übrigens, so alt, wie die festen Zeiten letzter Runden in ihrer Rigorosität nachwirkten, waren sie gar nicht. Sie stammen aus dem Ersten Weltkrieg und waren eine Maßnahme der damaligen Regierung, um die Kriegsproduktion nicht durch zu viel Alkoholgenuss zu gefährden. Man hält in Britannien auch eisern an Konventionen fest, deren Traditionswert geringer ist als gedacht. Einem ähnlichen Gedanken widmeten übrigens die Historiker Eric Hobsbawm und Terence Ranger ein ganzes Buch, den von ihnen 1983 herausgegebenen Sammelband »The Invention of Tradition«. Darin kamen die Autoren zu dem Schluss, dass viele der vermeintlich alten Rituale und Symbole des Vereinigten Königreichs Erfindungen des 19. Jahrhunderts seien. Mit ihnen habe der Viktorianismus den Anschein historischer Kontinuität erzeugen und sich der Loyalität der Arbeiterklasse und des Bürgertums versichern wollen. Doch fuße dieser Prozess klassenübergreifender Bejahung der Monarchie nicht allein auf Manipulation. Vielmehr habe er sich aus schon in der öffentlichen Meinung Angelegtem und Vorhandenem bedient. Andernfalls wäre er gar nicht glaubwürdig gewesen.

Grüße aus der Fernsehküche

Auf Althergebrachtem beruht auch ein Aspekt des englischen Alltags, der dem kontinentaleuropäischen Geschmack lange Zeit wenig entgegenkam: die englische Küche. Man kann darüber streiten, ob sie zu den identitätsstiftenden Merkmalen des Landes gehört, doch ist sie so prägend wie die Pub-Öffnungszeiten. Dem puritanischen Erbe hat die klassische englische Kost den Ruf ihrer Blässe zu verdanken. Demzufolge wurde alles Zusammengemixte, -gekochte und -gerührte vermieden. Komplexe Saucen hatten auf den Speisezetteln keinen Platz. Das Gemüse, nur eben mit heißem Wasser überbrüht, war in seiner Ursprungsgestalt noch ebenso erkennbar wie das Fleisch, das je nach Größe und Möglichkeit als ganzes Tier serviert wurde. Ausläufer dieser Tradition sind bis heute in den Rezepten der Modeköche, von denen die englische Küche im vergangenen Jahrzehnt erneut reformiert wurde, erkennbar: so etwa bei Fergus Henderson, der 1994 sein Restaurant St. John eröffnete und dort alte englische Gerichte zu neuem Leben erweckte, oder Hugh Fearnley-Whittingstall, der ebenfalls – wie auch der populäre Jamie Oliver – saisonale und regionale Produkte in möglichst unverfälschter Form propagierte.

Mit Oliver hatte der Trend, der Kochen zum britischen Nationalsport erhob, die Masse erreicht. Seine Rezeptbücher stehen in jedem Supermarkt, die Gerichte lassen sich tatsächlich mit der von ihm vorgeführten Leichtigkeit in die Pfanne hauen. Er kümmerte sich auch um ehemalige Häftlinge, die er zu Köchen ausbildete, und er wollte gesündere Schulmahlzeiten durchsetzen.

Im Fernsehen war er lange Zeit Dauergast, bis der Erfolg seiner Restaurant-Kette nachließ und er Insolvenz anmelden musste. Die noch ziemlich junge Liebe der Engländer zum Essen aber ist geblieben. Doch anders als der Pub ist die Küche ein Schauplatz, den England sich erst in jüngster Zeit erobert hat.

Lange galt bei Tisch die Alltagsregel: Augen zu und durch. Langsam aber stellte sich im Land der Durchhalteparolen die neue Lust am Essen – und dessen Zubereitung – ein. Dieser Prozess begann in den fünfziger Jahren und kam in den Achtzigern dann so richtig in Schwung, begleitet von medialen Nebengeräuschen, die mit kulinarischem Ehrgeiz manchmal nur in loser Verbindung standen.

Fernweh und Appetit auf Neues löste Elizabeth Davids erstes einflussreiches Buch über die mediterrane Küche aus (1950), dem weitere folgten. Die weitgereiste David prägte die britischen Essgewohnheiten – und ganze Nachfolgegenerationen von Promi-Köchen. Ihre Biographin Artemis Cooper bemerkte: »Als sie in den 1950er Jahren zu schreiben begann, merkten die Briten kaum, was sie auf dem Teller hatten, und das war vielleicht gut so.« Der Journalist David Frost sah zwischen den vielgepriesenen englischen Qualitäten und dem seinerzeit miserablen Essen einen tieferen Zusammenhang und bemerkte sardonisch: »Jahrhundertelang veranlasste das scheußliche Internatsessen schlanke, drahtige, helläugige junge Engländer, ins Ausland zu gehen und sich dort der gesetzlosen minderwertigen Völker anzunehmen.«[2]

Im Nachkriegsengland hatte der Mangel an kulinarischer Qualität und Vielfalt mit den Lebensmittelrationierungen zu tun, die im Krieg begannen und erst 1954 vollständig aufgehoben wurden. Als Urlaubsreisen ins Ausland an Häufigkeit zunahmen – bis zum Beginn der großen Zeit des Massentourismus –, brach-

---

[2] Karl Heinz Bohrer, Ein bißchen Lust am Untergang, S. 182.

ten die Urlauber ungewohnte Geschmackserlebnisse mit nach Hause. Von den fünfziger Jahren des vergangenen Jahrhunderts an erreichte eine neue Generation von publizierenden Gourmets nicht nur ein größeres Publikum als ihre Vorgänger. Die Fernsehköche vermehrten sich auch im Lauf der Jahre dermaßen, dass man auf allen Kanälen den Eindruck eines pausenlosen Kochturniers gewann. Auch wenn das nicht nur für Großbritannien gilt, war doch die Fallhöhe des Vorher und Nachher, glaubt man Berichten über die englische Küche bis in die siebziger Jahre hinein, besonders atemberaubend.

Unterdessen wagten sich auch immer häufiger echte Männer an den Herd und auch an den Schreibtisch, um die englische Küchenrevolution zu befördern. Marco Pierre White besaß mit 33 Jahren bereits drei Michelin-Sterne, die er aber später zurückgab, weil er fand, dass die Michelin-Richter mit ihren aus seiner Sicht mangelnden Kenntnissen kein Maßstab für ihn waren. In TV-Serien namens »Hell's Kitchen« und »Marco Pierre White's Kitchen Wars« konnte der Engländer mit der italienischen Mutter zeigen, dass Kochen nichts für Memmen war. Gern wies er darauf hin, dass er einmal sogar seinen ähnlich machohaften und später ebenfalls berühmten Zögling Gordon Ramsay zum Weinen gebracht habe.

Eine Zeitlang sah es so aus, als ob männliche Star-Köche ihre Kolleginnen auf dem Bildschirm verdrängen sollten: Frauen wie Nigella Lawson, Delia Smith, Mary Berry und die exzentrische Fanny Cradock, eine der ersten, die in den fünfziger Jahren für die Fernsehnation in Töpfen rührte: Großartig kochen konnte sie nicht. Statt dessen inszenierte sie Hantieren am Herd – in späteren Jahren in Ballkleidern und mit bombastischem Make-up – als eine Art unbeabsichtigt dadaistischen Akt. Auch Cradock-Nachfolger wie Keith Floyd, der sich regelmäßig zur Freude der Nation in seiner Sendung betrank, legten dar, dass es nicht in erster Linie darum gehe, kulinarische Qualität zu produzieren, sondern um den Spaß dabei. In der Küche plaudert es sich von jeher am besten, was auch das Fernsehen begriff. Ohne Show-Effekte kein Foodie-TV. Selbst Delia Smith, die seit den siebziger Jahren mit einem nüchternen und ernsthaft um Qualität bemühten Ansatz anhaltende Popularität gewann, kreierte die Sahnetorte für das Cover des Rolling-Stones-Albums »Let it Bleed« (1969) mitsamt seinem giftigen Kitsch.

Im Hintergrund erwiesen sich bekannte, eher diskrete Köche als richtungweisend, wie Fergus Henderson, der in seiner Philosophie des *nose-to-tail-eating* darauf bestand, alles vom Tier in der Küche zu verwenden, Schnauzen und Pfoten inbegriffen. Dabei griff er auf historische englische Rezepte zurück. Yotam Ottolenghi hingegen, der einen italienischen, einen israelischen und einen britischen Pass besitzt, ist ein Abenteurer der Küche des Nahen Ostens, die er zur Grundlage für ungewöhnliche Gewürz- und Geschmackskombinationen nimmt.

An der zunehmenden britischen Sensibilität für alles, was auf den Tisch kommt, haben auch Restaurantkritiker wie Giles Coren Anteil, die das Kochen zum Anlass für scharfsinnige und bissige gesellschaftliche Überlegungen nehmen. Auf makabre Weise parodierte Peter Greenaways Film »Der Koch, der Dieb, seine Frau und ihr Liebhaber« (1989) die neue englische Fresslust: Da wird am Ende ein ganzer gebratener Mann aufgetischt. Wie sehr die Gourmet-Besessenheit bis heute die Nation infiltriert, zeigte sich in Michael Winterbottoms TV-Serie »The Trip«, in der zwei Comedians, die sich selbst spielen (Steve Coogan und Rob Brydon), auf kulinarische Reisen in wirklich existierende Restaurants gehen und dort ihre Midlife-Crisis ausleben. Dabei werden die Esslokale, die Küchen, die Mahlzeiten, die Weine in all ihrer Glorie eingehend gezeigt. Das Restaurant wird zur Bühne, und endlich stimmt auch, was auf den Tellern landet. Meistens jedenfalls.

Cholesterinorgien für die Armen

Doch längst nicht alles ist gut, gesund und grün, was unterdessen in Großbritannien auf den Tisch kommt. Immer noch sind auch fette Klassiker wie Fish & Chips und das englische Frühstück mit Tomate, Pilzen, Bohnen, Würstchen und Speck gefragt und beliebt. Zu den besten Dingen, die Englands Küche verlassen, gehört der Cream Tea mit Scones, Erdbeermarmelade und Clotted Cream, die der Sahne ebenso verwandt ist wie der Butter und am besten ist, wenn sie fett und cremig aus Cornwall kommt. Für die Medizin ist der englische Hang zum Junk-Food – und damit ist das Übermaß an Frühstückskalorien nur am Rande gemeint – allerdings ein Problem.

Das Vereinigte Königreich hat einen höheren Prozentsatz an krankhaft fettleibigen und übergewichtigen Menschen als jedes andere westeuropäische Land, mit Ausnahme von Island und Malta. Vielleicht ist dieser Umstand dem englischen Hang zu verdanken, beim Genuss zu übertreiben, wie es schon der oben zitierte George Orwell andeutete. Auch die Ernährungsgewohnheiten unterscheiden sich je nach Klassenzugehörigkeit: In wohlhabenderen, gebildeteren Kreisen wird gesünder und weniger gegessen. Die Ärmeren, Armen und Ärmsten betäuben sich mit Cholesterinorgien. Auch wenn die steigende Zahl von Übergewichtigen einem globalen Trend entspricht, ist die englische Plazierung an der Spitze dieser Entwicklung zu einem besorgniserregenden nationalen Problem geworden.

Trinken, bis der Arzt kommt

Zum Minenfeld hat sich auch der Alkoholkonsum im Land entwickelt. Das *binge drinking*, Trinken bis zur Besinnungslosigkeit, ist vielerorts, vor allem an Wochenenden, ein öffentlicher Zeitvertreib. Es ist klassenübergreifend anerkannt und gilt als Zeichen einer gewissen Macho-Kultur, der *lad culture*. Wer nach Großbritannien kommt und mittrinken kann, hat schon halb gewonnen. Die Weingläser in den Pubs – Rotweinkelche für den großen Durst – werden immer noch gern bis zum Rand gefüllt. Dasselbe gilt für Bier. Schaumkronen betrachtet man als Schnickschnack. Das gilt für einheimische Ales sowieso, aber im Grunde auch für Exportbiere.

Wie wichtig das Trinken ist, merkt man – unter vielem anderen – schon an der Anzahl der Wörter, die es im Englischen für die verschiedenen Stadien alkoholischer Rauschzustände gibt: von *tipsy, squiffy* und *tiddly* (beschwipst) über *intoxicated, inebriated* und *drunk* (mittelmäßig betrunken) bis hin zu den ernsten Stadien von *being hammered, sloshed, blind drunk, dead drunk* und *blotto* (sturzbesoffen). Um nur einige zu nennen. Die meisten von ihnen stammen aus den mittleren Regionen der Umgangssprache, die Vulgärsprache kennt noch viele mehr: *To get shitfaced* ist eine in diesem Zusammenhang gern genutzte Formulierung. *Beastly drunk* klingt vornehmer und hebt den Zustand auf das Niveau einer Noël-Coward-Komödie.

Anekdoten über die Eskapaden berühmter Trinker wie George Best, Richard Burton und Peter O'Toole kursieren in England, Schottland, Wales und Irland zuhauf. Das Saufen gehört nicht nur zur Folklore, es gibt so etwas wie eine Kultur der Trinkerromantik. Darin schwingt – das potentiell Gefährliche verharmlosend – auch der britische Geist der Rebellion, des Unangepasstseins, der Exzentrik mit. Vielleicht fragt manchmal deshalb auch, wer eine Runde ausgibt: »What's your poison?« Jedem sein Gift.

Der bereits zitierte unorthodoxe Sozialist George Orwell notierte in »England my England«, dass die eigentliche Alltagskultur unter der Oberfläche stattfinde. Dabei falle auf, dass einfache Menschen, vor allem in großen Städten, nicht puritanisch seien und vor allem so viel tränken, wie es ihr Gehalt erlaube, und dabei zotige Witze machten. Und das alles im Angesicht »erstaunlicher, heuchlerischer Gesetze«, die etwa Alkohollizenzen und Lotterie beträfen und erdacht wurden, um den Menschen in die Quere zu kommen, in der Praxis aber alles zuließen. In Orwells Sätzen deutet sich ein gern kommentierter und tatsächlich häufig anzutreffender englischer Grundzug an: Mit den Konventionen und Traditionen ist man bestens vertraut, um sie entweder zu pflegen – oder auch zu brechen, zu biegen, zu variieren. Und auch mit dem Puritanismus war es schon zu Orwells Zeiten nicht mehr weit her. »Mäßigung ist eine verhängnisvolle Sache. Nichts ist so erfolgreich wie der Exzess«, kommentierte Oscar Wilde einmal ironisch in seinem Stück »Eine Frau ohne Bedeutung«.

Amokläufe im Stadion, Schlägereien im Warenhaus

Ein britischer Schauplatz, der klassenübergreifend alle willkommen heißt, ist das Fußballstadion. Ein Ort der extrovertierten Gefühlsäußerung bis zur Ekstase, der auch zur Arena des gewalttätigen Exzesses werden kann. Normalerweise toben sich an Spieltagen Hunderte von erwartungsfrohen Menschen weltweit in den Stadien aus, um ihr Team zu unterstützen. So weit, so verbreitet. Doch haben auch die gewaltbereiten Fans ihren Ursprung auf der britischen Insel, die in Gruppen auftretenden Fußball-Rowdys. Unter der Bezeichnung Hooligans terrorisierten sie seit Anfang der 1950er Jahre die Stadien, und ihre Nachahmer verbreiteten sich in ganz Europa. Die Krawallmacher schlugen sich vor und während des Spiels die Zähne ein, vor Ort oder in der Umgebung. Manchmal eskalierte die Situation, und es gab Hunderte von Schwerverletzten und Tote, wie beim Europacup-Finale am 29. Mai 1985 im Brüsseler Heysel-Stadion, als Liverpooler Hooligans den italienischen Block stürmten und eine Massenpanik einsetzte. Da die Spiele der First League zu teuer geworden und die Stadien mit Sitzplätzen ausgerüstet sind, hat sich die Gewalt in die unteren Ligen und außerhalb der Schlagzeilen verschoben. In den letzten Jahren verschärfte sich allerdings das Problem hemmungsloser Ausbrüche von Rassismus in den britischen Stadien – bis in die erste Liga.

Geblieben ist der Hang der Rowdys, sich vornehmlich an den Fußball zu kletten. Beim rauen Rugby hingegen, einem anderen großen Spiel englischen Ursprungs, herrscht in der Regel vornehme Zurückhaltung auf der Tribüne. »Fußball ist ein Spiel für Gentlemen, das von Hooligans gespielt wird, und Rugby ist ein Spiel für Hooligans, das von Gentlemen gespielt wird«, soll ein berühmter Mann einmal gesagt haben. Die Urheberschaft des Satzes wird wahlweise Winston Churchill zugeschrieben, Oscar Wilde oder Arthur Tedder, einem einstigen Kanzler der Universität Cambridge. Wie dem auch sei: Auf den Spielfeldern der britischen Nationalsportarten geht es mitunter hart zur Sache, und an ihren Rändern auch. Nur beim Cricket lässt man es ruhig angehen.

Der schottische Polemiker A. A. Gill hält die Aggression für die Triebfeder des englischen Wesens schlechthin und widmete seinen Betrachtungen darüber ein ganzes Buch: »Angry Island«. Er findet, dass der Zorn die Engländer zwar hässlich mache. »Aber zugleich ist er die Quelle von Englands bewundernswertester Leistung – seiner heroischen Selbstkontrolle«, schreibt er. Immer wieder gewännen seine Bewohner den täglichen Kampf, der Versuchung zu widerstehen, mit einem Cricket-Schläger Amok zu laufen und in voll besetzten Teestuben zu spucken und zu beißen: »Was die Engländer so großartig macht, ist nicht, was sie sind, sondern die Fähigkeit, zu unterdrücken, was sie sind.«[3] Schließlich lebten sie in einem vergleichsweise harmonischen

[3] A. A. Gill, Angry Island, S. 8.

und liberalen Land. Sie seien der lebende Beweis vom Nutzen, wenn nicht gar vom Vergnügen, des Unterdrückens der eigenen Gefühle. »Kontrollierte Wut ist ein großer Leistungsmotor.« Manchmal aber lässt sich der Zorn nicht mehr beherrschen und setzt im Negativen Maßstäbe. Die Hooligans machen es vor.

Auch beim Konsum kann es zu Auswüchsen kommen. Nachdem man in England die Shopping-Tradition des »Black Friday« – des Schlussverkaufstages nach Thanksgiving – aus den Vereinigten Staaten übernommen hatte, kam es beim Kampf um Sonderangebote häufiger zu Schlägereien. Bei der Eröffnung eines Ikea-Einrichtungshauses im nördlichen London, in Edmonton, stürmten im Februar 2005 in nur 42 Minuten 6.000 Menschen das Geschäft, und es kam zu gewalttätigen Auseinandersetzungen mit anschließendem Polizeieinsatz. »The Battle of Edmonton« nannte die Tageszeitung »Independent« die Kampfzone. Zwölf vorherige Geschäftseröffnungen der schwedischen Kette hatten nicht zu vergleichbaren Szenen geführt. Edmonton ist übrigens Tottenham eng benachbart, der Gegend, in der es sechs Jahre später zu schweren Krawallen und Beutezügen durch die lokalen Läden kam.

Entfesselte Boulevardpresse

Rücksichtslos operiert auch die verschriene britische Boulevardpresse. Rund ein halbes Dutzend Boulevardmedien wirbt in Großbritannien täglich um die Gunst des Publikums – mit *Sex and Crime*, markigen Meinungsäußerungen, die als Nachrichten daherkommen und oft Verleumdungen sind, mit Hintergrundstorys, denen das Eindringen in die Privatsphäre prominenter Personen zugrunde liegt, mit oder ohne deren Einverständnis. Die endlose Fabrikation pseudoprivater und halbpolitischer und emotional aufgeladener Fiktionen generiert einen immerwährenden Hunger danach.

Der Konkurrenzkampf der britischen Klatschmedien ist bekannt für seine Härte bis hin zur Brutalität. Schlagzeilen, die in ihrer Aggressivität auf dem deutschsprachigen Markt nicht denkbar wären, springen den Leser täglich an. Auch bei der Wahl ihrer Methoden sind die Medienleute oft nicht zimperlich. Recherchen mit Geheimdienstmethoden sind keine Seltenheit, und die systematische Bestechung von Polizisten wird nicht einmal vertuscht.

Der Abhörskandal im Zusammenhang mit der Ermordung eines Mädchens im Jahr 2002, der am 4. Juli 2011 aufgedeckt wurde, machte diese Praxis der breiten Öffentlichkeit bekannt. Das Telefon der damals vermissten Milly Dowler wurde gehackt und manipuliert, so dass die Familie glaubte, sie sei noch am Leben. Verantwortlich dafür war eines der dreistesten Blätter, »News of the World«. Die damals über dessen Arbeitsmethoden enthüllten Machenschaften, so schockierend sie im einzelnen erscheinen mochten, entstanden in einem kulturellen Klima, das diese Praktiken einer zynischen Skandalpresse jahrzehntelang befördert hatte. Boulevardblätter wie »News of the World« und »The Sun« manipulierten ihre Leserschaft und hielten auch die Politik, wie der staunende englische Wähler später erfuhr, fest im Griff.

Dieser Mechanismus funktionierte allerdings nur in Wechselwirkung mit fast allen Beteiligten – den Konsumenten, den Medien und manchmal auch denjenigen, die Gegenstand der Schlagzeilen sind. Das zeigte exemplarisch die Empörung über die Rolle der Paparazzi beim Unfalltod von Lady Diana – und die Gier des Publikums nach Bildern der Prinzessin. So bestimmt die Nachfrage das Angebot. Immerhin verfolgten allsonntäglich 2,6 Millionen Briten den in »News of the World« aufgetischten Klatsch mit Spannung. »Daily Mail« und »Daily Express« geben sich geringfügig seriöser, kennen aber die Ängste der Mittelschicht und können sie auf Knopfdruck auslösen.

So entwickelte sich eine Situation, die den Zeitungen und

ihrer Leserschaft gleichermaßen zugute kam. Sie hat sich auch für die Stars, deren Berühmtheit sich ausschließlich den bunten Blättern verdankt, bewährt – und für jene, denen sie in bestimmten Situationen geschäftsdienlich sind. Nicht zufällig warten die Paparazzi vor bestimmten Lokalen in London oder anderswo. Ein Tipp der PR-Vertreter derer, die gesehen werden wollen, ist da oft hilfreich. Von Prominenten wie Victoria und David Beckham wird die Klatschpresse als wirksames Marketing-Werkzeug eingesetzt. Wo Publicity unerwünscht ist, sollten *Super Injunctions*, Knebelverfügungen, mit denen Gerichte vor allem die Interessen von Prominenten schützen, Einblicke in deren Privatleben verhindern. Mediengeschöpfe wie Katie Price, die ihren Erfolg auf einer »Big Brother«-Karriere aufbauten, wären ohne die Skandalblätter undenkbar: Price ist eine geradezu emblematische Figur des britischen Celebrity-Kults.

Fernsehprogramme wie »Big Brother«, »Love Island« und »The Only Way is Essex« sind Teil des Geschäfts mit Pseudo-Stars und ihrer manipulativen Preisgabe von Pseudoprivatheit. Deren Storys setzen sich in den Boulevardzeitungen fort und werden von ihnen erst großgemacht: Reality-TV, Talentshows und Regenbogenpresse leben in symbiotischer Verbindung miteinander. Ihre tägliche Praxis erhebt die Medieninhalte, die eigentlich keine sind, zur Normalität und trägt seit langem dazu bei, das Publikum zu amüsieren und zu anästhesieren. Damit einher gehen sinkende Wahlbeteiligungen, ein allgemein abnehmendes politisches Engagement und Bewusstsein sowie eine schwindende Leserschaft der sogenannten Quality Papers.

Zusätzlich mochten der sorglose Umgang mit dem Schutz der Privatsphäre und eine generell immer durchlässiger werdende Grenze zwischen Privatem und Öffentlichem im Zeitalter von Facebook und Wikileaks für eine gewisse Abstumpfung beim Publikum gesorgt haben: So etwa beim in England nur spärlich hinterfragten Einsatz von Überwachungskameras, die dort in größerer Anzahl vorhanden sind als in jedem anderen Land der Welt und zum Alltagsmobiliar gehören. Auch ist bekannt, dass Millionen von DNA-Proben britischer Bürger auf Datenbanken gespeichert sind. Massive Aufregung entfachte diese Tatsache nicht.

Die BBC unter Druck

Als starkes Regulativ zur Regenbogenpresse wirken die seriösen Medien, wie die älteste und angesehenste öffentlich-rechtliche Rundfunkanstalt der Welt, die British Broadcasting Company, die linksliberalen Tageszeitungen »The Guardian« mit seinem Sonntagsblatt »The Observer«, »The Independent«, die liberal-konservative »Times« und deren Sonntagsausgabe »The Sunday Times« und der konservative »Daily Telegraph«, der dem Königshaus am nächsten steht. Sie tun das, was auch um Sorgfalt bemühte europäische Qualitätsmedien bestenfalls tun: Sie differenzieren und summieren, wählen aus, kritisieren und beschreiben, warnen und unterhalten. Trotz immer noch hoher Auflagen sorgen sie sich wie die Zeitungen in aller Welt um sinkende Leserzahlen und denken über die Zukunft ihrer Onlineauftritte nach, die sie gratis ermöglichen und durch Anzeigen finanzieren wie der »Guardian« oder über Bezahlung zugänglich machen wie die »Times« und der »Daily Telegraph«. Zum Vergleich: Die »Sun« und die »Daily Mail« haben derzeit Auflagen von rund einer Million, die »Times« um die 300.000 und der »Guardian« um die 130.000 Exemplare.

Die bekanntesten Medien des Landes, die BBC und die »Times«, sind mit dem britischen Image verknüpft wie Sherlock Holmes und 007. Ihr Untergang scheint undenkbar. Doch während die »Times« sich im Onlinezeitalter gut schlägt oder dies zumindest öffentlich behauptet, hat die BBC – im Volksmund

»the Beeb« genannt – mit anderen Widrigkeiten zu kämpfen als nur mit der Konkurrenz von Streaming-Plattformen und dem schwindenden Interesse jüngerer Generationen. Die Sendeanstalt als Nachrichtenquelle, der man weltweit vertraute wie keiner anderen, steht nicht erst seit kurzem unter Druck. Unparteilichkeit, Genauigkeit und Wahrheitstreue bleiben die Statussymbole und Gütesiegel der BBC. Sie hatten sich während des Zweiten Weltkriegs gefestigt, als der Sender auch das Ausmaß britischer Niederlagen und alliierter Verluste genau benannte.

Doch die Geschichte der BBC wurde immer wieder von der Frage begleitet, wie journalistische Unparteilichkeit überhaupt möglich sei. In den siebziger Jahren geriet der Sender in die Kritik der linksliberalen Intelligenz und der Labour-Regierungen, vor allem des damaligen Premierministers Harold Wilson. Dem Sender wurde vorgeworfen, den Werten der oberen Mittelklasse und der Oberschicht zuzuneigen.

Heute ist es umgekehrt. Die konservativen Regierungen der letzten Jahre kritisieren die BBC dafür, nicht mehr politisch neutral oder schlichtweg tory-feindlich zu sein. Das Bekenntnis des Senders zur objektiven Berichterstattung als »Essenz der BBC« bekräftigte der im September 2020 eingesetzte neue Generaldirektor der Rundfunkanstalt, Tim Davie, dem wiederum Sympathien für die Tories nachgesagt werden. Er will für Ausgewogenheit sorgen und dafür, dass die BBC sich in Zukunft weniger auf London konzentriert. Alle im Vereinigten Königreich sollten das Gefühl haben, es sei »ihre BBC«: »Es geht nicht einfach um links oder rechts. Sondern mehr darum, ob die Leute das Gefühl haben, dass wir die Welt aus ihrer Perspektive sehen.«

Die größte Bedrohung für das Medienhaus ist die Abschaffung der Fernsehgebühren, die von der konservativen Regierung immer gefordert wird. Auch diese Regung ist übrigens nicht neu und wurde in der Vergangenheit schon von den sich seinerzeit benachteiligt fühlenden Linken überdacht. Derzeit heißt es, dass Downing Street die »Beeb« in ein Abonnentensystem im Stil von Netflix überführen will. Bisher trägt sich die BBC zu 75 Prozent aus Gebühren, und jeder Haushalt zahlt derzeit rund 150 Pfund im Jahr dafür. Die BBC-Finanzierung soll im Jahr 2027 grundsätzlich reformiert werden. Dann läuft der alle zehn Jahre neu verhandelte Vertrag, BBC Charter genannt, aus. Jetzt schon ist abzusehen, dass die Verhandlungen härter werden als je zuvor.

Doch längst zeichnen sich in Großbritannien ähnliche Erschütterungen in der gesamten Medienlandschaft ab wie anderswo auch. Schon als es in den Tagen des Murdoch-Skandals zu einer Selbstbefragung der gesamten englischen Presse kam, war ihr auch Angst vor dem eigenen Untergang beigemischt: Die Zeiten, in denen einige wenige große Medienunternehmen die Nachrichten bestimmten, die Reporter und Redakteure sammeln und aufbereiten, sind vorbei. Statt dessen gehört es inzwischen zum Alltag, dass die Leserinnen und Leser selbst zunehmend in die Debatten eingreifen: mit Blogs in Internetforen oder via Twitter. Sollten die herkömmlichen Medien ihre Rolle als Hüter der Demokratie ausgespielt haben, dann stehen die Instrumente eines neuen Informationszeitalters längst bereit. Doch sind diese nicht weniger fehler- und schwächeanfällig als die alten. Ebensowenig wird der Markt der Sex-and-Crime-Storys verschwinden. Auch wenn die Tage der mächtigen britischen Tabloids inzwischen gezählt sind, werden Magazine, das Internet und Fernsehsendungen ähnlichen Inhalts an ihre Stelle treten. Ein Abreißen des öffentlichen Interesses an Promis, Klatsch und marktschreierischen Meinungen, die sich neuerdings um das Genre der »Alternativen Fakten« und Verschwörungstheorien erweitern, ist nicht in Sicht. Während die Tabloids verschwinden, haben sich ihre Inhalte in anderen, noch ungezähmteren, technisch zeitgemäßen Versionen und Medien längst wieder etabliert.

Langeweile verboten: vom Umgang miteinander

»The gentleness of the English civilization is perhaps its most marked characteristic«, schrieb George Orwell 1941 in seinem Essay »England Your England«. »You notice it the instant you set foot on English soil. It is a land where the bus conductors are good-tempered and the policemen carry no revolvers. In no country inhabited by white men is it easier to shove people off the pavement.«

Die englische Zivilisation ist – mehr als siebzig Jahre später – nicht nur »gentle«... oder nicht mehr. Busfahrer erlebt man so häufig schlechtgelaunt wie anderswo auch. Polizisten tragen zwar immer noch keine Waffe, dafür rückt die Präsenz der allgegenwärtigen Überwachungskameras eine andere Vision Orwells – den Roman »1984« – immer stärker ins Bewusstsein. Heute rückt auch die koloniale Vergangenheit wieder verstärkt ins Bewusstsein: Die englische Zivilisation zeigte sich während des Empire keineswegs nur sanft, sondern als weltweite, oft brutale Besatzungsmacht. Englische Medien, noch nie zimperlich, sprechen heute erst recht aus, was Gott und politische Korrektheit untersagen – oder in Ländern wie der Schweiz und Deutschland verbieten würden. In Fußballstadien und deren Umgebung sind, wie bereits ausgeführt, fanatisierte Fans in der Lage, Orgien des Rowdytums zu entfachen. Und Konsumenten können in Schlussverkäufen zu Rüpeln werden. Das alte Bild vom englischen Gentleman lässt sich anhand vieler Beispiele mühelos auf den Kopf stellen.

Die Briten besitzen dennoch die Gabe, den öffentlichen Teil ihres Alltags lebendig zu gestalten, und sie tun es in der Regel mit größerer Höflichkeit als viele Kontinentaleuropäer. Sie lieben das Alltagsgespräch. Dem Leben die Schwere zu nehmen, zählt zu den besonderen englischen Fähigkeiten. Es gibt jede Menge Wörter für das Stegreifgespräch – *banter, chit-chat, natter, chin-wag*. Nicht nur das Party-Parkett und der Dinnertisch sind Anlaufstätten für Plaudereien. Schauplätze gibt es jede Menge: Straße oder Bushaltestelle, Supermarkt oder Aufzug, das Wartezimmer, traditionellerweise der Pub, neuerdings die Sauna.

Ein kurzer Meinungsaustausch mit Unbekannten gehört nicht nur zur Tagesordnung, sondern zum guten Benehmen. Vom Dauerthema Brexit ist allerdings abzuraten, speziell, wenn man sich in Großbritannien als Ausländerin zu erkennen gibt. Dann kann es sein, dass der Wortwechsel ein jähes Ende findet. Denn echte Brexiteers haben oft keine Lust auf Plaudereien mit Nicht-Briten. Nur selten sagen sie großzügig: »*Du* kannst bleiben.«

Das klassische englische Benimm-Buch »Debrett's A–Z of Modern Manners« erklärt, dass »sanfter Humor, Schmeichelei und das gelegentliche, wohl platzierte Kompliment ein Gespräch leichter« machten. Das Wort »Smalltalk« kommt darin allerdings gar nicht vor, die oben genannten Empfehlungen finde ich unter der Rubrik »Conversation«. Doch der Langeweile und denen, die sie verbreiten, widmet das Buch jeweils einen Eintrag. In einem davon wird der Fotograf Cecil Beaton zitiert: »Das vielleicht zweitschlimmste Verbrechen der Welt ist die Langeweile. Das erste ist, ein Langweiler zu sein.« Diese Feststellung ist triftiger für das Verständnis alles Englischen, als man meinen möchte. Bis in den letzten Winkel des privaten und öffentlichen Lebens dringt die Furcht vor der Fadheit, und man setzt alles daran, sie zu vermeiden. Als Indikator dafür, dass man sein Gegenüber gerade zu Tränen gelangweilt hat, gilt der Satz: »That was interesting.«

Selbst öde Anknüpfungspunkte für das Alltagsgespräch lassen sich in England amüsant gestalten, wie die Immobilienpreise etwa, eines der Lieblingsthemen der englischen Mittelschicht. Oder das Wetter. Die Engländer haben zur Kunstform erhoben, was anderswo verzweifeltes Gähnen auslöst: Auf der Insel ist die Begeisterung für Wettergespräche grenzenlos. Wobei Wetterumschwünge selten dramatisch sind.

Am liebsten mittelgrau: das Wetter

Wenn sich das englische Wetter wirklich einmal erlaubt, aus dem Rahmen zu fallen, ruft es Trotzreaktionen hervor. Das betrifft nicht nur die Neigung, im tiefen Winter leicht bekleidet herumzulaufen. In ähnlicher Weise wird auch bei brüllender Hitze, unterwegs oder daheim, auf Sonnenschutz verzichtet. Das englische Verhältnis zum Wetter hat auch damit zu tun, Realitäten gelegentlich einfach nicht zur Kenntnis zu nehmen. Der »Times«-Kolumnist Robert Crampton fasst zusammen: »Ich bin old-school. Ich glaube daran, krebsrot zu werden, den Schmerz anzunehmen und nachher jede Menge After-Sun-Lotion draufzuknallen.« Die jüngere Generation habe eine vielleicht andere Einstellung, gestand er: »Es ist ein bisschen eine Retro-Haltung.«[1]

Das Wetter der Nation ist auch Gegenstand der kunsthistorischen Tradition. In John Constables meteorologisch korrekten Wolkenstudien dominiert das geschätzte Mittelgrau. Wird dieser Farbton, dessen Bevorzugung vielleicht auch etwas über eine bestimmte Seelentemperatur aussagt, von der Wirklichkeit radikal über- oder unterboten, hilft kein Trotz mehr. Dann ist Krise angesagt: Sommerliche Temperaturen? Wüste! Schnee im Winter? Eishölle! War das eine oder das andere je vorherzusehen? Natürlich nicht. Sollten – etwa aus südlichen Ländern – Zugewanderte

---

[1] »The Times« vom 08.08.2015.

einwenden, dass Sommertemperaturen um die 25 Grad keinen Sensationswert hätten, werden sie belehrt: Außenstehende könnten das keineswegs beurteilen. Die Briten halten sich für die einzig lebenden Experten, was das britische Wetter betrifft. Es entspricht ihrem Sinn für das ihm innewohnende Drama.

Obwohl der Zustand der Atmosphäre die Nation so fasziniert, herrscht selten Freude darüber. Seltsam eigentlich, in einem Land, das sonst so bedacht darauf ist, aufs Jammern zu verzichten. Aber vielleicht ist es gerade das. Die Wetterlage wird folgenlos für die eigene Laune verantwortlich gemacht. Außerdem ist sie immer da, und alle können mitreden.

Schönheit und Schrecken der Improvisation

Komplizierter dagegen ist der englische Hang zur Improvisation, für Außenstehende wenigstens. Bei missglückten Liebesdiensten oder Gesten zum Beispiel zähle der Gedanke, nicht das Resultat, heißt es oft: »It's the thought that counts.« Dahinter stecken die Einsicht in die menschliche Unvollkommenheit und die nagende Befürchtung: Das könnte auch mir passieren. Es ist eine Haltung, die vom Stress der allzu angestrengten Bemühung befreit und auch auf Zugewanderte aus fremden Ländern ansteckend wirken kann. Wer in England wohnt, hat oft Gelegenheit, über Schönheit und Schrecken dieser Einstellung zu meditieren.

Die Vorliebe fürs Improvisieren zeigt sich im großen Stil in der Politik, aber auch im Kleinen, wie die Züge, deren Verspätungen mit legendär durchsichtigen Ausreden erklärt werden: Blätter auf den Schienen, Hitze, Wind, Signalversagen. Man ist stolz auf den lässigen Umgang mit den Dingen des Lebens und vermittelt diese Einstellung gern weiter: »Es gibt, wie ich selbst herausgefunden habe, keine Desaster, nur gute Gelegenheiten. Und freilich, gute Gelegenheiten für neue Desaster«, verkündete der heutige Premierminister und einstige Außenminister Boris Johnson prophetisch, als er noch das Amt des Bürgermeisters von London innehatte.

Bei seinen ersten politischen Auftritten in Studienzeiten hielten Freunde immer Tipp-Ex für die Flecken auf den Hemden und Schuhpolitur für die mitgenommene Fußbekleidung bereit. Wenn die Lichtverhältnisse günstig waren, flog der Schwindel nicht auf. Mit solchen Scherzen und einer zur Schau getragenen heiteren Sorglosigkeit machte Boris Johnson sich bei den Briten lange äußerst beliebt. Manche glaubten zwar schon früh, dass sich ein Zyniker hinter dem Mann mit den spaßigen Stegreifdarbietungen verbarg. Andere hielten sie für Inkompetenz. Doch den Weg in die Downing Street schaffte der ewige Optimist nicht trotz, sondern (auch) wegen seines Stils, der den Briten sehr gefiel: die Schlagfertigkeit, die halbfertigen Sätze, die schlechtsitzenden Anzüge, die wilde Frisur – die ganze Erscheinung: wie eben aus dem Hut gezaubert.

Später boten die Brexit-Verhandlungen viel Anschauungsmaterial für die britische Technik des *muddling through,* womit ein irgendwie geartetes Durchkommen mit gedanklich undurchdringlichem, offenem Ende gemeint ist. »To achieve success without much planning or effort«, so definiert das Wörterbuch Merriam-Webster den Begriff spezifischer. Die Labour-Partei – und in Wahrheit auch die Tories – nahm in Brexit-Fragen lange eine Haltung der konstruktiven Ambivalenz ein, eine kosmetisch geschönte Formulierung für die Praxis des *muddling through,* die manche Europäer auch als »mit geschlossenen Augen auf einen Abhang zurasen« übersetzen würden. Die Briten wiegelten jeweils ab und fanden, das sei reines *catastrophising.* Gewohnheitsmäßigen Improvisationskünstlern liegt das Ausmalen von Katastrophen-Szenarien naturgemäß fern. Sie pochen lieber auf den berühmten britischen Pragmatismus.

Selbst die koloniale Verbreitung Englands verlief unsystematisch, nach Maßgabe sich bietender Gelegenheiten und nicht etwa einem großen theoretischen Plan folgend. 1883 notierte der britische Historiker Sir John Seeley in seiner berühmten Schrift »The Expansion of England«: »Wir scheinen gewissermaßen eine halbe Welt erobert und bevölkert zu haben in einem Anfall von Geistesabwesenheit.«

Solche Sätze verharmlosen eine ausgeprägte Facette der britischen Mentalität, die von der Sozialhistorikerin Kate Fox als »die anti-theoretischen, anti-dogmatischen, anti-abstrakten Elemente des englischen Empirizismus und seiner Tradition« bezeichnet werden. George Orwell hatte es 1947 in seinem Buch »The English People« schon ähnlich gesagt: »Die Engländer sind nicht intellektuell – sie haben einen Horror vor abstrakten Gedanken, sie empfinden keine Notwendigkeit für irgendwelche philosophische oder systematische ›Weltsicht‹.«

Mit größtem zur Schau getragenen Selbstbewusstsein Ziele zu erreichen ohne maximalen, vorausgehenden Organisationsaufwand und Kontrollzwang, dafür aber pragmatisch und mit einem gewissen Hang zum Fatalismus: Diese im öffentlichen Leben oft erkennbaren Voraussetzungen – oder Begleiterscheinungen – des *muddling through* gehen in den oberen Gesellschaftsklassen nicht selten mit mehr oder weniger diskret getarnter Arroganz und Anspruchshaltung einher.

In der Alltagspraxis aber hat die mit dem Hang zur Improvisation verbundene Gemengelage ihre Vorzüge. Ganz allgemein herrscht die Übereinkunft: *Nobody is perfect.*

Wo manches schiefgeht, an dem wenig zu ändern zu sein scheint, ist auch der Einzelne nicht ganz so streng mit sich und der Umwelt. Vollendung wird selten verlangt – oder vielleicht nicht immer mit der nötigen Hartnäckigkeit verfolgt. Denn der erste Schritt zur Perfektion ist Kritik. Und so werden Kritik und

Klagen in England so schnell wie vielleicht sonst nirgends als Jammern abgetan oder unter der Kategorie der verhassten Langweile rubriziert. Lieber übt man Nachsicht und leidet in Würde: Stoisch und hart im Nehmen zu sein, gilt in allen Lebensbereichen als Tugend. Das Ideal der *stiff upper lip*, dessen Niedergang oft beschworen worden ist, regiert nicht mehr in alter Härte, jedenfalls nicht bei jüngeren Generationen. Aber überkommen ist es längst noch nicht, siehe James Bond, siehe die Queen.

Über Krisen und Katastrophen kann man weinen, reden, schweigen oder sich lustig machen. Die Briten nehmen bevorzugt die letzte Möglichkeit wahr.

Wenn man trotzdem lacht: der britische Humor

Sie machen ja eigentlich über alles Witze. Krieg, Tod, Verhängnis: Nichts ist sicher vor ihren Späßen, und nur selten kommen sie damit an ihre Grenzen. Wenn ein Brite den Mund auftut und es kommt ein einigermaßen komischer Satz dabei heraus, findet der Rest der Welt das gleich doppelt witzig, in schierer Erwartungsfreude. Allgemein gerühmt wird die Trockenheit des englischen Humors in all seinen Einfärbungen: dem Sarkasmus, der Ironie, dem Paradoxon, dem Understatement, der Antiklimax, dem Hang zum Makabren, seiner gelegentlichen Albernheit und Absurdität.

Niemand, der sich im Scherz über einen Gegenstand äußert, wird in England als unseriös angesehen, im Gegenteil. Während andernorts – in deutschsprachigen Ländern zum Beispiel – Souveränität von Seriosität abgeleitet wird, ist es in England umgekehrt: Witz und Humor dienen als Quellen unerschöpflicher Überlegenheitsgefühle und können geradezu Wettbewerbsehrgeiz auslösen. Im Vergleich zum Rest der Menschheit betrachten sich die Briten selbst als Weltmeister des Witzes und multiplizieren diese Haltung auch international mit Erfolg: Englischen Humor abzulehnen oder ihm mit Verständnislosigkeit zu begegnen, gilt in der westlichen Welt als wenig gesellschaftsfähig.

Tatsächlich ist der englische Humor ein Exportartikel. Dafür sorgen Comedians wie Rowan Atkinson mit Figuren wie Mr. Bean und Blackadder: Der eine dumm, der andere gerissen und bösartig, sind beide in ihrem unablässigen Scheitern komisch, weil sie sich selbst für unschlagbar halten. Komödianten und Komikerinnen wie Catherine Tate und Ricky Gervais mit »The Office« und »Extras«, einem weiteren ironischen Kommentar auf die selbstverliebten Verlierer dieser Welt, sind inzwischen ebenfalls auf dem Kontinent bekannt.

Auch die englische Literatur liebt den Humor. Werke wie Lewis Carrolls »Alice im Wunderland«-Bände mit ihren tiefsinnigen Absurditäten und »The Hunting of the Snark« gehören zu den Klassikern. Oder der auf dem europäischen Festland weniger bekannte, in England sehr geschätzte Schriftsteller PG Wodehouse, der in seinen gesammelten Werken die Klassengesellschaft aufspießte, ohne sie je vollständig hinzurichten. Eine sanfte Form des Humors durchzieht Kinderbücher wie A.A. Milnes »Winnie-the-Pooh« mit ihrem als Naivität getarnten Witz. Großbritanniens National- und Lieblingsautoren Charles Dickens und William Shakespeare kamen ohne Komik nicht aus, und die verehrten, in England lebenden Iren Oscar Wilde und George Bernard Shaw setzten Maßstäbe, was Spott und paradoxe Späße angeht, vor allem auf Kosten der Klassengesellschaft – wie ja überhaupt die Komödie immer soziale Verhältnisse zum Thema hat.

Doch selbst die Briten sind menschlich, und machmal vergeht auch ihnen das Lachen. Die Brexit-Kampagne zum Beispiel war kein Auslöser für rasend komische Eingebungen, vielleicht auch, weil man sie per se nicht so ernst nahm, zumindest nicht bis zur allerletzten Minute. Als der Brexit schließlich ein so unumstößlicher Teil des Alltagslebens wurde, dass seine Realität nicht mehr zu leugnen war, etablierten sich auch die Scherze darüber. In rauhen Mengen. Die Bestimmung der Nachfolge von Preminister Cameron etwa bezeichnete der schottische Comedian Frankie Boyle im »Guardian« als »eine Art von X-Faktor auf der Suche nach dem Antichrist« – »a sort of X Factor for choosing the antichrist«. Der Artikel wurde mehr als 37.000 Mal auf Facebook geteilt. Darin überzieht Boyle boshaft alle Kandidaten mit Vergleichen, die auch Nazi-Tabus nicht scheuten: Im restlichen Europa, vor allem in Deutschland, wären Scherze dieser Art kaum ohne anschließende Debatten denkbar. Doch auch Boyle darf seine Späße nicht immer ungehindert drauflos publizieren. Einige seiner Texte wurden wegen Geschmacklosigkeit vom »Guardian« nicht zur Veröffentlichung zugelassen. Allgemein aber gilt: Britischer Humor – oder eigentlich Witz – darf, was er tut, vor allem, weil er britisch ist.

Nur gelegentlich zeigt er auch seine gutmütige Seite – im Alltag nämlich, abseits von den Bühnen der Stegreifkomiker und der Fernsehsender. Da sind die Scherze eher reflexhaft, und man spürt, dass sie weniger mit psychologischen Gegebenheiten zu tun haben – etwa mit der Suche nach einem Ventil für unterdrückte Gefühle. Wie gesagt, Selbstbeherrschung gilt nicht mehr unbedingt als Verhaltensideal. Vielmehr hat der Alltagswitz mit tradierten, über Jahrhunderte eingeübten Verhaltensweisen zu tun: mit mehr oder weniger geistreichem Sprücheklopfen. Scherze und der Hang zur Exzentrik können übrigens auch zur höflichen Verschleierung der eigenen Tüchtigkeit und Tatkraft dienen. Sie sind Sonderformen des Understatements. Zu zeigen, was man kann, ist klassenübergreifend verpönt.

Wenn der britische Humor zur Kunstform wird – und große Comedians verstehen sich darauf –, kommt er oft respektlos daher, mit einem Hang zur bewussten Geschmacklosigkeit und einer latenten Grausamkeit. Zu seinem Arsenal gehören die Demontage von Autoritäten und das Spiel mit sozialen Normen. Man trifft diesen Ton in Serien wie »Blackadder« und in der Satiresendung zum aktuellen Zeitgeschehen »Have I Got News For You«. Zu den Meistern dieser Zuspitzung des britischen Witzes gehörten die englischen Komiker Monty Python, die ihm ihre ganz eigene anarchische Variante hinzufügten.

In mehr als vierzig Beiträgen für das BBC-Fernsehen und einer Reihe von Filmen machten sich Monty Python über englische Sitten und Gebräuche lustig. So etwa darüber, auch im Ernstfall nie zu klagen (»Das ist nur ein Kratzer.« – »Ein Kratzer?! Ihr Arm ist ab!«), oder, in der Saga über den toten Papagei, über die Unmöglichkeit, im Land der Klaglosigkeit eine Reklamation in einer Tierhandlung anzubringen (»Das ist ein Ex-Papagei!« – »Nein, er ruht nur.«). Wie sich englische Höflichkeit und die Fähigkeit, richtig ausfallend zu werden, begegnen können, ist im »Argument Sketch« zu hören. Das Erscheinen des einsatzbereiten Todes auf einer Party im Monty-Python-Film »The Meaning of Life« quittiert einer der Gäste mit der Bemerkung: »Well, that's cast rather a gloom over the evening, hasn't it?« (»Nun, das verdüstert den Abend ein wenig, oder?«). Das ist gelebtes Understatement.

Gern geht britischer Humor an seine Grenzen, reizt sie aus und taxiert, wie weit er gehen kann. Zu Beginn der Corona-Pandemie lief die Serie »Afterlife« des Comedian Ricky Gervais auf der Streaming-Plattform Netflix. Der Situation eines verzweifelt trauernden Witwers gewann Gervais so komische Seiten ab, dass die Serie lange auf Platz eins der meist gesehenen Programme stand. Das Lachen über den Tod ist immer auch ein Pfeifen im Wald – wie bei der Kreuzigung in Monty Pythons »Life of Brian«. Es ist eine kathartische Pointe und letztlich eine Bestätigung der Tatsache, dass man nichts daran ändern kann.

Monty-Python-Mitglied John Cleese zeigte das bei der Grabrede seines Freundes und Kollegen Graham Chapman 1989. In ihr durfte sich der britische Humor in seiner ganzen Schwärze zeigen. Angesichts der Trauergemeinde würdigte der Redner den Co-Autor des unsterblichen Parrot-Sketches, indem er ehrfurchtsvoll ein paar Sätze daraus zitierte, sich dann selber unterbrach und sagte: »I feel that I should say ›nonsense‹. Good riddance to him, the freeloading bastard, I hope he fries.« Chapman hätte ihm nie vergeben, fügte er anschließend hinzu, wenn er eine so glorreiche Gelegenheit hätte verstreichen lassen, »ohne Sie alle in seinem Namen zu schockieren«.

Da lachten und weinten die Trauergäste auf den Kirchenbänken. Chapman, so Cleese weiter, habe ihm die Idee eingeflüstert, als Erster bei einem britischen Trauergottesdienst das Wort »fuck« zu benutzen. Was dann auch geschah. Bevor alle Monty-Python-Mitglieder die Notenblätter für den berühmtesten Song aus dem Film »The Life of Brian« hervorkramten und sich, schief singend, mit der Parole trösteten – »Always look on the bright side of life«.

Das Empire wird zur Insel: von besonderen Verhältnissen

Die Wasserstraße zwischen Calais und Dover ist zugleich Verbindungsweg und Trennlinie. Man gehört dazu, aber irgendwie doch nicht. Andererseits richtet sich der Blick der Seemacht auch immer nach außen, in die Ferne.

Die Zeit der Invasionen auf die Britischen Inseln liegt lange zurück – Römer, Sachsen, Dänen oder Wikinger kamen, und als Letzte, im Jahr 1066, die Normannen unter Wilhelm dem Eroberer, der die angelsächsische Rechtsprechung weitgehend beibehielt. Die schwerfälligen Schiffe der spanischen Armada konnten 1588 besiegt und eine Invasion abgewehrt werden. So kann England auf eine lange Kontinuität seiner staatlichen Souveränität zurückblicken. Ihm fehlt auch die traumatische Erfahrung des inneren Zusammenbruchs vieler europäischer Länder im zwanzigsten Jahrhundert. Was die EU nach dem Zweiten Weltkrieg auf dem Kontinent zu heilen versuchte, war auf der Insel nie beschädigt worden – zumindest nicht, was das Selbstwertgefühl der Nation betraf – im Vergleich zu Deutschland etwa. England war zwar von der Luftwaffe schwer attackiert worden und sollte noch lange Zeit unter den wirtschaftlichen und sozialen Folgen seiner Kriegsbeteiligung zu leiden haben. Es gab harte Rationierungen, und der Wiederaufbau gestaltete sich mühsam. Trotzdem blieb das nationale Bewusstsein unerschüttert, und nach dem Krieg wurden mit grundlegenden Reformen neue Fundamente für den Sozialstaat mit seinen Aspekten Gesundheit und Bildung gelegt.

Schon früh war England eigene Wege gegangen, wenn auch per königlichem Dekret und nicht auf Beschluss des Volkes. Eine einschneidende Trennung vom Kontinent vollzog Heinrich VIII., der sich von Rom lossagte und eine Nationalkirche gründete, »nicht so sehr eine anti-katholische als eine politisch-nationale Revolution«, wie der England-Kenner Autor Thomas Kielinger in seinem 2009 erschienenen Buch »Großbritannien« schreibt: »Im Grunde beginnt mit Heinrich VIII. die englische Großmachtpolitik – das Postulat der freien Hand in allen Belangen der Politik, einschließlich der Kirche.« Dahin geführt hatte ein lange schwelender Souveränitätskonflikt der Krone mit dem Papsttum.

Im Lauf der Jahrhunderte hat es, dank seiner Lage, immer wieder aus der Ferne auf fremde Kriege und Revolutionen blicken können, in die es sich nur von Fall zu Fall hineinziehen ließ, zuletzt – und unter großen Opfern – in die beiden Weltkriege. Doch eine Insel kann auch zur gefährdeten Einheit werden. Historiker, die es ganz genau nehmen, könnten noch eine ganze Reihe meist kleinerer Angriffe und Invasionen auf britisches Territorium nach 1066 aufzählen. Doch das Volk, das die Last der Kriege zu tragen hatte, hat sich gern dem Glauben an den Mythos von Englands Sonderstatus als uneinnehmbare Festung hingegeben. Der Begriff der »Splendid Isolation« erfreute sich in England lange Zeit großer Beliebtheit, wurde Teil des englischen Selbstbilds und erstarrte irgendwann zur fixen Idee, die mit der Wirklichkeit nur sehr bedingt zu tun hatte.

»Seien wir dankbar für den Kontrast zwischen uns und all den anderen Staaten Europas«, hatte schon Premierminister William Pitt 1797 verkündet. So ähnlich haben es viele seiner Amtsnachfolger bis heute formuliert. Doch in Wirklichkeit kann von einer »Splendid Isolation« nicht die Rede sein. England und das europäische Festland verbinden tausend Jahre Kooperation und Konflikt. Vom 18. Jahrhundert an herrschte die Maxime des Ausgleichs in der Europapolitik Englands, um sich gegen Übergriffe aus Europa zu schützen und zu verhindern, dass eine einzige Macht den Kontinent beherrschte. Ein »Gleichgewicht der

Kräfte« ist das Ziel – zu erreichen mittels Verhandlung und, im Notfall, militärischer Intervention. Man könnte allerdings sagen, dass das Prinzip *Divide et impera* die Strategie sei, die den Briten in bezug auf Europa in Fleisch und Blut übergegangen sei.

Auch die britische Kultur liebt insulare Schauplätze. Eines von Shakespeares letzten bedeutenden Werken, »Der Sturm«, führt auf eine fast verlassene Insel. Und Robinson Crusoe, der wohl berühmteste Schiffbrüchige der Literatur, ächzt unter seinem noch einsameren Inseldasein als Shakespeares Zauberer Prospero. Im zerbombten London wurde 1942 mit »Desert Island Discs« eine der ältesten BBC-Radiosendungen ins Leben gerufen, deren Idee auf der Frage an bekannte Persönlichkeiten beruht, was sie als Gestrandete auf einer einsamen Insel am liebsten bei sich hätten – auch dies sicher kein Zufall.

Schottland, das zu Großbritannien gehörende Nordirland und Wales sprechen von sich selbst nicht mit solchem Nachdruck als Insel, wie England es tut, obschon sie allen Grund dazu hätten. Wohingegen die irische Republik gern auf das Image der grünen Insel pocht. Englands Politik definiert sich durch seinen Bezug zum Kontintent und zur Welt, während die Politik von Schottland, Nordirland und Wales von seinem Verhältnis zu England, der beherrschenden Nation der Britischen Inseln, bestimmt wird.

Das Verhältnis Englands zum Festland blieb bewegt, oft angespannt und bis heute ambivalent. Aus britischer Sicht erscheint die Distanz größer als aus der europäischen. Auf dem Festland bezieht man mit großer Selbstverständlichkeit das Vereinigte Königreich ein, wenn man von Europa spricht. Umgekehrt aber wird das Wort Europa in England oft so verwendet, als spräche man von einem fernen Kontinent. Daran konnte in jüngerer Zeit weder der Eurotunnel etwas ändern, der Großbritannien seit 1990 mit dem europäischen Festland verbindet, noch die vierzigjährige Mitgliedschaft in der EU.

Eine besonders innige Beziehung pflegt Großbritannien zu den geographisch viel weiter entfernten Vereinigten Staaten. Winston Churchill war es, der den jahrzehntelang gern genutzten Begriff von der »special relationship« zwischen dem Vereinigten Königreich und den USA prägte, in seiner Rede vom 5. März 1946 am Westminster College in Fulton, Missouri. Darin erklärte er, dass eine brüderliche Verbindung der englischsprachigen Völker notwendig sei: »This means a special relationship between the British Commonwealth and Empire and the United States.« Churchill fügte hinzu, dass niemand die dauerhafte Macht des Empire und des Commonwealth unterschätzen solle: »Let no man underrate the abiding power of the British Empire and Commonwealth.« Die Wirklichkeit sah aber anders aus, wie sich etwa in der Suez-Krise zeigte, in der sich die USA keineswegs verpflichtet fühlten, England zu unterstützen.

Dass Großbritannien dennoch die Nähe zur transatlantischen Supermacht mit Sorgfalt pflegte, mochte mit der Einsicht in den Verlust des eigenen Weltreichs zusammenhängen. Es konnte sich in einer Vermittlerfunktion zwischen den Vereinigten Staaten und Europa fühlen und seine Position sowohl gegenüber Europa als auch gegenüber den USA stärken. Diese Gewissheit ließ sich durch die Zurückweisungen der Amerikaner erstaunlich wenig erschüttern. Großbritannien habe sein Empire verloren, ohne einen neuen Platz in der Welt gefunden zu haben, hatte der ehemalige amerikanische Außenminister Dean Acheson 1962 erklärt. Britanniens Versuch, eine Rolle außerhalb Europas zu spielen, die auf der »special relationship« fuße und sich auf das politisch struktur- und einflusslose, heterogene Commonwealth berufe, sei ausgespielt.[1]

[1] »Great Britain has lost an empire and has not yet found a role. The attempt to play a separate power role – that is, a role apart from Europe, a role based

Diese Einschätzung, fast beiläufig in die Rede des damals immer noch einflussreichen politischen Beraters eingefügt, schockierte viele Engländer. Achesons Urteil wirkte wie eine späte Antwort auf Churchills Fulton-Rede mehr als 16 Jahre zuvor. Besonders getroffen reagierte der damalige Premierminister Harold Macmillan, der übrigens, wie Churchill, eine amerikanische Mutter hatte.

Was als Liebe zwischen zwei Nationen verklärt wurde, erwies sich bald als so einseitig wie Europas Liebe zu England. Von amerikanischer Seite lässt sich bestenfalls von einer Zweckehe sprechen. Das Konzept von der »special relationship« war übrigens auch weniger alt, als der Mythos es glauben machen wollte. Erst als die USA auf seiten der Entente 1917 in den Ersten Weltkrieg eintraten und dann im Zweiten Weltkrieg gemeinsam mit den Briten gegen die Nationalsozialisten kämpften, festigte sich die Beziehung zwischen beiden Nationen. Sie entwickelte sich zu einem Bündnis, das in den Folgejahrzehnten in zahlreichen diplomatischen Bereichen – etwa im UN-Sicherheitsrat – immer wieder Akzente setzte.

Doch der von Churchill beschworene Glaube an das spezielle Verhältnis ließ sich immer weniger in der Wirklichkeit verankern – auch wenn Margaret Thatcher 2004 als einzige westliche Politikerin am Grab von Reagan sprechen durfte, was von Anhängern des Gedankens der transatlantischen Sonderbeziehung als deren besondere Bestätigung gedeutet wurde. Barack Obama empfahl den Briten 2016, in der EU zu bleiben, anstatt sich an sein Land zu binden. Er konnte sich zwar ein bilaterales Handelsabkommen zwischen dem Vereinigten Königreich und den Vereinigten Staa-

---

on a ›special relationship‹ with the United States, a role based on being head of a ›commonwealth‹ which has no political structure, or unity, or strength – this role is about played out. Great Britain, attempting to be a broker between the United States and Russia, has seemed to conduct policy as weak as its military power.«

ten vorstellen, »aber nicht in absehbarer Zeit«. Sein Nachfolger Trump machte diesbezüglich große Worte, aber wenig Anstalten, sie in die Tat umzusetzen.

Dass Joe Biden sich nicht unbedingt darauf einlassen wird, das Märchen von der »special relationship« fortzuschreiben, steht zu vermuten. Noch im Wahlkampf lehnte er die Bitte eines BBC-Korrespondenten um einen Kommentar lächelnd ab: »The BBC? I'm Irish.« Dennoch war Boris Johnson das erste Staatsoberhaupt, das sich über einen Anruf des frisch inaugurierten Präsidenten freuen durfte. Generell gilt: Im Rahmen der gegenwärtigen US-amerikanischen Außenpolitik spielt die westliche Allianz zwar weiterhin eine wichtige Rolle, doch muss sie sich in den Zusammenhang anderer globaler Interessen einfügen.

Der Kontinent: ein schwieriger Partner

Großbritannien hätte nun, so sollte man meinen, seinen Platz in der EU zurückerobern und die britischen Interessen in der EU stärken können. Aber gerade das war nicht der Fall. Was das kontinentale Modell anbelangt, herrschte bei den Briten Pessimismus. Man empfindet, eigensinnig, stolz und zur Exzentrik neigend, eine tiefe Abneigung gegen das, was man instinktiv für eine überhandnehmende Gleichmacherei und ein Diktat aus Brüssel hält. Das Vereinigte Königreich benutzt bekanntlich – unter anderem aufgrund innenpolitischer Widerstände – nicht einmal dieselbe Währung wie die anderen EU-Mitglieder.

Im Jahr 1946 hatte Winston Churchill in Zürich den »Vereinigten Staaten von Europa« das Wort geredet: »Wenn Europa vor unendlichem Elend, ja vor dem endgültigen Untergang gerettet werden soll, dann müssen wir wieder Zutrauen zur europäischen Völkerfamilie fassen und alle Verbrechen und Irrwege der Vergangenheit zu vergessen suchen.« Mit den Vereinigten Staaten von Europa meinte er wohl eher einen Neubeginn mit Allianzen, die eine Wiederholung der Katastrophe unmöglich machen sollten, als eine Institution oder Föderation. Diese Vision – wohl gemünzt auf die zerstörten Länder des Kontinents, wobei er auch das siegreiche, aber verwüstete und militärisch am Boden liegende Frankreich meinte – bezog die eigene Nation als Siegermacht des Zweiten Weltkrieges nicht mit ein. Und zu klar mochte ihm die Mentalität des Europabewusstseins – oder des eben nicht vorhandenen – seiner Umgebung gewesen sein.

Das ursprüngliche Ziel der EU, einen dauerhaften Frieden in Europa nach zwei verheerenden Weltkriegen zu sichern, war für die Sieger- und Inselnation Großbritannien nie von großer Bedeutung. Bei der Gründung der EU konnte sie sich nicht zum Beitritt entschließen. Das Vereinigte Königreich hatte internationalere Visionen, sah sich immer noch als Weltmacht. Auch wenn dieses Selbstbild im Übergang vom Empire zum Commonwealth of Nations mit der Wirklichkeit kaum noch übereinstimmte. Während in Europa eine Freihandelszone mit boomenden Volkswirtschaften entstand, erlitt Großbritannien eine lange wirtschaftliche Schwäche.

Als die Briten sich in den sechziger Jahren schließlich um die Mitgliedschaft in der Europäischen Wirtschaftsgemeinschaft bemühten, wussten die Franzosen dies lange zu verhindern. Charles de Gaulle wandte ein, dass England als Insel und Seenation sich fundamental von den Nationen auf dem Kontinent unterscheide. Als Premierminister Edward Heath 1972 schließlich den Beitrittsvertrag in die Europäische Wirtschaftsgemeinschaft unterschrieb, wurde die Verbindung als reine Interessengemeinschaft betrachtet. Hartnäckig hielt sich im britischen Diskurs die Bezeichnung »Common Market«, auch lange nachdem sich die Europäische Wirtschaftsgemeinschaft 1967 Europäische Gemeinschaft genannt hatte. Das Unbehagen in Großbritannien wuchs so stark, dass eine

Labour-Regierung ein erstes Referendum für das Jahr 1975 ansetzte. Die Konservativen betrieben den Verbleib in Europa, und 67 Prozent der britischen Bürger bestätigten die Mitgliedschaft.

Die Tory-Chefin Margaret Thatcher gehörte zunächst zu den gestaltenden Triebkräften der Wirtschaftsgemeinschaft. Sie unterstützte den EU-Verbleib ihres Landes beim ersten Referendum, um ihr Land über eine Hauptrolle in Europa in die weltpolitische Bedeutung zurückzuführen. Einmal Premierministerin geworden, behandelte sie ihre europäischen Partner allerdings vielfach wie Gegner, erpresste sie (»I want my money back!«) und schlug einen saftigen Beitragsrabatt für sich heraus. Sie wurde zur führenden Figur des britischen Euroskeptizismus mit bis heute wirksamem Einfluss.

Der Maastrichter Vertrag, der 1992 einen engeren Zusammenschluss der EU-Länder begründete, verstärkte den inneren Widerstand der Briten, der sich auch gegen ein angeblich »deutsches Europa« richtete. Das angestrebte Maß an politischer Integration lag weit außerhalb ihrer Komfortzone. Vor allem fürchtete man, der Zusammenschluss könnte die Souveränität des Königreichs untergraben, ein Gefühl, das dem Nationalstolz empfindlich nahe rückte. »Die Briten haben es nicht gern, wenn ihr Leben von Bürokraten geregelt wird. Sie nehmen gern teil an Entscheidungsfindungen«, sagte mir der Schriftsteller John Le Carré 2017 in einem Gespräch, fügte allerdings hinzu: »Sie verstehen sehr wenig davon, wie Europa funktioniert.«

Unterdessen schien sich die EU in alle Arbeitsbelange einzumischen, ganz gleich, ob es um die Arbeitszeiten von Ärzten in britischen Krankenhäusern oder die vermeintliche Form bestimmter Gemüsesorten ging oder um die immer wieder zitierten »Health and Safety«-Regelungen, die von den risikofreudigeren Briten oft als Spielverderberei hingestellt wurden. Warum, fragte man sich auf der Insel, kann es nicht bei der Wirtschaftsunion bleiben? Zum oft bewegten Kritikpunkt gehörten die Beitragszahlungen an die EU, wobei die Höhe der Summen gern übertrieben und deren Verhältnismäßigkeit untertrieben wurde.

Hinzu kam, dass sich in vielen westlichen Demokratien Gräben zwischen Bürgern und Eliten aufgetan hatten, eine Entwicklung, die ab den Zehnerjahren des neuen Jahrtausends sichtbar wurde. Auch in Großbritannien waren ganze Bevölkerungsschichten überzeugt, vom politischen Establishment abgehängt worden zu sein und nicht gehört zu werden. Im Vereinigten Königreich richteten sich Kräfte, die von diesem Gefühl an die Oberfläche getrieben worden waren, fast reflexhaft gegen die Europäische Union. Diese Tendenz hatte sich während der Amtszeit des konservativen Premierministers David Cameron mit immer größerer Deutlichkeit gezeigt. Seine Regierung verstand die Probleme der Entfremdung zwischen dem Volk, der eigenen und der EU-Regierung, die sozialen Probleme im Lande, den politischen Rechtsruck und die Zuwanderung sehr wohl und frühzeitig.

Cameron, der mit wenig Leidenschaft einem Verbleib in der EU zuneigte, legte tiefgreifende Reformpläne vor, in denen er darauf drängte, Europas bürokratischen Machtapparat nicht ausufern zu lassen. Seine Ideen stießen bei den Europäern auf wenig Gegenliebe, was der Brexit-Bewegung Vorschub leistete. Vor allem in Deutschland traf sein Vorhaben, eine feste Quote für Zuwanderer aus EU-Ländern einführen zu wollen, auf Kritik. Denn für die Deutschen stand dieses Ansinnen im Widerspruch zur Personenfreizügigkeit, einem wesentlichen Bestandteil der EU-Verträge. Auch die Sozialleistungen für EU-Zuwanderer wollte der Premierminister einschränken.

In seiner Grundsatzrede zu Europa, am 23. Januar 2013 in der Londoner City in den Räumen der Firma Bloomberg, forderte Cameron mehr Flexibilität und größere Eigenständigkeit der einzelnen EU-Länder. Unumwunden formulierte er die Frustration der Briten und führte noch einmal das Argument der geographischen Lage an, die das Naturell seiner Landsleute bestimmte: »Wir haben den Charakter einer Inselnation, unabhängig, offen und leidenschaftlich bei der Verteidigung unserer Eigenständigkeit.« Das Ganze klang wie ein Echo auf Charles de Gaulles Einwände in Rambouillet 1962, mehr als ein halbes Jahrhundert zuvor. Nur klopfte England dieses Mal nicht an die Tür, sondern drohte, sie hinter sich zu schließen. Daran sei nichts zu ändern, fügte Cameron in seiner Bloomberg-Rede hinzu: »Wir können das britische Empfinden ebensowenig ändern, wie wir den Englischen Kanal trockenlegen können.« Winston Churchill hatte es einst pointierter formuliert: »Der Kanal ist keine Wasserstraße, sondern eine Weltanschauung.«

In derselben Ansprache kündigte der britische Premier das EU-Referendum an – vorausgesetzt, seine Partei gewänne die nächste Wahl, 2015, was dann ja auch geschah. Vor Ort wurde die »Bloomberg-Rede« mit ihren ausgewogenen Reformvorschlägen als Triumph gefeiert und sogar von Camerons Kritikern bejubelt. Wie sich später zeigte, basierte sie auf einem Hochrisikoeinsatz, den Cameron verlieren sollte, denn er selbst lebte in der irrigen Hoffnung, dass es nicht zum Brexit kommen werde.

Zum Zeitpunkt der Rede hatte er von allen Seiten unter Druck gestanden. Ihn bedrängten EU-Skeptiker aus den eigenen Reihen, denen er nie entschieden entgegentrat. Zugleich setzte ihm der wachsende Erfolg der rechtspopulistischen, europafeindlichen UKIP-Partei zu. Beiden wollte er mit dem Referendum den Wind aus den Segeln nehmen, aus partei- und karrierepolitischem Interesse, gegen den Rat seines Schatzkanzlers George Osborne.

Doch die Grundgestimmtheit der Nation, zusammen mit der politischen Wetterlage, sorgte für eine andere Weichenstellung. Anstelle von institutionellen EU-Reformen wurde die Zuwanderung das zentrale Thema bei der Parlamentswahl im Frühjahr

2015. Damals waren fast eine Million Arbeitnehmer aus Polen im Land, von denen viele Tätigkeiten ausübten, die Einheimische nicht für dasselbe Gehalt übernehmen wollten. Auch andere Migranten aus Osteuropa, denen Tony Blair nach der EU-Osterweiterung 2004 die Grenzen geöffnet hatte, konkurrierten auf dem britischen Arbeitsmarkt auf allen Berufsfeldern. Die Wirtschaft profitierte davon. Desungeachtet entwickelten die Alteingesessenen angesichts der Zuwanderer zunehmend Sorgen um die eigenen Arbeitsplätze.

Der Börsencrash von 2008 verstärkte die Befürchtungen, die von den großen Parteien zu spät ernstgenommen, von der UKIP aber geschickt geschürt wurden. David Cameron hatte nach seiner Wahl 2010 versprochen, die Einwanderung deutlich zu drosseln, ließ sie aber statt dessen auf einen Höchststand anwachsen – wobei mehr als die Hälfte der Einwanderer nicht einmal aus einem EU-Land stammte. Als Hintergrundrauschen verstärkte die Flüchtlingswelle, die Deutschland erreicht hatte, die Ängste im Königreich. Von ferne beobachteten die Briten mit Unbehagen die deutsche »Willkommenskultur«, der sie sich nicht anschließen wollten.

Den Austritt der Briten aus der EU zu verhindern war eine der großen Herausforderungen, vor denen die Kommission stand. Für Brüssel war klar, dass der angedrohte Austritt der sechstgrößten Wirtschaftsmacht der Welt einen herben Rückschlag bedeuten würde. Die Mitgliedsstaaten interpretierten ihn schon im Vorfeld als mögliches Signal mit Negativwirkung, sowohl, was das Prestige, als auch, was die Nord-Süd-Balance innerhalb der EU-Länder betraf. Europa fürchtete zudem, dass eine Scheidung von Großbritannien die außenpolitische Verhandlungsposition der EU schwächen würde, zumal das Vereinigte Königreich mit Ausnahme von Frankreich über eine stärkere Militärmacht verfügt als jedes andere EU-Mitglied – und global zu den führenden Militärmächten zählt. Auch die mögliche Sogwirkung eines britischen Exodus auf andere Mitgliedstaaten wurde befürchtet.

Nicht nur in Brüssel sah man einem etwaigen Austritt aus der EU mit großer Besorgnis entgegen. Die Finanzplätze der englischen Hauptstadt stemmten sich ebenfalls dagegen. Die »Financial Times« warnte, dass der Regierung der Verlust von Einfluss und Freunden drohe, sollte sie den »wichtigsten politischen und wirtschaftlichen Club, dem sie angehört«, verlassen.

Gespannte Binnenbeziehungen: England, Schottland, Nordirland und Wales

Doch es rumort nicht nur in der Beziehung zu Europa. Im Innern des Vereinigten Königreichs streben die Partner der Union ebenfalls nach Alleingängen. Wie auch im Dauerstreit über die Zugehörigkeit zur Europäischen Union, geht es dabei um den Status von London als politisches und administratives Machtzentrum, letztlich aber auch um Autonomie.

Es spricht einiges für das Argument, dass gerade die Opposition zur kulturellen und politischen Macht Englands identifikationsstärkend auf Schottland und Wales gewirkt habe: Man fühlt sich als David im Kampf gegen Goliath. Eine Emanzipation von England als tonangebender Macht erscheint als Pfad der Erleuchtung. Anders als ihren walisischen, schottischen und nordirischen Nachbarn bleibt den Engländern die moralische Überlegenheit verwehrt, die in der Opferrolle zu finden sein kann. Denn sie können nicht, wie der Journalist Jonathan Freedland einmal schrieb, von ihrem Kampf um Selbstbestimmung berichten oder sich an bittere Legenden ihrer Vorväter erinnern, die von Enteignung und Exil erzählen: »Der englische Nationalmythos beruht auf Erfolg.«[2]

---

[2] Jonathan Friedland, England, our England. In: »The Guardian«, 20. Juni 1998.

Daran ist viel Wahres. Zumal der Nationalmythos schmerzhafte oder weniger glorreiche Kapitel gern unterschlägt.

Eines davon sind die Auseinandersetzungen in Nordirland. Jahrzehnte dauerte der blutige Konflikt um das zwischen London-treuen Protestanten und katholischen Republikanern umkämpfte Nordirland an. Die Republikaner verlangten, dass London das britische Nordirland abtreten und die Region mit Irland vereinigt werden solle. Bis zum Karfreitagsabkommen zwischen Dublin und London 1998 bekriegten sich beide Seiten in einem bewaffneten Untergrundkampf. Seither ist der Norden der Insel weitgehend stabil – wobei die Gefahr eines Wiederauflebens des Konflikts durch radikale Gegner der britischen Präsenz und durch Unionisten weiterhin besteht. Mit dem Zustand eines fragilen Friedens konnte ein noch immer fühlbar schmerzhafter Heilungsprozess eingeleitet werden. Nach dem Fall der Grenzen erlebte die Wirtschaft in beiden Teilen Irlands einen kräftigen Aufschwung. Bevor es im Lauf der Verhandlungen zu einer Einigung zwischen Großbritannien und der EU kam, schürte die Aussicht auf einen Brexit alte Ängste. Die Iren fürchteten, die Trennung von Europa werde auch das zum Vereinigten Königreich gehörende Nordirland von der Irischen Republik trennen, die Mitglied der EU ist.

Auch in Schottland entstanden Probleme. In den vergangenen Jahrzehnten hatte sich die Rolle der Regionen Schottland, Nordirland und Wales verändert. Sie durchlief eine Evolution hin zu größerer Unabhängigkeit. Ende der neunziger Jahre erhielten Schottland, Nordirland und Wales im Zuge einer Verfassungsreform eigene Parlamente. Im September 1997 hatten sich die schottischen Wähler in einem Referendum für eine Wiedereinführung des schottischen Parlaments entschieden, und im Juli 1999 konnte Königin Elizabeth jene politische Institution eröffnen, deren Kompetenzen rund dreihundert Jahre zuvor an das Parlament in London übergegangen waren. Für die einen bedeuteten Schritte wie dieser den Weg zurück zu einer intakten ursprünglichen Ordnung, für die anderen erschienen sie als spaltender Prozess. Neutrale Dritte sprachen von dezentralisierter Zuständigkeit.

Dennoch behielt das Parlament in Westminster bei vielen wichtigen Entscheidungen stets das letzte Wort. Und anders als die Labour-Regierung, die den Dezentralisierungsprozess eingeleitet hatte, sind die Tories, die seit 2010 an der Regierung sind, davon wenig angetan. Es zeigte sich, dass die Union nicht unangreifbar war und manchmal Mühe hat, die Regionen zusammenzuhalten, die immer mehr Eigenrechte forderten. Wales und Nordirland in verhaltenerem Ton als das finanzstarke Schottland, das seine vollständige Unabhängigkeit forderte. Steuerautonomie war dabei ein zentrales Thema.

Im Vorfeld der Abstimmung zur schottischen Unabhängigkeit am 18. September 2014 hatte sich London bis zum letzten Moment entspannt zurückgelehnt, im – wie sich im Nachhinein zeigte, selbstzufriedenen – Glauben, dass die Ablösung höchst unwahrscheinlich sei. Kurz vor der Wahl zogen sich die Zeichen einer möglichen Gegenentscheidung wie Gewitterwolken am Horizont zusammen. Und erst dann, aufgeschreckt und panisch, eilten die Führer der drei wichtigsten Parteien aus London nach Schottland und lockten mit Versprechungen, weitere Kompetenzen an Edinburgh abzutreten.

Schließlich bestätigte das Ergebnis deutlich – 55,3 % Nein-Stimmen und 44,7 % Ja-Stimmen – den Status quo, bei einer fabelhaft hohen Wahlbeteiligung von rund 84 Prozent, in der sich die Leidenschaft spiegelte, mit der Schottland diesen Wahlkampf geführt hatte. Die Welt feierte die vorbildliche demokratische Meinungsbildung der Schotten. Politiker, Börsen und die Menschen auf der Straße beruhigten sich – fürs erste. Auch die Europäische Union, deren politische Koordinaten sich im Falle einer Ablösung verschoben hätten, und die sich einer erneuten Erweiterungsdebatte ausgesetzt sah, atmete auf. Doch ganz war der Frieden noch nicht wiederhergestellt. Tiefes Misstrauen in die Versprechungen Westminsters beherrscht die Politiker in Edinburgh.

Mit dem 23. Juni 2016 verschoben sich die Verhältnisse erneut. Einen Tag nach der Entscheidung für das Verlassen der EU nannte die linksliberale Zeitung »The Independent« die 2013 gefeierte Bloomberg-Rede mit ihrer Ankündigung des Referendums den »Anfang vom Ende David Camerons«. Die Einschätzung des Premierministers, dass sein Land für den Verbleib in der EU stimmen werde, führte zu einem schneller als erwartet vollzogenen Ende seiner Amtszeit und läutete den epischen Abschied seines Landes von der EU ein.

In Irland und Nordirland schien das Ergebnis des Referendums sämtliche Errungenschaften des Friedensprozesses zu bedrohen. Der Gedanke an die Wiedererrichtung der Grenzen mit allen damit zusammenhängenden wirtschaftlichen Problemen und politischen Sensibilitäten beunruhigte die Iren zutiefst. Zumal 55,8 Prozent der Nordiren für den Verbleib in der EU gestimmt hatten, über die Konfessionsgrenzen hinweg. Die harte Grenze auf der irischen Insel sollte sich im Laufe der Brexit-Verhandlungen zum größten Streitpunkt entwickeln: Das Versprechen der Briten, diese Grenze nicht entstehen zu lassen, ließ sich mit der Idee, den Binnenmarkt vollständig zu verlassen, schwer vereinbaren. Erst in allerletzter Minute einigte man sich auf eine Lösung.

Auch Schottland nahm die Europa-Entscheidung konsterniert zur Kenntnis. Dort erschütterte der Brexit die gerade erreichte Beruhigung in der Frage der Ablösung von London erneut: 62 Prozent der Schotten hatten energisch für »Remain« gestimmt und zeigten sich angesichts der aufgezwungenen Abkehr von der EU enttäuscht. Die Nationalisten wollten schon vor dem Brexit-Entscheid nicht ausschließen, in ihrem nächsten Wahlprogramm ein weiteres Referendum auf die Agenda zu setzen. Als klar wurde, dass Großbritannien die EU verlassen würde, kam die Idee eines erneuten Anlaufs sogleich wieder auf den Tisch – und in die Schlagzeilen.

Dass die konservative Regierung in London ihre Zustimmung zu einer Wahl geben würde, die zur Selbstauflösung des Königreichs führen könnte, ist einstweilen zwar nicht denkbar. Doch abgeschlossen und ausgeschlossen ist das Thema der schottischen Unabhängigkeit deshalb noch lange nicht. Es bleibt abzuwarten, wie sich die Spaltung des Landes in Zukunft verstärkt, und ob die Folgen des Brexit die separatistischen Bestrebungen bis zum Bruch im Inneren des United Kingdom schüren werden.

Am Morgen nach der Brexit-Entscheidung jubelten lediglich Engländer und Waliser, zumindest jene, die sich zum Abschied von Europa entschlossen hatten und den Ausgang der Wahl bestimmten. In Wirklichkeit war die Uneinigkeit zwischen den Lagern mindestens so groß wie zuvor. In England hatten 53,4 Prozent der Wähler für »Leave« gestimmt, auch in Wales zeigten 52,5 Prozent der Bürger der EU die kalte Schulter. Im Gesamtbild des Vereinigten Königreichs gab es 51,9 Prozent Stimmen für den Ausstieg und 48,1 Prozent dagegen. Die Wahlbeteiligung lag bei 72 Prozent.

Das Referendum erinnerte noch einmal an die Mentalitätsunterschiede im Vereinigten Königreich und daran, dass Schotten, Iren und Engländer keine homogene Geschichte verbindet. Jochen Buchsteiner, der Korrespondent der »Frankfurter Allgemeinen Zeitung« in London, wertet den Brexit als die vielleicht letzte Verlängerung der englischen Dominanz ins 21. Jahrhundert hinein: »Wenn die Engländer sprechen, müssen die 15 Prozent Nichtengländer noch immer zuhören und sich fügen.«[3] Die Bre-

[3] Jochen Buchsteiner, Die Flucht der Briten aus der europäischen Utopie, Reinbek 2018, S. 53.

xiteers haben den Begriff des »globalen Großbritannien« geprägt – als ob das mit der EU nicht möglich gewesen wäre.

In den Beziehungen des Königreichs zu seinen europäischen Nachbarn ist es immer auch um britische Identität gegangen. Doch war man ihr nach dem Brexit näher gekommen? Hat das Vereinigte Königreich sein nationales Profil schärfen können? In Wahrheit zeichnet sich um so klarer ab, dass Schotten, Iren, Waliser und Engländer jeweils unterschiedliche Vorstellungen von ihrer Identität und Zugehörigkeit haben. Es hat sich erwiesen, dass die Lösung von der Europäischen Union zu einer Kettenreaktion der Zersplitterung in immer kleinere Einheiten führen kann und auf lange Sicht auch zum Auseinanderbrechen des Vereinigten Königreichs. Sicher ist, dass das Ergebnis des Referendums delikate Balancen innerhalb des Vereinigten Königreichs gefährdet. Ob sich das Verhältnis zum europäischen Festland deshalb verschlechtert, ist noch ungewiss. Doch schon jetzt steht fest: England wird weiter mit sich beschäftigt bleiben. Vielleicht aber muss das Land nach innen schauen, um sich eines Tages wieder in Richtung Europa öffnen zu können.

Dank

Dieses Buch entstand nicht in einsamer Anstrengung. Es lebt von den Anregungen, Ideen und Einsprüchen seiner ersten Leserinnen und Leser. Ohne sie wäre das Vorliegende nicht entstanden.

Unschätzbare Hilfe leistete Barbara Villiger Heilig, die den gesamten Entstehungsprozess Kapitel für Kapitel ermutigend, freundschaftlich und mit sensibler Genauigkeit begleitete. Besonderer Dank gilt Jean-Martin Büttner, der sich mit Stilgefühl, Humor und kenntnisreicher Begeisterung für England über die vorliegenden Zeilen beugte. Anna Tomforde und Michael Farr unterstützten mich in vielen Gesprächen und Anregungen großzügig mit ihrer Zeit, ihrer Urteilskraft und ihrem unerschöpflichen Wissen über Stadt und Land. Angelika Buitkamp, Markus M. Haefliger, Katharina von Ruckteschell-Katte und Anke-Sophie Meyer haben gegengelesen, diskutiert, korrigiert und das Ergebnis sehr bereichert. Für die Einsichten in den Finanzplatz der Londoner City bin ich Matthias Osthoff und Thomas Kreyenbühl zu herzlichem Dank verpflichtet. Nigel R. Pullman eröffnete mir die Welt der Zünfte. Mit Tim Webb führe ich seit zwanzig Jahren Gespräche über das, was Englishness bedeutet. Einen frühen Entwurf haben Thorsten Löhndorf und Dietmar Kanthak witzig, scharfsinnig und kritisch durchgesehen. Ausdrücklicher Dank gebührt Martin Meyer, der dieses Buch anregte und seine erste Fassung wohlwollend begleitete. Der Zu Klampen Verlag half entscheidend, ihm seine endgültige Form zu geben. Ganz besonders und mit großem Verständnis unterstützte mich dabei Anne Hamilton. Mein Mann, Graeme Douglas, hat mir gezeigt, dass die Liebe zum eigenen Land ein Herzensanliegen sein kann, das kosmopolitisches Denken nicht ausschließt.

Zum Weiterlesen

Geschichte:

Peter Ackroyd: Albion. The Origins of the English Imagination. London 2002.

Boyd Hilton: A Mad, Bad and Dangerous People? England 1783–1846. Oxford 2006.

Thomas Kielinger: Großbritannien. München 2009.

Andrew Marr: The Making of Modern Britain. London 2009.

Ders.: A History of Modern Britain. London 2007.

Simon Schama: A Complete History of Britain. London 2003.

Monarchie:

Thomas Kielinger: Elizabeth II. Das Leben der Queen. München 2011.

Tom Nairn: The Enchanted Class, Britain and its Monarchy. London 1988.

William Shawcross: Queen and Country. London 2002.

Multi-Kulturalismus:

Bhikhu Parekh: The Future of Multi-Ethnic Britain: Report of the Commission on the Future of Multi-Ethnic Britain. London 2000.

Empire:

Sathnam Sanghera: How Imperialism Has Shaped Modern Britain. London 2021.

London:
Peter Ackroyd: London – The Biography. London 2000.
Rainer Metzger: Swinging London. Wien, 2011.
David Whiteread/Henning Klattenhoff: London. The Architecture Guide. Salenstein 2010.

Land und Leute:
Ernest Barker: National Character and the Factors of its Formation. London 1927.
Nigel Barley: Traurige Insulaner. Als Ethnologe bei den Engländern. Stuttgart 1993.
Karl Heinz Bohrer: Ein bißchen Lust am Untergang. Englische Ansichten. München/Wien 1979.
Debrett's A–Z of Modern Manners. London 2008.
Theodor Fontane: Ein Sommer in London. Erstmals erschienen 1854.
Kate Fox: Watching the English. The Hidden Rules of English Behaviour. London 2004.
A. A. Gill: The Angry Island. Hunting the English. London 2005.
Heinrich Heine: Englische Fragmente. Erstmals erschienen 1828.
Eric Hobsbawm, Terence Ranger: The Invention of Tradition. Cambridge 1983.
Tom Nairn: The Break-Up of Britain. Crisis and Neo-Nationalism. London 1977.
George Orwell: The Lion and the Unicorn: Socialism and the English Genius. London 1941.
J. B. Priestley: The English Journey. London 1934.
(Carsten Quesel: Englische Identität. Neuere Studien zum Problem nationaler Freiheit, Forschungsberichte und Rezensionen. 2003.)
Patrick Wright: On Living in an Old Country. The National Past in Contemporary Britain. London 1985.

Klassengesellschaft:
David Cannadine: Class in Britain. New Haven/London 1998.
Pen Vogler: Scoff. A History of Food and Class in Britain. London, 2020.

Gärten:
Beverley Nichols: Down the Garden Path. London 1932.
Ursula Buchan: The English Garden. London 2006.

Brexit:
Jochen Buchsteiner: Die Flucht der Briten aus der europäischen Utopie. Hamburg 2018.
Robert Tombs: This Sovereign Isle. London 2021.

Boris Johnson:
Boris Johnson: 72 Virgins. London 2004.
Ders.: The Churchill Factor. London 2014.
Sonia Purnell: Just Boris. London 2011.

2021
zu Klampen Verlag
Röse 21 · D-31832 Springe
info@zuklampen.de · www.zuklampen.de

Satz: textformart, Göttingen
Gesetzt aus Arno Pro
Druck: CPI – Clausen & Bosse, Leck

ISBN 978-3-86674-791-3

Bibliographische Information der
Deutschen Nationalbibliothek:
Die Deutsche Nationalbibliothek
verzeichnet diese Publikation in der
Deutschen Nationalbibliographie;
detaillierte bibliographische Daten
sind im Internet abrufbar:
http://dnb.d-nb.de